Arcanum
Fantasy Verlag

MIX
Papier
FSC FSC® C083411

UMWELTHINWEIS
Gedruckt auf chlor- und säurefreiem Papier.

„Es gibt nichts Törichteres im Leben als das Erfinden. Ich bin jetzt fünfunddreißig Jahre alt und habe der Welt noch nicht für fünfunddreißig Pfennige genützt.“

James Watt (1736-1819), engl. Erfinder d. Dampfmaschine

2. Auflage
Überarbeitete Ausgabe der ersten Auflage aus dem September 2010

ein Imprint im SCRATCH Verlag Simon Czaplok, Hamburg
Printed in Germany 2013
Umschlagsillustration: Georgie Retzer, Wien (Österreich)
Layout und Satz: Simon Czaplok, Hamburg
Lektorat: Nina Horvath, Wien (Österreich)
Druck und Bindung: CPI - Clausen & Bosse, Leck

ISBN 978-3-939139-18-8

http://www.arcanum-fantasy-verlag.de

Stefan Cernohuby (Hrsg.)

Von Feuer und Dampf

Spiegelwelten 2

Anthologie

Arcanum Fantasy Verlag

Inhalt

MÜNCHEN

Prolog

Prolog

Torsten Sträter

Ich blicke auf das Plakat und bin zufrieden. Das Papier ist zu weich, zugegeben, nicht viel starrer als ein Taschentuch, aber der Druck erscheint mir in Ordnung. Mein Name hebt sich gut hervor, wirkt wie eine kohlenschwarze Verheißung über den grauen Schatten der Stadt – eine Stadt, die mir ein befreundeter Künstler gezeichnet hat, und dies tatsächlich mit nichts anderem als Kohle.

Ich bin Erik Kardis.

So steht es geschrieben, schwebend über der Kohlestadt, deren Tiefen ich nun hinter mir lassen werde.

Ich kenne die Tiefen gut.

Geboren wurde ich am 22. Oktober 1871 als Erich Kardiss, Sohn eines Bergmannes.

In den Jahren meiner Kindheit kannte ich die Gruben kaum; ich brachte meinem Vater stets sein Mittagessen zu den Körben, die in den Bauch der Erde führen, und Tag für Tag strich er mir lächelnd über den Kopf, nahm mir den Henkelmann ab und aß.

Ich nahm seine Fröhlichkeit als selbstverständlich hin, so natürlich wie die Bäume am Rande des Bergwerks. Ich wusste nichts. Das änderte sich.

Mit 16 Jahren stieg auch ich nach unten.

Dreihundert Meter in der Tiefe wird Gott zu einem Gerücht, das ständig weitererzählt werden muss, um mit Wahrheit getränkt zu werden.

Es ist nicht der Geruch der Kohle, satt und ölig. Es ist die Verneinung des Lichts, die große Dunkelheit. Machte sie auch aus den Arbeitern geschwätzige Lächler, deren Zähne das einzige waren, das im Licht der Gaslampen leuchtete, mich brachte das schwarze Nichts zum Schweigen. Ich habe alles gesehen.

Ich sah Männer, die grinsend schufteten und dabei den Verstand verloren, Männer, die blutigen Staub husteten, Männer, die helle Bahnen von Tränen im Schwarz ihrer Gesichter trugen. Dann das Wasser. Oftmals drang es von einem Moment auf den anderen durch die Schachtwände, mitunter nur ein Sickern, das von Gefahr kündete, viel zu oft ein armdicker Strahl, der den Männern nur Minuten ließ.

Ich sah, wie mein Vater nach und nach starb.

Wie auch die anderen mühte er sich, der Erde die Kohle zu entreißen, und selbstverständlich siegte in diesem Ringen die Kohle, die meinen Vater der Erde entriss.

Es beginnt immer mit Husten. Man schenkt dem morgendlichen Bellen keine Beachtung.

Dann aber kommt der Bauch. Er nimmt keine Nahrung mehr. Wenn du in der Tiefe in die flüssige Scheiße eines Kumpels trittst, weißt du, dass du bald mehr Arbeit erhalten wirst.

Dann kommt der Verlust der Körperkraft, der Punkt, an dem für jeden Bergmann, der eine Familie zu ernähren hat, alles Leugnen endet.

Ohne die Stärke deiner Arme bist du dort unten ein ungebetener Gast, die Vorahnung eines Schattens, die sich im Sonnenlicht der oberen Welt erfüllt. Nach jedem Grubengang wuschen sich die Männer wie besessen – nicht umsonst galten Bergleute als die reinlichsten Arbeiter – aber es nützte wenig.

Mein Vater starb zu Hause, die Augen von der Kohle umflort. Er war grau wie Schiefer. Bevor er den letzen Atemzug tat, sagte er:

»Das Leben hat zwei Seiten.«

Er fischte eine Münze aus einer Falte seines Bettes. Seine Finger zitterten.

Er lächelte. Sein Zahnfleisch hatte die gleiche Farbe wie das unseres Hundes, eine Art braungrau. Er hob die Münze ein Stück in die

Höhe, ließ das Licht damit spielen, schnalzte mit der Zunge. Dann schloss er seine Hand um das Geldstück, zwinkerte mir zu, öffnete die Faust … die Münze war verschwunden.

»Immer zwei«, sagte er leise, »und dann gar nichts mehr.«

Ich saß mit offenem Mund da.

Mein Vater öffnete ebenfalls den Mund, atmete sanft aus und starb.

Wir beerdigten ihn dem Brauch gemäß linker Hand neben seinem Vater, jenem Platz, der schon seit Jahren feststand, weil er Bergmann war. Der Gottesdienst verlief unter dem feierlichen Schweigen fast sämtlicher Kumpel meines Vaters; ich konnte kaum glauben, dass die Arbeit in den Gruben an diesem Tag ihren Fortgang nahm, so viele waren es.

Die Umsetzung der wichtigsten ungeschriebenen Regel bei der Beisetzung eines Bergmannes liegt in der Hand des Verstorbenen selbst; gewissenhaft, wie mein Vater gewesen war, hatte er alles Nötige veranlasst. Als die Träger ihn hinab in die Erde gleiten ließen, trat der Steiger vor, verbeugte sich kurz und entnahm der Tasche seines steifen Gehrocks einen Umschlag.

Meine Mutter begann zu weinen, ich starrte in das dunkle Viereck der Grube und erkannte, wie sehr ich die Erde hasste.

Der Steiger räusperte sich.

»Junge«, sagte er, die Stimme fest und ohne jede Betonung. »Junge, nimm.«

Ich ergriff den Umschlag. Er war unbeschriftet; im Inneren befand sich etwas Schweres.

Ich blickte auf. Der Steiger nickte mir sanft zu, und so öffnete ich das Kuvert.

Zwei Goldmark. Ein Vermögen. Und ein Blatt Papier, das mit der sauberen Schrift meines Vaters beschrieben war.

Wie der Brauch es will, lade ich euch alle ein. Trinkt, Freunde, und schaut nicht so griesgrämig drein. Es kommen noch bessere Zeiten.

Alfons

Am nächsten Tag ging ich nicht zur Arbeit. Das hatte nichts mit den Geschichten zu tun, die man sich unter Bergleuten erzählt: Dass einem Bergmannsohn die Stimme des toten Vaters ins Ohr raunt, wenn man in einen dunklen Winkel der Schächte tritt, und dass diese Stimme Dinge weiß, die man besser nicht hören sollte. Abergläubischer Unsinn.

Ich wollte schlicht nicht jung sterben.

Das Geld im Umschlag hatte mir klar gemacht, wie sparsam mein Vater gewesen sein musste, und gleichsam, wie lange er seinen Tod voraussah, um diese Summe zur Seite zu legen.

Ich dachte oft an jene einzelne Münze, deren Wert nicht so hoch gewesen war.

Wie sie im Licht aufblitzte, bis die Hand meines Vaters sie umschloss … und sie dann verschwand.

Ich habe am späten Abend desselben Tages, als er verstarb, sein Bettzeug gewendet und ausgeschüttelt, in seinen Handflächen nachgesehen, noch bevor der Doktor kam, die Unterseite des Bettes inspiziert.

Keine Münze.

Oft las ich den Brief meines Vaters, diese sonderbar lapidare Einladung zum Totenschmaus, suchte darin nach einem Zwischenton, einer Brechung des künstlich Beschwingten, aber es blieb bei diesen simplen Worten und dem schwachen Trost, dass bessere Zeiten kämen.

Eines Abends saß ich in der Wohnstube und las zum sicher zwanzigsten Male die Zeilen des Mannes, der mein Vater gewesen war, und mir wurde erstmals klar, dass das alles war, was er mir hinterlassen hatte.

Wie der Brauch es will, lade ich euch alle ein. Trinkt, Freunde, und schaut nicht so griesgrämig drein. Es kommen noch bessere Zeiten.

Wie viel Gewicht sollte man dem Wort eines Mannes beimessen, wenn er es erst aussprach, während er in einer ausgeschlagenen Kiste lag?

Trauer.

Sie kam, nicht so stürmisch wie in den Tagen nach der Beisetzung, sondern eher wie ein Freund, der nicht viel redet, der stets weiß, welche Tür des Hauses unverschlossen ist und sich zu einem gesellt, ohne allzu aufdringlich zu sein.

Ich weinte, meine Tränen tropften auf das Papier. Rasch wischte ich darüber, um es nicht mit sentimentaler Nässe zu beschädigen.

Auf dem Papier, unterhalb der Worte, erschien ein kleiner, brauner Bogen.

Ich griff zur Kerze, um den Brief vorsichtig zu trocknen, schwenkte die Flamme unter dem Blatt … und der kleine braune Bogen wurde zu einem Wort.

Mein Herz begann zu hämmern.

Ich ließ die Flamme in gutem Abstand unter dem Papier kreisen, und mehr Worte erschienen, als schriebe eine unsichtbare Hand sie soeben nieder.

Mein Sohn,

Das hast du gut gemacht.
Geh in die Gneisenaustraße. Dort findest du den Juden.

Die Nacht spie mich schlaflos aus, und der Morgen erblickte mich zitternd.

Den Brief in der Tasche suchte ich die Geneisenaustraße auf – fünfhundert Schritt Kopfsteinpflaster, gesäumt von Krämerläden, rußigen Wohnhäusern und abgespannten Arbeitsdroschken.

Ich betrat aufs Geratewohl eine Bäckerei, in deren Auslage tote Fliegen auf Graubroten lagen.

»Guten Morgen«, sagte ich. Die Bäckersfrau nickte mir zu. Ihre Schürze war mehlig, ihr Gesicht wie von schwerer Arbeit gerötet.

»Was darf es sein?«

»Ich suche den Juden«, erwiderte ich lächelnd, obschon mir wieder das Herz in der Brust pochte.

»Den Juden«, sagte sie.

»Das ist richtig, gnädige Frau.«

»Wir haben hier aber keine Juden«, entgegnete sie, und mir kam der Verdacht, dass ihr puterrotes Gesicht nicht vom Tragen vieler Laiber, sondern schon eher von einem aufbrausenden Wesen herrühren mochte. »Und wir wollen hier drinnen auch keine! Christus mag ein gleichmütiger Mann sein, der dem Judenvolk manches nachsieht, aber hier …«

»Ist schon gut«, sagte ich. »Ich dachte nur, Sie wüssten wohl, wo hier ein Mann wohnt, den man, nun … den Juden nennt.«

»Das stimmt«, erwiderte sie und verschränkte die Arme. »Und jetzt scher dich fort.«

Ich trat eilig zurück auf die Straße. Seufzte. Ließ den Blick schweifen.

Auf dem Bürgersteig, der mit Asche bestreut war, fegte eine alte Frau Fetzen von Wachspapier in den Rinnstein. Der Morgen hing sattgrau über dem Viertel, und der Geruch von Kohleöfen hing in der Luft.

Auf Augenhöhe gegenüber: ein Geschäft, in dessen Fenster eine kopflose Gestalt harrte. Ich trat einige Schritte vor, stellte den Blick scharf. Eine Schneiderbüste. Ich musste lächeln, und es wurde breiter, als ich an der Fassade hinauf sah. Es mochte ein Wintersturm gewesen sein, oder eine schlecht gesetzte Schraube, doch was es auch gewesen war, das der Beschriftung des Geschäftes den Sinn verstellt hatte: Ich musste lachen. Wo die ersten drei Buchstaben gewesen waren, sah man nun nur Schmutz, gefolgt vom Rest des Wortes:

NEIDEREI

Zwei Häuser weiter, auf einer bröckelnden Treppe, im Rücken eine massive Eichentür, stand ein alter Mann und sah zu mir herüber.

Unsere Blicke trafen einander. Ich nahm die Hände aus den Taschen, sah den Mann an und nickte sachte.

Keine Reaktion.

Also gut. Fragen würde nichts kosten, und vor die Türe setzen konnte er mich auch nicht.

»Sind Sie der Jude?«, fragte ich höflich, nachdem ich zügig zu ihm geeilt war.

»Bist du ein Bergmann?«

Seine Stimme war, und ich bedauere, es nicht anders sagen zu können, unangenehm. Schnarrend und metallisch, als zöge man das Blatt eines Spatens über Stein.

»Nein.«

»Aber du warst es.«

Ich zögerte. »Ja.«

»Warst du es gern?«

»Niemand ist das«, sagte ich. »Sind Sie denn nun der Jude?«

Er verschränkte die Arme hinter dem Rücken. Er trug eine dunkelrote Weste, in deren Tasche die Kette einer Uhr verschwand, darunter ein Hemd mit anknöpfbarem Kragen, das bis zur Durchsichtigkeit verschlissen war.

»Es schickt sich kaum, so etwas zu fragen.«

Darauf wusste ich nichts zu erwidern.

»Entschuldigung«, sagte ich schließlich, hoffend, einem vernünftigen Gespräch den Weg zu ebnen.

»Das geht nicht! So geht das nicht.«

»Was? Entschuldigung … bitte was?«

»Hör auf, dich zu entschuldigen«, sagte der alte Mann. »Das kannst du ohnehin nicht. Bitte mich um Verzeihung, wenn du denkst, dass da etwas Verzeihbares ist. Entschuldigen kann ich nichts. Schuld währt. Man kann sie nicht wie Kreide von einer Tafel wischen, indem man plappert.«

»Entsch …«, setzte ich an.

Der Alte hob herrisch die Hand.

»Wenn du kein Bergmann mehr bist, achte darauf, dass die Herren der Zeche davon keinen Wind kriegen. Sie geben dir drei Tage, falls du in einem ihrer Häuser wohnst. Dann solltest du raus sein.«

Ich nickte, weil mir nichts anderes in den Sinn kam.

Dann seufzte er. Nach einigen Sekunden sagte er: »Komm herein, in Gottes Namen.«

Er wandte sich um, seine Finger huschten in seine Hosentasche und holten einen Schlüssel hervor.

So alt der Mann auch sein musste, sah ich nichts von der Zittrigkeit, die mit den Jahren kommt. Seine Bewegungen erschienen mir schnell und zielstrebig.

Er öffnete die Tür, drehte sich zu mir um und nickte. »Nun komm.«

Ich folgte ihm in einen Raum, der mich augenblicklich an meine Zeit unter Tage erinnerte, obwohl es nicht dunkel war.

Aus Oberlichtern im Dachstuhl fiel flirrendes Licht; es schien sich seinen Weg durch Gebälk erkämpfen zu müssen, und wie das Leben selbst wurde es zum Ende hin schwächer. Nur blasse Kegel fielen in den Raum, der verwinkelt und in seiner Größe unschätzbar war.

Der Alte wies auf einen Stuhl, ohne mich anzusehen. Während ich Platz nahm, verschwand er hinter einem Regal, dessen Seitenwände feine Schnitzereien zeigten – Drachen, scharfkantige kleine Boote, Gesichter.

Er kehrte mit einem Krug und zwei klobigen Gefäßen zurück, schenkte uns ein und reichte mir eine der Tassen.

»Trink«, sagte er. »Das wird dir gut tun.«

Ich griff zögernd zu. Roch.

»Oh«, sagte der Alte. »Genau. Hinterfrage alles. Aber ob dies der lähmende Trank der Su-Tsi oder jenes Getränk ist, dass die Umwandlung zum Golem abschließt, kannst du nur durch trinken erkunden.«

Meine Hände zitterten leicht. Ich roch nichts.

»Trink«, beharrte der Alte.

»Wie heißt es?«, fragte ich, was, wie ich hoffte, argloser klang als »was zum Kuckuck ist das?«

»Die Macht, die alles in Bewegung bringt.«

Ich blickte auf, und vermutlich sah ich verängstigt genug aus, um dem Alten ein sanftes Lächeln zu entlocken.

»Wasser«, sagte er.

Guter Himmel. Ich machte mich zum Narren. Ich trank. Wasser, in der Tat.

»Du hast etwas für mich«, sagte der Alte.

Er streckte die Hand aus. Sie zitterte noch immer nicht.

»Ein Papier.«

Sekunden verstrichen, dann begriff ich.

Ich überreichte dem alten Mann den Brief meines Vaters.

Er las ihn sorgfältig, richtete seine Aufmerksamkeit dann auf die nachträglich erschienenen Worte, schüttelte ernst den Kopf und murmelte: »Holzkohle … wie simpel, wie wirkungsvoll.«

Dann sah er mich an. In seinem Blick war nichts.

»Du bist der Sohn von Alfons«, sagte er.

»Er ist vor drei Wochen gestorben«, sagte ich.

»Ich verstehe.« Der Alte wies auf meine Tasse. »Trink.«

Ärger überkam mich. Dieser Alte ging einfach über den Tod meines Vaters hinweg – dieser Mann, der verlebt, aber gesund aussah, als wüsste er nichts von der verzehrenden Gefahr der Flöze.

»Was hilft mir das? Trinken?«

»Wasser«, sagte der Alte, »ist alles.«

Ich erfuhr, dass der alte Mann Amos hieß. Über seinen Nachnamen verlor er nie ein Wort. Ich erfuhr, dass mein Vater ihn vor vielen Jahren kennengelernt und danach immer wieder aufgesucht hatte, zuerst, um sich verblüffen zu lassen, dann, um zu lernen.

Auch bemerkte ich, dass man den Alten zwar nicht mochte, ihm aber mit Respekt begegnete.

Oft lagen eingewickelte Brote auf der Schwelle, und der Kartoffelhändler legte ebenfalls wöchentlich einen Sack vor der Tür ab. Ich habe Amos nie dafür zahlen sehen.

Amos beherrschte eine unbestimmbare Anzahl beeindruckender Illusionen; seine Geschicklichkeit war beinahe unheimlich, seine Hände schneller, als es meine je gewesen waren.

Er erzählte mir nie, wie er nach Dortmund, in die Kohlestadt, gekommen war, und was der Grund war, dass er eine Schule der Magie unterhielt, von der nur wenige wussten.

Er zeigte mir, dass eine leere Hand Platz für viele Dinge bietet, dass das Licht ein Verbündeter oder ein Feind sein kann, unterwies mich in der Kunst der Täuschung - und er ließ mich lesen. Er zwang mich dazu. Ich las Schnitzler und die Bibel, Amos trug mir aus den Büchern Shakespeares vor, übersetzte Geschichten aus dem Hebräischen und die Gedichte eines Trinkers namens Baudelaire. Zusätzlich hielt er mir ermüdende Vorträge aus dem Bereich der Naturwissenschaften, und jeden Hinweis auf meine lediglich vier Jahre währende Schulzeit wischte er unwirsch weg, bevor er ein neues Kapitel aufschlug: Mathematik, Physik, die Lehre von den Elementen.

»Es gibt nur zwei Elemente, die dem Fortschritt dienen. Feuer und Wasser. Die Erde ist da, die Luft ist da. Verlieren wir Erde oder Luft, brauchen wir uns keine Gedanken mehr zu machen, denn dann werden wir hinweg gefegt. Aber Wasser und Feuer sind Diener. Und furchtbare Mächte.«

Ich verbrachte viel Zeit in den verwinkelten Schatten dieser Wohnung, arbeitete im trüben Flirren an der Kontrolle über meine Hände.

»Du kommst als Marionette zur Welt«, sagte Amos oft. »Um die Fäden durchzuschneiden und die Herrschaft über den eigenen Körper zu erlangen braucht es viel Zeit. In Russland gibt es einen Mann, der in einer kniehohen Glasflasche schläft. Das musst du nicht können. Alles, was ich erwarte, ist, dass du deine Hände beherrschst.«

An einem Wintertag kochte Amos uns einen Tee. Seine Tees waren stets von nicht zu bestimmendem Geschmack, aber zumeist belebend, und einmal brühte er ein Gebräu auf, das mich zwei Tage wach hielt. Als ich ihn darauf ansprach, lachte er.

»Das schadet nicht. Schlafmangel reinigt den Verstand.«

An diesem Tag jedoch führte er mich zu seinem Holzofen und wies auf die zerbeulte Kanne, deren Wasser beinahe siedete. Er griff in die Tasche seiner Weste, die er stets trug, förderte ein kleines Stück Metall ans Licht und hielt es mir vor die Nase.

Es sah aus wie ein kleiner, silberner Schnabel.

»Pass auf«, sagte er. Dann setzte er das Stück an die Öffnung der Kanne. Es rastete mit einem leisen Klicken ein.

Ich wartete. Einige Minuten geschah nichts. Dann ertönte ein leises Singen, und schließlich begann die Kanne Zischlaute von sich zu geben. Amos ergriff meine Hand und führte sie vor den silbernen Schnabel.

»Heiß«, sagte ich und versuchte meine Hand zu entwinden.

»Weißt du, was das ist?«

»Sicher«, erwiderte ich. »Dampf.«

»Nicht einfach nur Dampf. Was du atmest, ist nicht einfach nur Luft, auch wenn es dir so erscheint. Hör auf, die Luft in deinen Lungen zu geringschätzen. Ohne sie stirbst du. Hör auf, den Dampf zu ignorieren – er ist der Atem der Titanen.«

Ich lachte auf.

»Was gibt es da zu keckern?«

»Das ist Dampf. Weiter nichts.«

»Das«, entgegnete Amos, und ich meinte, Zorn in seiner Stimme zu hören, »das ist Macht.«

»Dampf ist nur … Dampf!«

»Du weißt nichts. Du bist in der Steinzeit heran gewachsen. Höhlenjunge.« Amos lachte, und ich glaube, Bitterkeit darin zu hören.

Meine Mutter starb. Sie geriet am Großmarkt unter die Räder einer Droschke, und so trug ich auch sie zu Grabe. Amos begleitete mich nicht zu dem Begräbnis, wie er überhaupt selten seine Wohnung verließ, und wenn doch, blieb er in der Nähe seiner Türe.

Die Zeche forderte sofort meinen Auszug aus der Wohnung, was Amos mit einem gleichmütigen Nicken bedachte. Er stellte mir ein entsetzlich enges Zimmer zur Verfügung, und manches Mal, wenn ich auf meinem Bett die Decke anstarrte, dachte ich an die neue Familie, die nun in den Räumen meiner Kindheit leben musste, und daran, dass das Oberhaupt dieser Familie als Nahrung für die Tiefe diente … wie mein Vater davor, mein Großvater und weiß Gott wie viele vorher.

Ich lernte viel.

»Wenn wir zaubern – und ich will kein anderes Wort von dir hören – wenn wir also zaubern, halten wir uns an die Regeln. Manche Herren der Zunft halten Geschwätzigkeit für eine Tugend und reden, bis dem Publikum die Ohren klingeln. Andere denken, mit Tieren zu arbeiten, würde die Menschen erfreuen oder verblüffen. Das ist Humbug! Der Zauberer ist schweigsam, denn was er tut, spricht für sich. Er erschafft Wunder aus der Leere, keine Karnickel oder Tauben. Der Zauberer macht, dass der Mensch eine Weile nicht an den Tod denkt, und mehr noch: Er macht Glauben, dass hinter den Toren des Todes etwas ist.«

»Das ist es auch«, sagte ich. »Das göttliche Paradies.«

»Humbug«, sagte Amos lächelnd. »Da ist nur eines: Nichts.«

»Nichts kann nichts sein«, warf ich ein.

»Was ziehe ich mir für einen schlauen Kopf heran«, erwiderte Amos spöttisch. »Lernst du nicht gerade, dass das Nichts sein kann, dass es sogar mehr Fülle hat als manch anderes?«

»Ja«, sagte ich.

Ich blieb vier Jahre.

Es war der Karfreitag im Jahr 1899, als mir Amos die Prüfung abnahm.

Die Schneiderei – die fehlenden Lettern war nie ersetzt worden – hatte mir einen Anzug gefertigt, dessen Innenleben voller seidener Taschen und Beutel war. Amos hatte nicht nur den Anzug bezahlt, sondern auch die Seide geliefert, von der er ganze Ballen zu besitzen schien.

»Sie kommt aus China«, sagte er. »Lass sie keinesfalls nass werden.«

Also stand ich ganz in schwarzer Wolle gekleidet in der Mitte des Raumes, die Arme locker, der Nacken entspannt, und zeigte unter kritischen Blicken meines Lehrers, was ich gelernt hatte.

Ich ließ Spielkarten die Farbe wechseln und sie dann verschwinden, entfachte durch einen Handstreich die Flamme einer Kerze, Münzen durchwanderten meine Brust, Glaskugeln erschienen wie aus dem Nichts. Ich atmete ruhig, bedacht darauf, weder zu Lächeln noch Reden zu führen, fuhr fort, ließ eine Karaffe schweben, Bälle aneinanderkleben, ein Messer meine Hand durchdringen.

Nach einer Stunde endete ich und sah Amos erwartungsvoll an.

Er wirkte nicht erbaut.

»Was ist? Ich war gut, nicht wahr?«

Amos sagte nichts.

Schließlich erhob er sich.

»Du benötigst Plakate für deine Reise.«

Ich erschrak. »Welche Reise?«

»Denkst du, du hast diese Dinge für deine stille Kammer erlernt?«

»Aber ich kann nirgendwo hin gehen. Wohin denn überhaupt? Wann?«

Er sagte es mir.

»Das wird ewig dauern mit der Droschke! Und ich habe kein Geld. Ich könnte in der Stadt auftreten, bei den Sommerfesten ...«

»Es wird keineswegs ewig dauern«, sagte Amos. Er ging zu einem niedrigen Schrank, schloss ihn auf und entnahm eine Mappe aus grobem Leder.

»Hier.«

In der Tasche war Geld.

»Du brauchst nur bis Düsseldorf zu kommen. Nimm die Kutsche bis zum Stadtrand. Dort stehen die Kurierdroschken. Dort nimmst du den Zug.«

»Ich nehme den ... was?«

»Das hier ist die Provinz, mein Junge, und in mancher Hinsicht ist das gut. Aber jenseits dieser Stadt existieren nicht nur andere Städte ... es sind andere Welten. Denk daran, was ich dir beigebracht habe. Gleichmut. Was immer du siehst, zeige Gleichmut. Stets.«

Er brachte mich zur Tür, wenn man das so nennen möchte. Tatsächlich schob er mich mehr, als das ich freiwillig zu gehen gewillt war.

»Wenn du morgen zurückkehrst, ist dein Gepäck bereit. Wende dich an den Schildermacher am Ende der Straße. Er wird dir bei den Plakaten helfen. Und nimm das hier.«

Er reichte mir eine kleine Karte.

»Das ist ein Freund. Er vermittelt Künstler. Such ihn auf, sobald du kannst.«

»Ich kann das Geld nicht annehmen«, sagte ich.

»Sicher kannst du. Immerhin gehörte es deinem Vater.«

»Das ist nicht möglich. Mein Vater war Bergmann!«

Amos nickte. »Ja. Ja ... das war er auch.«

Ein Schulterklopfen. Dann stand ich auf der Straße.

Ich nächtigte in einer Pension in der Nordstadt.

Am nächsten Tag suchte ich den Schildermacher auf. Ich hatte in der Nacht Bleistiftskizzen gefertigt.

Als ich zu dem Gebäude zurück kehrte, in dem ich vier Jahre lang gelernt und gelebt hatte, stand ein Koffer auf dem oberen Treppenabsatz. Ich schritt die Stufen empor, ergriff das Gepäckstück und sah das Blatt an der Tür. Ich riss es ab. Es war leer.

Ich nickte. Verneigte mich vor der stillen Tür. Ging.

Bei Anbruch der Dämmerung erreichte ich die Stadtgrenze. Ich zahlte eine Nachtfahrt nach Düsseldorf. Meine Kutsche transportierte auch die Post, so dass ich mich auf eine unbequeme Nacht einstellen musste.

Nach einigen Stunden rasteten wir. Ich vertrat mir die Beine. In der Nähe der Kutsche waren Fackeln in den Boden gerammt. Ich zog das Blatt, das an die Tür geheftet auf mich gewartet hatte, aus der Manteltasche und schwenkte es vorsichtig vor der Flamme.

Wenn es so weit ist, schick mir deinen Sohn.

Düsseldorf.

Ich bin Erik Kardis.

So steht es geschrieben, schwebend über der Kohlestadt, deren Tiefen ich nun hinter mir lassen werde.

Amos hat mir nie gezeigt, wie die Sache mit der Münze auf dem Totenbett funktioniert.

Ich kenne das Prinzip, aber das Geldstück hätte wieder auftauchen müssen.

Ich blicke auf das Plakat und lese erneut die Namen der Städte, die ich aufsuchen werde, um mir einen Namen zu machen.

BERLIN.

WIEN.

HAMBURG.

MÜNCHEN.

Ich habe keine Vorstellung von diesen Städten. Ehrlich gesagt, fürchte ich mich ein wenig vor den Menschen. Dortmund bietet ein hartes, aber ruhiges Leben. Wir sprechen eine einfache Sprache, essen einfache Dinge.

Ich rolle das Plakat zusammen.

Vom Sammelplatz der Postdroschken bis zum Bahnhof sind es gute fünf Kilometer zu laufen.

Ich nehme an, dass dort schnelle Kutschen auf mich warten werden, und teure noch dazu. Vierspänner, vielleicht Achtspänner. Aber komfortabler als meine Passage zu diesem Ort werden sie allemal sein.

Es sind so unermesslich viele Bürger unterwegs. Ich habe seit einer Stunde keine Kutsche mehr gesehen.

Dort ist eine Treppe, um ein vielfaches breiter als die einer Kirche.

Ich steige hinauf … und Dampf umfängt mich wie die Faust eines Riesen aus Nebel.

Mein Gott.

Ich bin der Höhlenjunge.

Mein Herz schlägt wie ein Hammer.

Ich lese: »BAHNSTEIG«

Hunderte Menschen, fein gekleidet, ihr Gepäck auf stählernen Karren; sie eilen geschäftig umher, treten wie Geistererscheinungen aus dem Dampf, wischen sich die Brillengläser und schwenken Billets. Der Zug.

Ich sehe den Zug.

Er glitzert, faucht weiße Schwaden wie ein Drache, röhrt und dröhnt, und in seinem Bauch blicken Menschen durch Fenster mit Brokatvorhängen; er ist viele Meter lang, vierzig oder fünfzig Kutschenlängen, die Menschen strömen zu den Einlässen an den Seiten des dampfenden Titanen, ich sehe faustgroße Stahlnieten auf der Haut des Zuges, und ich erkenne, dass Amos recht hatte und ich nichts weiß, und dass ich ohne Amos' Ausbildung schreien würde, nun, im Angesicht dieses … Monsters.

Aber ich zittere nur, umklammere meine Tasche, wende den Blick ab, richte ihn nach oben und sehe Flugmaschinen am Himmel, die weiße Dampfstrahlen hinter sich lassen – sie rasen unter den Wolken her wie zornige, riesige Adler, schlagen Haken, verschwinden im grellen Weiß.

»Letzer Aufruf nach Berlin«, brüllt irgendjemand am Ende des Bahnsteigs.

Ich greife den Nächstbesten am Ärmel. Ein ärgerliches Gesicht dreht sich zu mir.

»Was ist das?«, frage ich. Ich klinge kindisch und schwach.

»Ja was soll es denn sein? Können Sie nicht hören?«

Ein schrilles Pfeifen ertönt. Es ist ohrenbetäubend. Ich spüre es bis in meine Magengrube.

»Der Zug«, hauche ich.

Der Mann verdreht die Augen.

»Ja. Der Kleine, zum Teufel. Deswegen dauert es volle fünf Stunden bis Berlin. Aber Düsseldorf ist nun einmal nicht München.«

Ich nicke, lasse den Ärmel des Reisenden los und versuche zu lächeln, kann aber nur eines denken: *Der Kleine. Dies hier ist nur der Kleine.*

Ich reihe mich ein, besteige den Zug, den kleinen Zug, der vermutlich fünfhundert Menschen fasst; ahnungslos, was nun passieren wird, lasse ich mich in einen der Sitze fallen. Die Frau mir gegenüber strickt und wirkt gelangweilt. Ich bekomme meine zitternde Unterlippe nicht in den Griff.

Dann durchläuft ein gewaltiger Ruck den Zug. Wie Wolken zieht Dampf an den Fenstern vorbei, und ich spüre, dass wir in Bewegung geraten.

Vielleicht endet meine Geschichte hier, vielleicht erzähle ich sie eines Tages an anderer Stelle weiter, möglicherweise werde ich wahnsinnig, wenn ich irgendwann aus dem Fenster sehe und eine weitere rasende, dampfende Maschine erblicke. Alles ist möglich, wie es scheint. Ich sollte das wissen. Ich bin Magier.

Die Landschaft fliegt vorbei.

Selbst mein Denken wird nun wortkarg, verwischt alle Eindrücke, löscht das Mächtige.

Ich denke nur ein Wort, immer und immer wieder:

Berlin.

Berlin

Saubere Arbeit

Charlotte Engmann

Elisabeth fuhr gen Himmel auf. Je höher die Montgolfière die junge Frau und die anderen Lufttouristen trug, desto kälter wurde es um sie herum. Schwere Trossen hielten den gewaltigen Freiballon in Position, so dass er dem Wind nicht folgen konnte und nur von seiner Plattform auf dem Pariser Platz auf- und niederstieg. Das Brandenburger Tor blieb ebenso wie das Palais Redern unter den Luftreisenden zurück. Dafür erschienen hinter den kahlen Zweigen der Linden die Prachtbauten der preußischen und deutschen Herrscher, das Stadtschloss, das Kronprinzenpalais und die Baustelle, wo der Kaiser den neuen Dom errichten ließ.

Elisa erkannte noch das Nikolaiviertel an seiner namensgebenden Kirche und dem Roten Rathaus, ehe sich der Freiballon, am höchsten Punkt seiner Reise angekommen, zu drehen begann.

Elisa wandte den Kopf und lächelte David an, der auf dem Platz neben ihr saß; das Stehen oder gar ein Herumlaufen in dem Unterbau der Montgolfière war nicht gestattet. Der junge Student war der Bruder ihrer Schulkameradin Judith Loeb, die Elisa zuerst zu diesem Ausflug überredet, dann aber selbst furchtsam am Boden geblieben war. Im Gegensatz zu den anderen Luftreisenden schaute der Bankierssohn jedoch nicht nach den Sehenswürdigkeiten der Berliner Mitte, sondern nach den Manufakturen und Fabriken in den äußeren Bezirken.

Hier wallte der Schleier aus weißem Dampf und grauem Rauch, der die Metropole sommers wie winters umhüllte, besonders dicht, als wolle er den Schmutz und das Elend dieser Viertel gnädig verdecken. Von einem Gebäude nahe der Spree stiegen besonders dichte Schwaden auf, weiß und flockig wie Wattekissen.

»Schau, eine Wolkenfabrik«, lachte Elisa unbeschwert und erntete damit einen durchdringenden Blick ihres Begleiters.

»Das ist die Dampfwäscherei«, erklärte David ernst. »Es ist kein Ort, über den man Witze macht. Die Arbeit einer Wäscherin ist schwer und ihr Lohn beschämend gering.«

Das Lachen wich von Elisas Lippen. Im Gegensatz zu vielen anderen vermögenden Bürgern und Adeligen ignorierte die Familie Loeb nicht die wachsende Armut der unteren Klassen. Der Bankier selbst unterstützte die praktische Wohltätigkeit seiner Frau und Töchter durch großzügige Spenden, während David nach jenen Ausschau hielt, die der Hilfe bedurften.

Ein kalter Windstoß ließ Elisa schaudern. »Warst du schon einmal in der Dampfwäscherei?«

»Ich habe kürzlich mit zwei Kommilitonen vom Vapotechnikum einen neuen Kessel angeschlossen«, erklärte David ein wenig umgänglicher. »Der alte hat zu viel Druck verloren, und verlorener Druck bedeutet verlorenes Geld, wie der alte Rosenbaum jetzt sagen würde. Nun, er muss es ja wissen, sonst würde seine Familie noch heute ihre Kartoffeln selber schälen.«

Elisa nickte abwesend. Sie dachte an die fleißige Bertha, die an drei Tagen der Woche die Schmutzwäsche der Familie von Ventstetten abholte und die sauberen Stücke zurückbrachte. Ob sie wohl für die Dampfwäscherei arbeitete? Wo sonst konnte sie die Wäsche waschen und trocknen, vor allem jetzt im Winter?

Mit vor Kälte prickelnden Wangen kehrte Elisa von ihrem Ausflug nach Hause in die Schöneberger Straße zurück. Auf der Treppe zum Obergeschoss fing ihr Vater sie ab.

»Wo bist du gewesen?«, verlangte Baron von Ventstetten harsch zu wissen. Zwei Stufen über ihr stehend ragte er wie eine gestaltgewordene Gewitterfront vor ihr auf.

Sich keiner Schuld bewusst sah ihn Elisa überrascht an. »Ich war mit Judith am Pariser Platz, Herr Vater. Wir sind mit der Montgolfière aufgestiegen, und ...«

»Du lügst!« Hart packte der Baron ihren Arm. »Du hast dich mit einem Mann getroffen!«

Ein Mann? Es dauerte einen Augenblick, ehe es Elisa dämmerte: »Das war ihr Bruder. David. Sein Vater hat ihn uns schon vor Monaten vorgestellt. Er hat seine Schwester und mich begleitet.«

»Ich will nicht, dass du Umgang mit ihm pflegst!« Das Gesicht des Barons färbte sich rot vor Wut. Unter den starken Brauen blitzten seine Augen drohend. »Schlimm genug, dass du dich mit diesem Mädchen abgibst!«

Ärger stieg in Elisa hoch.

»Als wäre Ihnen das so unrecht, werter Herr Vater. Immerhin gewährt Ihnen der Bankier Loeb Kredit, und das nicht zu knapp.«

Empört schnappte der Baron nach Luft, und Elisa nutzte den Moment, um sich mit einem Ruck aus seinem Griff zu befreien. Sie drehte sich auf dem Absatz um und stürmte die Treppe hinunter, durch den Flur und in die Küche, bevor sie den Respekt vor ihrem Vater gänzlich verlor. Ihre Wangen glühten vor Zorn über seine Ungerechtigkeit. Die Loebs waren feine Menschen, vielleicht nicht von vornehmer Herkunft, aber dafür von adeliger Gesinnung. Sie könnte wahrlich schlechteren Umgang pflegen, wie zum Beispiel mit diesem unverschämten Russen mit seinem unerhörten Antrag. Wie hieß er noch? Iwanowitsch oder so ...

Ein Läuten an der Hintertür riss sie aus ihrem Wüten. Anstatt auf das eine Dienstmädchen zu warten, das sich die verarmte Adelsfamilie noch leisten konnte, öffnete Elisa selbst die Tür. Einem gewaltigen Wäschekorb folgte Berthas robuste Gestalt. Unter der strahlend weißen Haube glänzten ihre Wangen rot wie frische Äpfel, doch erst das fröhliche Lächeln milderte den müden Blick ihrer Augen.

Der Anblick der Wäscherin, die ihre Last auf dem saubergeschrubbten Küchentisch abstellte, erinnerte Elisa an den Ausflug mit David und veranlasste sie zu der Bemerkung: »Ich habe heute die Dampfwäscherei gesehen. Arbeitest du ...«

Sie brach ab, als Bertha sie erschrocken anstarrte. »Se war'n doch nit etwa dort, gnäd'ges Frollein?«

»Nein, nein«, beschwichtigte Elisa sie hastig. »Ich habe den Betrieb von der Montgolfière aus gesehen.« Und da Bertha sie verständnislos ansah, ergänzte sie: »Du weißt schon, der große Freiballon, der auf dem Pariser Platz auf- und wieder absteigt.«

»Damit sin' Se jeflogen, gnäd'ges Frollein? So richtig hoch bis in de Wolken? Ne, dat würd' ick mir nie trauen!« Mit einem Schwall Geplauder begann Bertha, die Wäsche aus dem Korb zu nehmen, und ihr Geplapper schien kein Ende zu nehmen. Wann immer Elisa sie auf die Dampfwäscherei ansprechen wollte, lenkte Bertha ab, ganz so, als gäbe es da ein Geheimnis.

Vierzehn Tage später schwänzte Elisa die Schule für höhere Töchter, die sie gemeinsam mit Judith Loeb besuchte. In den vergangenen Wochen hatte sie versucht, mehr über die Dampfwäscherei herausfinden, aber statt auf Antworten war sie auf immer mehr Fragen gestoßen. Sie hatte sogar Jente, die Wäscherin der Familie Loeb, auf der Straße abgefangen, doch die gewitzte alte Frau hatte sie mit geschickten Ausflüchten abgespeist. Elisa sah nur noch eine Möglichkeit, ihre brennende Neugier zu stillen: Sie musste den Betrieb selbst in Augenschein nehmen.

Ein hoher Eisenzaun verwehrte Unbefugten den Zutritt, und ein Wachmann ließ nur die Frauen durch, die, mit schweren Körben beladen, ihrem Tagewerk nachgingen. Aber Elisa hatte ihre Hausaufgaben gemacht. Als der Pförtner sich nach ihrem Begehr erkundigte, zeigte sie ihm ihr Weidenkörbchen, in dem sie ein paar Stullen und eine Tüte Studentenfutter zusammengepackt hatte, und erkundigte sich, wo sie David Loeb finden könne. Er würde heute doch hier arbeiten?

Der Pförtner wies ihr den Weg zum Tor 4, wo sie den jungen Herrn wohl im Trockenraum finden würde. Fasziniert wanderte Elisa über den Fabrikhof mit dem groben Kopfsteinpflaster. Das Herzstück der Anlage bildete ein mehrgeschossiges Backsteingebäude, das Dunst und Dampf umhüllten, als würde es sich bis in den Himmel erstrecken. Rundbögen milderten die Wucht der Mauern und rahmten wie Augenhöhlen die Fenster ein, hinter denen weiße Schwaden waberten.

Ein Funkeln und Blitzen lenkte Elisas Blick zum Dach, auf dem sie mit Erstaunen ein Gewächshaus entdeckte. Dumpf dröhnte das Stampfen und Mahlen der Maschinen über den Hof, gelegentlich von dem Zischen eines wütenden Metalldrachens übertönt. Der süße Duft von Lavendel vermischte sich mit dem sauberen Geruch von Kernseife und Waschsoda.

Tor 4 befand sich im dritten Stock, am Ende einer gusseisernen Wendeltreppe. Das Dröhnen einer gewaltigen Turbine ließ das Geländer vibrieren, und als Elisa die Tür öffnete, fuhr ihr ein heißer Windstoß ins Gesicht. Die Böe riss ihr den Hut von den Haaren und wehte ihn davon. Nur mühsam gelang es der jungen Frau, gegen den Widerstand des Windes die Tür zu schließen. Sie drehte sich um.

Vor ihr lag ein langgestreckter Raum, der von runden Fenstern im oberen Bereich erhellt wurde. Unzählige Wäschestücke hingen an straff gespannten Leinen und flatterten wie eine Schar Vögel im Wind der Turbine. Hinter einem weißen Bettlaken erschien eine vertraute Gestalt.

»Elisa!«, rief David sie an. »Was machst du denn hier?« Mit einer Geste hielt er sie von einer Antwort ab. »Komm mit, hier ist es zu laut, um sich zu unterhalten.« Er nahm ihre Hand und zog sie tiefer zwischen die Wäschestücke. Am hinteren Ende des Raumes befand sich eine weitere Tür und dahinter ein Treppenaufgang, der hoch bis aufs Dach führte. Durch einen kurzen Korridor erreichten sie das Gewächshaus, das Elisa vom Hof aus gesehen hatte.

Staunend sah sich die junge Frau um. In der schwülwarmen Luft, die den Glaspalast erfüllte, gediehen tropische Blumen und exotische Gewächse. Bananenbäume streiften das gewölbte Dach, während Ananasgewächse über den Boden krochen. Ein Streifen Kies wand sich durch den künstlichen Dschungel und führte zu einem zweiten Glasbau, in dem rote und weiße Rosen blühten. Moderne Röhrenlampen tauchten den Raum in frühlingshafte Helligkeit.

»Also, wieso bist du hergekommen?«, fragte David ernst, doch das Lächeln in seinen dunklen Augen milderte den strengen Tonfall. Den gewohnten steifen Gehrock hatte er abgelegt und ganz leger die Ärmel seines Hemdes aufgekrempelt. Er hakte die Daumen hinter die Hosenträger und nahm unbewusst die Haltung ein, die Elisa so oft bei seinem Vater gesehen hatte.

»Ich will wissen, was ihr mir verheimlicht.« Nicht minder bestimmt stemmte sie die Hände in die Hüften. »Bertha und Jente ließen durchblicken, die Dampfwäscherei sei ein ganz furchtbarer Ort, aber du scheinst ständig hier zu sein, und Judith auch. Aber das geht nicht auf. Ihr kümmert euch viel zu sehr um die Armen und Bedürftigen, um Frauen wie eure gute Jente auszubeuten.«

»Du hast recht«, pflichtete David ihr bei. »Das hier ist kein Waschbetrieb wie andere, sondern etwas Besonderes.« Er führte sie zu der gläsernen Wand, so dass Elisa in den Hof blicken konnte. Unter ihr stand ein altes Lagerhaus mit schönen, großen Fenstern, hinter denen luftige Gardinen hingen. »Während die Maschinen die Wäsche einweichen, waschen und sogar mangeln, können die Wäscherinnen die Zeit nutzen, um Lesen und Schreiben zu lernen oder wie man einen Garten führt. Sie können sich auch einfach von ihrer schweren Arbeit erholen. Für die Dienste der Dampfwäscherei nehmen wir keine Gebühren, sondern nur die Pfennige, die die Frauen sowieso für Seife und Soda bezahlen würden.«

»Aber wie finanziert sich die Fabrik? Die Maschinen, das Wasser, die ganze Kohle?«

»Na, hier durch die Gewächshäuser. Rosen im Winter«, er zeigte auf einen Arbeitstisch, auf dem ein Bund langstieliger Schönheiten darauf wartete, abgeholt und zum Verkauf angeboten zu werden. »Exotische Blüten während des ganzen Jahres – wir verhandeln gerade wegen des Blumenschmucks mit dem Berliner Zoo, der im

Sommer ein neues Eingangstor einweihen möchte. Rosenbaum & Söhne wollen die Lizenz für unseren Dampfwaschkessel erwerben und in Massenproduktion gehen. Die Möglichkeiten sind unbegrenzt!«

Davids Gesicht leuchtete vor Begeisterung, und sein Überschwang steckte Elisa an. Niemand anderem hätte sie dieses Wohlfahrtswerk zugetraut, aber zu Judith und ihrem Bruder hatte sie Vertrauen. »Wie kann ich euch dabei unterstützen?«

Der junge Mann griff nach dem Strauß Rosen und überreichte ihn Elisa mit einem herzlichen Lächeln: »Wie sehr hatte ich gehofft, dass du mitmachen würdest! Judith braucht unbedingt noch eine Freundin, die ihr beim Unterrichten hilft.«

»Wo bist du gewesen?«, herrschte ihr Vater sie an, kaum, dass sie die Hälfte der Treppe zur Beletage hinter sich gelassen hatte. »Du warst nicht in der Schule!« Drohend stieg er die Stufen herab. »Was hast du da in dem Korb?«

Elisa drückte die Schultern durch und hob den Kopf. Plötzlich fühlte sie sich wie ihre Namenspatronin, die Heilige Elisabeth von Thüringen: Gegen den ausdrücklichen Wunsch ihres Gemahls hatte jene mildtätige Frau den Armen in ihrer Grafschaft Brot gebracht. Eines Tage erwischte ihr Gatte sie dabei. Er verlangte zu wissen, was sie dort in dem Korb verstecken würde, doch als sie das Tuch zurückschlug, hatte sich das Brot in Rosen verwandelt.

Mit einem Ruck deckte Elisa den Inhalt ihres eigenen Korbes auf.

»Rosen!«, brüllte ihr Vater voller Zorn. Er hob die Hand zum Schlag. Elisa zuckte zurück. Ihre Ferse verfehlte die Stufenkante. Sie trat ins Leere. Der Korb flog durch die Luft. Sie verlor das Gleichgewicht. Stürzte.

Ein Schrei.

Stille.

Mit Begleitung

Oliver Hohlstein

Das Licht erlosch, nach und nach kamen die Gespräche der Gäste zur Ruhe. Robert schloss kurz die Augen, dann ließ er die Finger auf die Tasten des Klaviers fallen.

Neben ihm flimmerte das Bild des Kinematographen auf der Leinwand.

Das Bild zeigte eine sich nähernde Lokomotive. Die Musik dazu musste anschwellen, um dann ebenso wie der Zug vorbeizurauschen.

Roberts Aufgabe war es, den Bildern mit der Musik zu folgen, sie zu begleiten.

Er konnte die Gesichter der Zuschauer nicht genau erkennen. Er wusste nur, dass irgendwo im Dunkeln auch Therese saß. Therese, die er gestern kennengelernt hatte. Sie hatte im Tiergarten Gedichte vorgetragen. Die meisten Besucher waren einfach achtlos an ihr vorbeigegangen, aber einige waren doch stehengeblieben und hatten gelauscht. Zu letzteren gehörte auch Robert. Die Gedichte hatten eine Leichtigkeit, die ihn aus den Plagen des Alltags herauslösen konnte, um ihn in eine andere Welt zu tragen.

Danach hatte Therese Karten mit ihrem Namen und ihrer Adresse verteilt. Darauf war das Symbol der Wäscherei zu sehen, in der sie früher gearbeitet hatte. Robert hatte die Gunst der Stunde genutzt, sie gleich nach mehreren Karten zu fragen. So hatte er einen ganzen Stapel davon hier im Zelt auslegen können, um Therese noch bekannter zu machen.

Die Zuschauer wichen mit einem Raunen zurück, als der Zug den Rand des Bildes streifte. Den Film hatte Fritz geschnitten. Es war einfach einmalig, wie präzise er mit vorhandenem Filmmaterial umgehen und innerhalb weniger Stunden aus einer durchschnittlichen Aufnahme ein wahres Meisterwerk zaubern konnte.

Die Illusion war perfekt. Nach ein paar Minuten war der Zauber des Bildes vorbei und Robert ließ die letzten Töne der Stückes verklingen.

Das Gaslicht im Zelt ging an. Das Publikum spendete Beifall und Robert stand auf und verbeugte sich. Als er sich wieder aufrichtete, suchte er in der klatschenden Menge das Gesicht von Therese.

Da war sie. Er hatte den Eindruck, dass sie ihm zulächelte und den Kopf neigte.

Ein Mann in Offiziersuniform war plötzlich hinter ihr. Wie aus dem Nichts tauchte er auf. Natürlich war er schon die ganze Zeit im Zelt gewesen, aber Robert bemerkte ihn erst jetzt. Ihn und dass er Therese sehr nahe kam. Zu nahe für Roberts Geschmack.

Der Offizier berührte Therese am Arm, so dass sie zusammenzuckte. Er flüsterte ihr irgendetwas ins Ohr. Sicherlich etwas Unanständiges. Dann lachte er. Therese lachte nicht.

Konnte er sie nicht einfach in Ruhe lassen?

Die Zuschauer drängten bereits zum Ausgang. Hinter dem Kinematographen schaute Fritz hervor. Er betätigte die Hebel, welche die Gasleuchte darin ausschalteten und die Hydraulik zum Transport des Zelluloids zum Halten brachten.

Der Offizier nahm Therese an der Hand und führte sie hinaus.

Robert stieg von seinem Podest herunter und mischte sich ins Gedränge, um den Ausgang zu erreichen.

Therese war schon weiter gegangen. Der Offizier war noch dicht beim Eingang.

Robert tippte ihm auf die Schulter. »Mein Herr …?«

Der Offizier drehte sich um. »Ja?«

Robert stand da, starrte den Mann wütend an.

»Was ist?« Der Offizier sah Robert etwas verwundert an.

»Es geht um … Therese.«

»Wen?«

Robert zeigte auf sie.

»Ach die. Ja, hübsches Mädchen, muss ich sagen!«

»In der Tat!« Robert konnte seine Wut kaum zurückhalten. »Deshalb ... ist sie wirklich nichts für einen Zeitvertreib!«

Der Offizier lachte auf. »Glaube nicht, dass Sie das etwas angeht!« Damit drehte er sich um und ging kopfschüttelnd fort.

Robert kochte noch vor Wut, als er Fritz' Hand auf seiner Schulter spürte. »Alles in Ordnung, mein Lieber?«

»Nichts ist in Ordnung. Was erlaubt sich dieser Affe?«

»Na, Streitigkeiten mit dem Militär würde ich an deiner Stelle lieber aus dem Weg gehen.«

Robert nickte und folgte Fritz zurück ins Zelt. Sie bauten den Kinematographen ab und Robert verschloss sein Klavier.

Fritz schob den Projektor hinter einen Vorhang, dann winkte er Robert zu sich. »Ich habe da gestern in Leipzig ein sehr interessantes Stück erstehen können. Eine Bettini Plattenkamera. Das neueste Modell und ideal, um heimliche Aufnahmen zu machen.«

»Ach ja ...« Robert war wenig beeindruckt von den technischen Gerätschaften, die Fritz zusammensammelte. »Wie schön.«

»Nein, was ich meine ist ... wir können mit diesem Gerät alles aufnehmen, was unser Herr Offizier an den Tag legt. Wenn er wirklich etwas tut, was dem Ehrenkodex eines preußischen Offiziers zuwider läuft, dann ...«

»Du willst ihn ausspionieren? Und du rätst mir, ich solle mit dem Militär keinen Streit anfangen?«

»Nur, solange du keine Beweise hast!«Fritz grinste. »Jetzt muss ich nur noch eine Brennnadel besorgen. Die ist nämlich bei der Kamera abgebrochen, deshalb war die so günstig.«

»Ich glaube, ich habe welche bei Rosenbaum & Söhne gesehen.«

»Ja, genau.«

Der Weg nach Dahlem war lang. So beschlossen sie, sich eine Kutschfahrt dorthin zu leisten. Sie kamen am späten Nachmittag an. Der Lagerverkauf, der an die Fabrik angebaut war, war kurz davor, die Tore zu schließen. Fritz überredete den Verkäufer, die beiden doch noch einzulassen. Die Brennnadel war unter den vielen verschiedenen Haushaltsartikeln kaum zu finden. Nach einer Viertelstunde verließen die beiden wieder die Verkaufsräume, mit einer neuen Brennnadel im Gepäck. Die Kutsche fuhr sie zurück zum Zelt.

Es war kein Problem für Fritz, die Nadel im Aufnahmekasten der Kamera zu befestigen. Als Probe nahmen sie das Innere ihres Zelts auf.

»Wunderbar!«, sagte Robert. »Man erkennt alles, sogar die Finger der Figuren auf der Dekoration des alten Marionettentheaters.«

»Schärferegulierung!«

»Und wo wollen wir diesen Apparat nun zum Einsatz bringen?«

»Ich dachte an die Schenke, in der die Offiziere meistens einkehren. Ein Freund hat mir davon erzählt. Sie liegt mitten im Nikolaiviertel.«

Es war zu spät für eine Aktion, daher beschlossen sie, sich am nächsten Tag auf den Weg zu machen.

Gegen Mittag nahmen die beiden die Kamera in zwei Tragetaschen und eilten hinaus. Das Nikolaiviertel lag ein ganzes Stück weit weg. Es blieb den beiden keine andere Möglichkeit als noch einmal eine Kutsche zu mieten.

Sie kamen an, als gerade Tische und Stühle nach draußen gestellt wurden.

»Woher wissen wir eigentlich, wo der Offizier sich hinsetzen wird?«, fragte Robert. »Wir können ja nicht die ganze Schankstube aufnehmen … und erst recht nicht drinnen und draußen.«

»Keine Sorge«, antwortete Fritz. »Ich habe da sehr zuverlässige Quellen. Der Offizier hat einen Stammplatz neben dem Tresen.«

Der Schankraum war dunkel, aber das war für ihren Plan natürlich von Vorteil. Eine Kamera war nicht einfach zu verstecken. Im Durchgang zur Küche wurde sie aufgebaut, so dass sie das Ende des Tresens aufnehmen konnte ohne von dort aus sichtbar zu sein.

Der Wirt ließ die beiden gewähren, da sie zahlten und versicherten, nach dem Dreh wieder zu verschwinden.

Es dauerte tatsächlich bis zum Einbruch der Dunkelheit, bis die Kamera vollständig aufgebaut war. Als der Offizier die Schenke betrat, verschwanden Fritz und Robert schnell hinter dem Vorhang.

»Ah, Oberst Krautwein, wie schön, dass Sie uns wieder einmal beehren«, begrüßte der Wirt den Eintretenden.

»Ja, dachte mir, schaun wir mal wieder vorbei. Hätte gern ein Bier und für meine Begleiter ebenfalls.« Er deutete auf zwei weitere Personen in Uniform, die nach ihm die Schenke betraten.

Der Wirt brachte die Getränke und die Offiziere saßen da und redeten.

Der Oberst machte Witze über das Elefantentor, das morgen eingeweiht werden sollte. Der Tisch lachte lauthals.

Fritz seufzte hinter dem Vorhang. »Solange sie nur reden und nichts tun, sind die Aufnahmen für die Katz.«

Robert nickte. Die Situation war ungünstig. Jede Möglichkeit, die Offiziere zum Handeln zu bewegen, hätte erfordert, sich aus dem Versteck zu begeben.

Vermutlich war Fritz dem Offizier noch unbekannt, doch es galt, kein Risiko einzugehen. Nachdem die Sperrstunde kurz bevor stand, schaltete Fritz die Kamera aus und stapelte sie in die Kisten zurück.

»Hilf mir und beeil dich, ich werde dem Offizier folgen und versuchen, ob er nicht auf dem Heimweg noch die eine oder andere Sache anstellt, die wir aufnehmen können.«

Robert legte Hand an und so gelang es ihnen, die Kamera zu verstauen, bevor sich der Offizier und seine Freunde zum Gehen bereit machten.

Fritz nahm die Kisten mit der Kamera und schlich hinter dem Offizier aus der Schenke. Robert folgte in einigem Abstand.

Der Weg zurück zur Kaserne war lang. Dort Aufnahmen zu machen, war natürlich unmöglich, da die Kamera erst hätte aufgebaut werden müssen. Und Oberst Krautwein hielt auch nicht einmal an, um noch irgendwo anders einzukehren.

Irgendwann war die Kaserne erreicht und er verschwand darin.

»Ein vorbildlicher deutscher Offizier, wie es aussieht«, kommentierte Robert enttäuscht.

Sie nahmen eine Kutsche nach Hause, ließen sich erschöpft in die Kojen ihres Wagens fallen.

Nachts erwachen die tierischen Triebe zum Leben. Ich bin nicht ganz so harmlos, wie ich tagsüber scheine. Das zeigt sich aber erst, wenn es dunkel wird. Meine Hand ist ein Messer, meine Stimme ein Kreischen. Das Blut auf meinem Hemd ist nicht mein eigenes. Mein wird die Rache sein.

Die Sonne stand bereits hoch am Himmel und schien durch das Wagenfenster, als Robert erwachte. Er hatte keine ruhige Nacht gehabt. Im Traum war ihm der Offizier erschienen.

»Du Jammerlappen!«, hallte dessen Stimme noch immer in Roberts Kopf nach. »Wirst niemals das Herz von Therese erlangen. Bin dir da meilenweit voraus.« Dann war Therese erschienen, die den Offizier am Arm nahm, sich zu Robert umdrehte und lachte. Robert war froh, dass das Ganze nur ein Traum gewesen war.

Er stand auf und zog sich an. Heute war erst wieder am Nachmittag gegen vier Uhr eine Vorstellung. Ob Therese wohl wiederkommen würde?

Fritz war nirgends zu sehen.

Dieser tauchte erst später wieder auf, mit vielen Metalldosen voller Filme unter dem Arm. »Ich habe noch ein paar Aufnahmen gemacht und sehr interessante Dinge herausgefunden«, berichtete er Robert aufgeregt.

Die Filmrollen halfen Robert nicht. Er wusste, dass sich Fritz nun in seine Dunkelkammer einschließen und vermutlich den ganzen Tag nicht mehr hervorkommen würde. Es gab keinen Grund, hier zu warten, also beschloss er, sich auf den Weg in die Stadt zu machen.

Genauer gesagt hoffte er, irgendwo auf Therese zu treffen. Er nahm eine Kutsche bis zum Gendarmenmarkt.

Heute war Markttag und Robert hatte Mühe, sich durch die Menschenmengen und Marktstände hindurchzuzwängen. Zwischen zwei Tonnen mit Druckluft schlängelte er sich hindurch, bis er schließlich die andere Seite des Marktes erreichte, wo die Straße abzweigte, in der Thereses Wohnhaus lag.

Robert wunderte sich, dass um die Eingangstür des Hauses eine Absperrung mit Eisenstangen aufgebaut war und Polizisten mit Pickelhauben auf und ab spazierten.

Er drängte sich durch eine neugierige Menschenmenge und tippte einem der Ordnungshüter auf die Schulter.

»Verzeihung, aber könnten Sie mir sagen, was hier los ist?«

»Da ist jemand getötet worden in dem Haus. Dumme Sache das!«

Roberts Herz begann wie wild zu schlagen. »Können Sie mir den Namen …«

Der Beamte sagte ihn. Für Robert war es wie ein böser Traum, der wahr wurde. Die Worte gingen in einem Rauschen unter. Die Vakuum-Bahre wurde an ihm vorbei getragen. In die dunkle Kutsche verladen und dann durch einen Vorhang von der Außenwelt abgeschirmt.

»Kann man denn …« Roberts Stimme war kaum zu hören und so räusperte er sich und setzte erneut an: »Kann man denn sagen, wie es passiert ist?«

»Entschuldigung, aber dazu kann ich noch keine Angaben machen. Sind Sie von der Zeitung?«

Robert schüttelte den Kopf. »Ich … kannte sie nur.«

»Dann tut es mir leid. Für Ihre Bekannte und dafür, dass ich Ihnen keine Auskünfte erteilen darf. Aber vielleicht können Sie uns helfen?«

Der Polizist holte Robert hinter die Absperrung und machte ihn mit dem ermittelnden Kommissar Feldner bekannt. Der stellte ihm Fragen über Therese. Woher er sie kannte und wo er sie zum letzten Mal gesehen habe.

Robert beantwortete alle Fragen, so gut er konnte. Zum Schluss wollte Kommissar Feldner noch wissen, wo Robert denn am letzten Abend gewesen sei.

»Ich habe in meinem Wohnwagen geschlafen. Ich bin hier auf der Durchreise.«

»Fahrendes Volk?«, fragte der Kommissar mit einem verkniffenen Gesicht.

»Schausteller, wenn man so will.«

Ohne ein weiteres Wort notierte der Kommissar etwas in ein Notizbuch. »Danke, das wäre es. Wenn Ihnen noch etwas Wichtiges einfällt, kommen Sie bitte auf die Polizeiwache 7.«

Robert nickte. »Und können Sie mir dann vielleicht noch später ... etwas mehr erzählen?«

»Vielleicht«, antwortete Kommissar Feldner, »wenn unsere Ermittlungen abgeschlossen sind.«

Damit war das Gespräch beendet.

Robert stand dort, bemerkte nur am Rande, dass die Absperrungen wieder einzeln entfernt wurden. Bald erinnerte nichts mehr daran, dass in diesem Haus bis vor kurzem noch ein Mensch gelebt hatte. *Ein wunderbarer Mensch*, ergänzte Robert in Gedanken.

Er drehte sich um und machte sich auf den Weg zurück zum Wohnwagen. Zu Mittag aß er nicht. Sämtlicher Appetit war ihm vergangen.

Die Vorstellung musste vorbereitet werden.

Fritz werkelte noch immer in der Dunkelkammer herum.

»Wir werden heute eine einmalige Vorstellung haben. So etwas hat Berlin noch nie gesehen«, rief er Robert von drinnen zu.

»Moment! Du willst heute schon einen neuen Film zeigen? Das geht so nicht, Fritz! Ich muss doch die Musik auswählen! Kann ich den wenigstens vorher sehen?«

»Nein, ich fürchte, ich werde nicht mehr rechtzeitig fertig!«

Robert verdrehte die Augen, aber das konnte Fritz natürlich nicht sehen. »Und jetzt?«

»Dir fällt schon etwas ein. Improvisation!«

Robert schüttelte den Kopf, aber erwiderte nichts. Er ging ins Zelt zurück, wo das Klavier stand und fing an, es zu stimmen.

Sieh nur, wie sie alle schauen, gaffen. Aber sie sehen nur, was sie sehen wollen, nicht die Hintergründe. Es sei denn, man stößt sie mit der Nase darauf! Ich habe es mehrmals versucht, aber sie wollten einfach nicht hinsehen. Erst, wenn man ihnen eine Lüge vorsetzt, die ihrer Vorstellung entspricht, glauben sie es.

Am frühen Nachmittag fing das Zelt langsam an, sich zu füllen. Robert schaute nicht hin, war noch ganz in das Stimmen seines Klaviers vertieft.

Dann betrat der Oberst das Zelt. Roberts Herz fing an zu brennen. Was wollte der denn hier? Ihn weiter verhöhnen?

Robert versuchte, sich ganz auf sein Klavier zu konzentrieren. Verdammt, warum hatte er sich so von Fritz abwimmeln lassen? Jetzt galt es, Melodien zu finden, die zu den Bildern passten, ohne dass er lange Zeit zum Üben hatte.

Die Gaslaternen im Zelt wurden abgedunkelt. Einige Frauen in den Zuschauerreihen kicherten. *Therese ist nicht dabei,* dachte Robert.

Der Projektor ratterte los und ein Flackern erschien auf der Leinwand. Robert begann, auf dem Klavier die Melodie von Schuberts *Forelle* zu spielen. Das Bild zeigte ein Zimmer, in dem eine Frau gerade dabei war, sich umzukleiden. Robert stockte fast der Atem, als er die Frau erkannte. Es war Therese!

Er verspielte sich einmal, aber da das Publikum die Melodie ohnehin nicht kannte, fiel es nicht weiter auf. Er spielte weiter, die Musik ging über in einen Marsch, der, ohne dass es Robert bewusst war, an Mendelssohns Hochzeitsmarsch erinnerte.

Ein Mann trat nun ins Bild. Robert griff nun einmal deutlich daneben. Der Mann war der Oberst. Zwar war er in Zivil und schien auf der Leinwand etwas schlanker zu sein als in Wirklichkeit, aber das Gesicht war eindeutig das des Oberst. Das Publikum war still. Robert wagte einen kurzen Blick. Der Oberst schaute wie versteinert auf die Szene. War er blasser geworden oder waren das nur die Reflexe der Leinwand in seinem Gesicht? Robert setzte noch einmal mit dem Spiel an und spielte diesmal etwas, das Mussorgskis *Gnomus* ähnelte.

Der Oberst schlich sich von hinten an Therese heran. Dann hob er ein Messer. Robert ließ die Musik dramatischer werden, auch wenn die Tränen begannen, sich in seinen Augenwinkeln zu sammeln. Als der Oberst dann zustach, brachen sie schließlich aus ihm heraus. Die Tasten des Klaviers verschwammen vor seinen Augen. Er merkte gar nicht mehr, wie oft er sich verspielte. Aber die Melodie ging wie auch der Film unaufhörlich weiter.

Dreimal stach der Oberst zu, dann drehte er sich um und lief aus dem Bild davon. Es folgte ein Schild, auf dem groß »Ende« zu lesen war. Robert ließ die letzten Akkorde ausklingen.

Der Kinematograph ratterte weiter, die Leinwand zeigte nur noch ein weißes Bild. Das Licht war immer noch aus, da begannen im Zuschauerraum bereits einige Leute zu tuscheln. Stühle wurden verschoben. Um den Oberst bildete sich langsam eine freie Fläche.

Robert stand auf. Er wusste nicht, ob seine Füße ihn sehr weit tragen würden. Er schritt wie in Trance die Stufen von der Bühne hinunter und begann die Gaslaternen wieder anzuzünden. Der Projektor ratterte immer noch.

Der Oberst erhob sich von seinem Platz und versuchte, den Ausgang zu erreichen, aber die übrigen Gäste rotteten sich dort zusammen und versperrten ihm den Weg.

»Durchlassen!«, befahl er. Niemand reagierte.

Robert ging zum Kinematographen hinüber und stellte ihn aus. Fritz war nirgends zu sehen. Aus dem Publikum waren jetzt raunende Stimmen zu hören. Robert ignorierte sie. Er begann, den Film auszuspannen.

Die Stimme des Oberst schrie etwas. Gepolter war zu hören. Jemand rief: »Mörder!« Andere stimmten mit ein. Das Wort breitete sich im Saal wie ein Lauffeuer aus.

Robert nahm den Film vom Projektor herunter und legte ihn zurück in die Metalldose.

Das Scharren von Stühlen auf dem Boden war zu hören. Der monotone Singsang des einen Wortes raunte durch das Zelt.

»Mörder!« Der Oberst schrie, man solle ihn loslassen.

Ein lauter Knall war zu hören. Dann war alles still.

Die Polizei stellte den Film als Beweismaterial sicher und nahm Robert vorläufig fest. Da aber das gesamte Publikum bezeugen konnte, dass er erst Klavier gespielt und dann den Film aus dem Projektor genommen hatte, wurde er nach kurzer Zeit wieder freigelassen. Die Polizei ging davon aus, dass der Oberst sich selbst getötet hatte, da er mit der Offenbarung seiner Tat nicht fertig wurde. Der Fall wurde zu den Akten gelegt.

Robert verließ die Stadt.

Einige Wochen später erhielt er einen Brief. Die Briefmarke zeigte das Abbild des englischen Königs vor einem Länderumriss, der Robert unbekannt war. Das Papier roch leicht vermodert.

Lieber Robert,

ich danke Dir, dass Du mir die Möglichkeit gegeben hast, meine Rache zu vollenden. Seit Jahren habe ich schon nach Oberst Krautwein gesucht, um ihn für alles, was er meiner Familie angetan hat, zur Rechenschaft zu ziehen.

Hierzu war es leider unerlässlich, dass Therese dem Ganzen zum Opfer fiel, aber ich bin sicher, Du wirst einsehen, dass letztendlich doch der Oberst sie auf dem Gewissen hat, wenn auch nicht direkt. War es doch nötig, ihn eines Mordes zu überführen, damit so alle die Untaten bestraft werden konnten, die sonst ungesühnt geblieben wären, weil er sich dem Gesetz auf niederträchtige Weise entzogen hätte.

Er war ebenso wie mein Vater Offizier in meiner Heimatstadt Cottbus. Beide hatten ein Auge auf die Tochter des Bürgermeisters geworfen, und mein Vater hatte nach dem Tod meiner Mutter weiß Gott wieder eine Frau verdient! Doch Oberst Krautwein forderte ihn zum Duell und ersetzte das Schießpulver in der Pistole meines Vaters durch Pfeffer. Natürlich konnte ihm das nie jemand nachweisen. Aber ich habe nicht den geringsten Zweifel an seiner Tat. Wie auch immer, er konnte nun besser schießen als mein Vater und machte mich so zum Vollwaisen. Ganz zu schweigen davon, dass er dem Liebesglück der beiden im Wege stand. Die Bürgermeistertochter nahm sich kurze Zeit später unter ungeklärten Umständen das Leben. Ich bin sicher, daran war der Herr Offizier auch nicht ganz unschuldig, obwohl er straffrei blieb. Somit ist das, was ich tun musste, um ihn dennoch zu überführen, um ein Vielfaches ausgeglichen.

Vielleicht interessiert es Dich, wie ich die Bilder aus dem Schlafzimmer jener Therese so leicht aufnehmen konnte? Ganz so leicht war es freilich nicht. Es bedurfte schon einiges an Redegeschick, um die gute Dame davon zu überzeugen, mich in ihre Wohnung zu lassen. Zum Glück hatte ich ja den Zettel gelesen und wusste, dass ich mich als Verleger ausgeben musste. Die Kamera baute ich heimlich in ihrem Schlafzimmer auf, als sie gerade im Bad war. Sie war nicht ganz einfach zu verstecken.

Du kennst das ja schon aus der Schenke. ich habe mehrere Stoffreste übereinander gestapelt, bis nur noch die Linse herausschaute. Dann empfahl ich der Dame, mich ins Verlagshaus zu begleiten. Den Rest hast Du ja selbst auf der Leinwand bewundern können.

Am schwersten war es zweifellos, Einstellungen der Aufnahmen aus der Kneipe zu finden, bei der ich den Kopf des Obersts in den anderen Film einbauen konnte. Ich denke aber, dass es mir ausreichend gut gelungen ist, zumal mein Kopf deutlich schmaler ist als der des Obersts.

Ich werde, wie Du sicher verstehen wirst, vorerst nicht mehr in das Reich zurückkehren können. Und um unnötigen Ärger mit den Behörden zu vermeiden, empfehle ich Dir, diesen Brief zu verbrennen, sobald Du ihn gelesen hast.

Ich hoffe, wir können auch weiterhin Freunde bleiben.

In Liebe,
Dein Fritz.

Der Rosenbaum-Golem

Gerd Scherm

Es war ein strahlender Sonntag, der Himmel zeigte sich zur Einweihung des Elefantentores des Zoologischen Gartens wirklich gnädig. An jedem anderen Tag der Woche hätte sich die Sonne gegen den Smog von Berlin wohl kaum durchsetzen können, gegen jenes Gemisch aus Rauch, Ruß und Dampf, das tausende von Schornsteinen und Maschinen jeden Werktag gen Himmel sandten. Damit auch nichts das Straßenbild trübte, hatte die Schutzpolizei alle Bettler auf der Königgrätzer Straße und rund um das Zoogelände zusammengetrieben, auf Ochsenfuhrwerke gepackt und entfernt. Aber das musste wohl sein, denn schließlich sollte Berlin heute sein Sonntagsgesicht zeigen, wo doch der Kaiser hoch über dem Ganzen schwebte und die Feierlichkeiten aus seinem Privatzeppelin, der Brandenburg, verfolgte.

Aaron Rosenbaum hatte Mühe, einen Abstellplatz für seinen sechssitzigen Stanley-Dampfwagen zu finden. Die Verkehrsdichte in der Hauptstadt schien jedes Jahr im Quadrat zu wachsen. Als er den Wagen endlich in seiner Parkposition zum Stehen brachte, ließ Aaron zischend den restlichen Dampf der Maschine ab. Seine Fahrgäste und er stiegen aus: Samuel, sein älterer Bruder und Geschäftsführer der Dampfmaschinenfabrik Rosenbaum & Söhne und dessen Frau Esther, Salomon Grün, der Exportleiter des Betriebs, und dessen Gemahlin Rebecca. Aaron selbst war technischer Leiter der Firma und seine Erfindungen der letzten Jahre hatten ihm Ehre und dem Unternehmen viel Geld gebracht. Zu fünft strebten sie gut gelaunt zur neuen Attraktion des Zoologischen Gartens, dem von Elefanten getragenen Tor im asiatischen Pagodenstil, das heute feierlich eröffnet werden sollte.

»Der Himmel ist heute fast so klar wie in unserer Kindheit«, sagte Samuel mit fröhlichem Blick nach oben.

»Das ist eben Kaiserwetter!«, erklärte Rebecca gut gelaunt.

Einige vereinzelte Bettler und Schausteller versuchten trotz massiver Polizeipräsenz, in der großen Menge von Menschen in Festtagsstimmung ein paar Pfennige zu ergattern. Ein Polizist packte eine ziemlich abgerissene Gestalt am Arm, die in der rechten Hand eine Marionette hielt. Widerstrebend ließ sich der offensichtlich wütende Mann abführen.

Aaron schüttelte kaum merklich den Kopf. Die Situation in der Hauptstadt des Deutschen Reichs eskalierte mehr und mehr, die Schere zwischen Arm und Reich klaffte von Tag zu Tag weiter auseinander.

Bevor die Festredner begannen, das Publikum zu langweilen, um dann letztendlich doch das breite rote Band des mittleren Tordurchgangs zu durchschneiden, richtete sich die Aufmerksamkeit des Publikums in die Höhe. Die Staffel der Aeronauten der *Kaiserlichen Adler-Ritter* zauberte mit fünf Weißkopf N27-Flugzeugen atemberaubende Figuren in den Berliner Himmel. Die Tragflächen waren mit Leinwand in den Nationalfarben Rot-Weiß-Schwarz bespannt. Aus verschiedenen Richtungen flogen die Maschinen nun auf den Kaiserzeppelin zu, um sich genau über ihm zu einer Pfeilform zu vereinigen, die sich sofort wieder wie eine stilisierte Blüte öffnete.

Der Motor des Flugzeugs am linken Rand der Formation kam plötzlich ins Stottern und der Pilot drehte ab. Ihm gelang es zwar, die Flugbahn einigermaßen zu stabilisieren, doch die Maschine steuerte in einer immer flacher werdenden Kurve auf den Tierpark zu und verschwand hinter der Mauer. Kurz darauf war der ohrenbetäubende Knall einer Explosion zu hören. Aus dem Zoologischen Garten stieg ein Gemisch aus weißem Dampf und schwarzem, öligem Rauch auf.

»Mist!«, entfuhr es Samuel Rosenbaum. »Das war eine von unseren.«

Aaron rannte zusammen mit etlichen Schaulustigen zum Eingang. Am Tor stieß er einen Gardisten zur Seite, sprang mit einem beherzten Satz über das rote Band und hastete in Richtung der Rauchsäule. Einige Rettungskräfte, Soldaten und Polizisten hatten die Absturzstelle im Gehege der Neuweltkamele bereits erreicht und suchten in den Trümmern nach dem Piloten und seinem Maschinisten. Was von den Überresten des Flugzeugs nicht brannte, war blutverschmiert. Fellfetzen hingen an einigen zerbrochenen Streben der Konstruktion und zeugten davon, dass ein Lama zur falschen Zeit am falschen Ort gestanden hatte.

Die Aeronauten hatten den Absturz überlebt, doch ihre Gesichter bestanden nur noch aus zerfetzter Haut und verkohltem Fleisch. Die Rettungskräfte brachten sie schnellstens in die Charité in die Obhut von Spezialisten. Bei allem Mitgefühl für die Opfer galt Aarons vordringliche Sorge dem explodierten Motor. Die Ursache für das Unglück konnte unmöglich ein Konstruktionsfehler gewesen sein.

»Zurücktreten, Mann! Sie haben hier nichts verloren! Verschwinden Sie augenblicklich von der Unglücksstelle!«

Der Schutzpolizist unterstrich seine Anweisung, in dem er Aaron unsanft mit dem Schlagstock gegen die Schulter stieß. Schnell versperrten weitere Sicherheitskräfte den Blick auf die Reste des abgestürzten Flugzeugs.

Aufgewühlt ging Aaron zum Elefantentor zurück, doch bevor er den Tiergarten verlassen konnte, trat ihm ein Mann in den Weg. Er war schlank, von gepflegtem Äußeren und lüftete zur Begrüßung den Zylinder: »Gestatten, Kriminalkommissar Feldner. Meine Aufgabe ist die Aufklärung dieses tragischen Vorfalls. Darf ich Sie fragen, wer Sie sind?«

»Aaron Rosenbaum, technischer Leiter von Rosenbaum & Söhne, Dampfmaschinenfabrik in Dahlem.«

»Ach, daher das aufgeregte Interesse. Ich dachte mir schon, dass Sie entweder ein Verwandter der Aeronauten oder ein Flugzeugkonstrukteur sind.«

»Ich habe mit der Konstruktion nichts zu tun, die stammt von Gustav Weißkopf. Von mir stammen lediglich die Dampfmaschinen.«

»Von denen eine zweifelsfrei explodiert ist«, ergänzte der Kommissar lapidar. »Fragt sich nur, warum.«

Aaron nickte stumm. Genau das fragte er sich auch.

»Nun«, fuhr Feldner fort, »Dampfmaschinen haben die Angewohnheit, im unpassenden Moment zu explodieren.«

»Wann wäre denn Ihrer Meinung nach ein passender Moment für eine Explosion?«, fragte Aaron sarkastisch. »Der Grund des Absturzes war sicher kein Konstruktionsfehler. Die Maschinen der Adlerstaffel haben bereits zahllose Flugstunden absolviert.«

»Vielleicht zu viele?«, hakte der Kommissar nach. »Oder denken Sie an Sabotage? Möglich ist heutzutage alles! Sozialisten, Anarchisten, Franzosen, Serben oder Russen, wer weiß schon, wer sich einen Vorteil davon verspricht, einen deutschen kaiserlichen Flieger zu zerstören?«

»Ich weiß es nicht. Ich kümmere mich nicht um Politik. Kann ich jetzt gehen? Meine Freunde warten.«

»Ja, gehen Sie nur. Ich werde Sie morgen in Dahlem besuchen.«

Aaron hatte am Montagmorgen kaum sein Kontor betreten, als das Telefon klingelte. Er legte die Hörmuschel ans Ohr.

»Ein Herr möchte Sie sprechen, Herr Rosenbaum«, hörte er die Stimme seiner Vorzimmerdame.

»Gut, schicken Sie ihn rein.«

Aaron hatte die Hörmuschel noch nicht eingehängt, als der Besucher schon im Zimmer stand. Zu seiner Überraschung war es nicht Kriminalkommissar Feldner, sondern Baron von Sachsenberg, Kommandeur der Kaiserlichen Adlerstaffel. Auch außerhalb seiner Einsätze sah man ihn nie ohne den berühmten Fliegerhelm aus Messing und Leder in Adlerkopfform mit weit vorragendem Raubvogelschnabel. Aaron fragte sich, ob er das Ding wohl auch im Bett trug. Die beiden waren einander schon öfter begegnet und ihre gegenseitige Abneigung war körperlich spürbar. Der Baron gehörte zur Bewegung der »Reinen Germanen« und trat überall unverhohlen als Antisemit auf. Dass ausgerechnet Rosenbaum & Söhne die arische Adlerstaffel mit Motoren belieferte, war ihm schon lange ein Dorn im Auge. Ein Dorn, von dem er nun hoffte, ihn aus gegebenem Anlass für immer entfernen zu können.

Aaron setzte sich hinter seinen wuchtigen Eichenschreibtisch, unterließ es aber, seinem Besucher einen Platz anzubieten. Der baute sich bedrohlich vor ihm auf und legte ohne Vorrede los: »Rosenbaum! Warum haben Sie mein Flugzeug zerstört? Können Sie mir sagen, was gestern passiert ist?«, bellte von Sachsenberg.

»Klar kann ich das. Es ist abgestürzt. Aber erst danach ist meine Dampfmaschine explodiert«, entgegnete Aaron aufgebracht.

»Ich werde den Reichskanzler bitten, Ihnen sofort das Privileg zu entziehen, die Adlerstaffel zu beliefern. Fürst Chlodwig von Hohenlohe-Schillingsfürst wird einsehen, dass es ein Fehler war, eine so wichtige nationale Aufgabe an Kartoffeljuden zu vergeben!«

»Kartoffeljuden?«, entgegnete Aaron entrüstet. »Wissen Sie eigentlich, dass ohne den genialen Kartoffeldämpfer meines Vaters die preußischen Truppen vor Sedan 1870 verhungert wären? Ohne Rosenbaums Kartoffel-Wasch- und Dämpfmaschine hätte es keine effektive Schweinemast für die Versorgung des Heeres gegeben. Sie sehen Baron, manchmal braucht man koschere Juden, um fette arische Schweine zu züchten.«

»Wollen Sie mich beleidigen?« Sachsenbergs Stimme überschlug sich fast. »Sie levantinischer Saboteur, Sie!«

»Unterstellen Sie mir etwa, ich würde gegen meine eigenen Interessen arbeiten? Das ist doch idiotisch! Wir Rosenbaums sind genauso deutsch wie Sie!«

»Juden können niemals deutsche Patrioten sein!«

»Ach ja? Vielleicht sollten Sie dann die Pferde der kaiserlichen Kavallerie vorsichtshalber taufen lassen! Es wäre doch eine Schande für einen deutschen Offizier, auf einem heidnischen Pferd zu reiten.«

»Wagen Sie es nicht, mich zu provozieren! Ich werde Sie schon noch kriegen, Rosenbaum! Beim kleinsten Hinweis, dass Sie Ihre Finger in der Sache haben und krumme Dinger drehen, mache ich Sie fertig!«

Der Kommandeur der Adlerstaffel knallte die Hacken zusammen, drehte sich um die eigene Achse, riss die Tür auf und stürmte grußlos aus dem Kontor.

Aaron schüttelte den Kopf. Nachdenklich nahm er zwei Zettel und kritzelte mit seinem Füller Nachrichten an seinen Bruder und seinen Freund Salomon:

»Es ist geschafft! Morgen Abend um acht Uhr in Halle 4! Erwarte Dich. Aaron.«

Dann drückte er kurz Löschpapier auf das Geschriebene, rollte die Papiere und steckte sie in je eine Rohrposthülse. Mit einem lauten Zischen machten sich die Botschaften auf den Weg durch das Labyrinth von Rohrleitungen, das die ganze Fabrik durchzog. Aaron bedauerte, dass Dahlem immer noch nicht an das große Berliner Rohrpostnetz angeschlossen war.

Die Vorzimmerdame steckte ihren Kopf durch die immer noch offen stehende Tür und sagte: »Da ist ein Herr Kommissar, der Sie sprechen möchte, Herr Rosenbaum.«

»Schicken Sie ihn bitte herein, Fräulein Blank.«

Feldner betrat freundlich lächelnd den Raum, setzte sich ungefragt in einen der Besuchersessel und zog ein silbernes Etui aus der Jackentasche. Er streckte es Aaron entgegen und ließ es aufklappen. »Ägyptische. Sehr fein«, sagte er knapp.

»Nein danke. Seitdem ich mich häufig in der Nähe von Explosivstoffen aufhalte, habe ich das Rauchen aufgegeben«, lehnte der Erfinder ab.

»Interessant«, bemerkte der Kommissar, während er sich selbst eine Zigarette anzündete, die sofort ihr stark parfümiertes Aroma verbreitete. »Explosivstoffe und explodierende Maschinen, da könnte man glatt an einen Zusammenhang denken.«

»Verdächtigen Sie mich ebenso wie Baron von Sachsenberg?«

»Meinen Sie den Adler, der mich vor Ihrem Kontor fast im Tiefflug gerammt hätte?«

»Genau den. Der glaubt nämlich, ein Jude konstruiert Dampfmaschinen nur, um damit arische Flugzeuge in die Luft zu sprengen.«

»Vielleicht sucht er einen Schuldigen für das Versagen seiner Männer. Und warum bauen Sie die Maschinen wirklich?«, fragte der Kommissar in ernstem Tonfall.

»Weil ich ein Erfinder bin und weil ich mich gerne technischen Herausforderungen stelle. Eigentlich bin ich absolut gegen feuerbetriebene Dampfmaschinen in Flugzeugen. Bei den ständigen unkontrollierbaren Bewegungen in der Luft ist das viel zu gefährlich.«

Aaron war in seinem Element, er sprach mit großem Engagement und untermalte seine Worte mit Gesten. Es war, als illustrierten seine Hände den unruhigen Flug der Maschinen.

»Wie wollen Sie auf andere Weise den Dampf erzeugen, Herr Rosenbaum?«

»Mit chemischen Batterien, die Drähte zum Glühen bringen und so das Wasser erhitzen. Keine offenen Flammen mehr, keine glühenden Kohlen, die irgendwo ins Flugzeug fallen können.«

»Womit Sie mir nun auch ein Motiv für den vermeintlichen Unglücksfall geliefert haben. Die Rechnung ist ganz einfach: Je mehr feuerspeiende Flugzeuge abstürzen, desto lauter werden die Forderungen nach sicheren Dampfmaschinen. Und wer verkauft solche? Rosenbaum & Söhne! Sie bringen mich als Ermittler in eine schwierige Situation.«

»Ich denke, es war einfach ein Unglück«, sagte Aaron und ignorierte die Verdächtigungen. »Ich weiß nicht, warum der Motor ins Stottern geriet. Vielleicht zu wenig Feuer. Dann kam es zu einem

Strömungsabriss und die Maschine schmierte ab. Der Pilot konnte sie nicht mehr hochziehen.«

»Mag sein, mag sein. Aber man hört noch andere Dinge aus Ihrem Haus. Ich bin nämlich auch wegen der Diebstahlsanzeigen hier.«

»Die hat mein Bruder Samuel erstattet. Soll ich ihn dazu holen, er hat sein Kontor im Nebengebäude?«

»Nein, ich denke, das ist nicht nötig.«

Feldner griff in die Brusttasche seines dunkelgrauen Leinenjacketts und zog einige gefaltete Papierbögen heraus.

»Ihre Anzeigen, Herr Rosenbaum. Ich sehe hier, dass man in den letzten Monaten aus Ihrer Fabrik sehr viel entwendet hat – Draht, Kupferblech, Messingrohre, Ventile, Dichtungen, Armaturen. Das liest sich, als wolle jemand eine Dampfmaschinenfabrik aufmachen.«

Aaron lachte. »Ich glaube nicht, dass ein Konkurrent dahinter steckt. Ich vermute eher, dass eine Bande uns auserkoren hat, von Diebstählen aus unserer Fabrik zu leben. Was bei der wachsenden Verelendung gewisser Schichten in Berlin allerdings kein Wunder ist. Diese Menschen gehen immer höhere Risiken ein. Was gedenken Sie dagegen zu unternehmen, Herr Kommissar?«

»Wir haben gewisse Leute, die uns mit Informationen versorgen. Ich werde mich umhören. Und vielleicht können Sie ja mehr Wachen einstellen. Und zwar solche, die Ihnen für Lohn und Brot dankbar sind. Am besten Menschen mit Ihrer Religion, Herr Rosenbaum. Viele dieser so genannten proletarischen Arier sind nämlich der Meinung, dass man Juden ungestraft bestehlen darf.«

»Und wie geht es mit den Ermittlungen des Absturzes weiter?«, fragte Aaron.

»In der Reichstechnikanstalt nimmt man die Überreste des Flugzeugs genauer unter die Lupe. Falls sich noch Fragen ergeben sollten, komme ich wieder. Einen schönen Tag noch!«

Nachdenklich sah Aaron dem Kommissar nach. Der war ihm zwar allem Anschein nach freundlich gesonnen und bemüht, seine Fälle gründlich zu untersuchen, doch gegen das korrupte Wachpersonal würde er kaum etwas unternehmen können. Längst hatte der Erfinder seine eigenen Pläne: Er hatte sich der Geschichte des Golems von Prag erinnert. Für die bedrohten Juden hatte damals 1580 Rabbi Judah Löw ein mächtiges Wesen aus Lehm geschaffen, um die Gemeinde vor Übergriffen zu beschützen. Belebt von kabbalistischer Magie patrouillierte dieser Golem damals durch das jüdische Viertel und sorgte für die Sicherheit der Menschen. Seit Monaten schon arbeitete Aaron insgeheim an seinem, dem Rosenbaum-Golem. Dieses Wunderwerk modernster Technik sollte künftig die Fabrik beschützen. Er würde nicht zulassen, dass Kriminelle das Werk seines Vaters und damit sein Erbe zugrunde richteten. Morgen würde ein Rabbi aus Prag kommen, um diesen Golem zu segnen und um ihm eine Seele einzuhauchen.

Wenn das große Werk gelang, war es vielleicht sogar möglich, kleinere Modelle seines Golems in Serie zu fertigen. Dann könnte sich bald jedes jüdische Haus vor Übergriffen dieser antisemitischen Arier schützen. Viel besser und vor allem effektiver als mit jeder Schusswaffe. Und seinen Namen, Aaron Rosenbaum, würden künftig die Juden in Deutschland mit dem Begriff »Sicherheit« verbinden. In seinen Tagträumen war Aaron bereits in die Geschichtsbücher eingegangen.

Gottlieb Halber hauste in einem Dachverschlag im Scheunenviertel nördlich des Alexanderplatzes, der verrufensten Gegend von ganz Berlin. Seit einem halben Jahr verdingte er sich nun schon als Handlanger bei Rosenbaum & Söhne in der Kesselfertigung. Er hasste seine Arbeit, denn sie war eine kräfteraubende Schinderei unter brutalen Bedingungen. Dafür hasste er auch seine Arbeitgeber, die Juden, die in einer schönen Villa lebten, erbaut auf den geschundenen Knochen deutscher Proletarier. So hatten es ihm die Demagogen in den Hinterzimmern der Arbeiterkneipen immer wieder eingebläut. Dort hetzte man die Menschen mit einer Mischung aus Wahrheiten, Versprechungen, Verleumdungen und Hasstiraden auf.

Obwohl Halber jeden Arbeitstag unter unsäglichen Anstrengungen, gewaltiger Hitze und dröhnendem Lärm litt, fand er, dass sich seine Arbeit durchaus lohnte. Vor allem nachts, wenn er mit seinen Freunden über Schleichwege in die Fabrik zurückkehrte und sie einträgliche Beute machten.

Nun freute er sich, dass er endlich Feierabend hatte und dachte schon an den nächsten Beutezug. In Gedanken versunken strebte Gottlieb Halber dem Ausgang des Fabrikgeländes zu und prallte mit einem Mann zusammen.

»Verdammt!«, entfuhr es ihm. »Kannst du nicht aufpassen, du Trottel?«

Dann erst sah er in das Gesicht des anderen und wurde kreidebleich. Er war mit Aaron Rosenbaum zusammen gestoßen.

»Entschuldigen Sie bitte, Herr Rosenbaum. Es war meine Schuld. Ich habe Sie nicht gesehen. Es tut mir leid.«

»Schon gut. Einen schönen Feierabend!«, wünschte Aaron und ging zu seinem Stanley-Dampfwagen.

Obwohl um diese Jahreszeit der Sonnenuntergang noch lange auf sich warten lassen würde, konnte man das Ende des Zeppelins im Smog nicht erkennen. Die Hohenzollern war der mächtigste Kampfzeppelin des Deutschen Reiches. Vorangetrieben von vier leistungsstarken Dampfmotoren in Compound-Bauweise war das Luftschiff das schnellste seiner Art. Und das bei geringerem Verbrauch an Heizmaterial und Wasser als übliche Motoren.

Aaron bedauerte, dass diese Maschinen nicht von seiner Firma, sondern von Kemna in Breslau geliefert wurden, wie auch alle anderen Triebwerke für die Zeppeline der Reichsluftthanse. Doch er und sein Bruder wären schon zufrieden, wenn sie einen Exklusivvertrag für die kaiserlichen Jagdflieger bekommen würden, wonach es in der momentanen Situation leider nicht aussah.

Ein Hüsteln hinter ihm riss Aaron aus seinen Überlegungen. Sein Kontaktmann im Fliegerhorst, der Mechaniker Friedhelm

Schön, begrüßte ihn herzlich.

»Wer flog die Maschine und wie geht es den Männern?«, fragte Aaron.

»Der Pilot war Gerald von Gemmingen, der Maschinist Heiner Kraft. Beiden geht es so weit ganz gut, allerdings wird Heiner so schnell kein Rendezvous mehr bekommen.«

Aaron sah vor seinem inneren Auge das schrecklich zerfetzte Gesicht aus dem Tiergarten und schüttelte sich kurz, um die Erinnerung zu vertreiben. »Was redet man über die Absturzursache?«

»Schlechte Thermik, Kaiserwetter eben, Strömungsabriss. Da macht man schon mal eine Einpunktlandung und rammt den Planeten.«

»Keiner gibt den Maschinen die Schuld?«

»Nein. So was spinnt sich nur der Sachsenberg zusammen.«

»Ich danke dir, Friedhelm. Halt die Ohren steif … und vor allem offen!«

»Alles klar, Herr Rosenbaum. Stets zu Diensten.«

Aaron nickte seinem ehemaligen Angestellten zu und ging zu seinem Wagen zurück. Es war immer gut, an wichtigen Stellen zuverlässige Leute zu haben.

In wesentlich besserer Stimmung machte er sich auf den Weg zum Anhalter Bahnhof. Diese verflog allerdings ziemlich schnell, weil bald abzusehen war, dass er zu spät kommen würde. Der Smog und der abendliche Hauptstadtverkehr machten ein zügiges Vorankommen unmöglich. Aaron hoffte inständig, dass sein Gast am Bahnhof warten würde.

Als er endlich am Ziel ankam, fiel ihm der Mann sofort auf. Selbst in einem brodelnden Schmelztiegel wie Berlin sah man nicht allzu oft einen orthodoxen Rabbiner. Aaron steuerte seinen Wagen direkt neben ihn, stieg aus und sprach ihn an: »Rabbi Mordechai Slomsky aus Prag?«

»Ja, junger Mann, der bin ich. Ich fürchtete schon, Sie haben mich vergessen.«

Aaron half dem alten Mann beim Einsteigen, verstaute dessen schäbigen, abgestoßenen Pappkoffer und fuhr los.

»Sie haben mich sehr neugierig gemacht, Herr Rosenbaum. So weit ich weiß, hat noch niemand auf der Welt versucht, eine Golem-Maschine zu bauen.«

Aaron ging auf die Bemerkung nicht ein und fragte: »Rabbi, stimmt es wirklich, dass Sie im Besitz der Originalformeln des Rabbi Judah Löw aus dem sechzehnten Jahrhundert sind?«

»So wahr ich in Ihrem Dampfwagen sitze«, antwortete Slomsky und klopfte auf seine Manteltasche. »Hier drin habe ich alles: Die kabbalistische Beschwörungsformel, um das Ritual durchzuführen und den Zettel mit dem richtigen Gotteswort, den man in den Golem stecken muss, damit er beseelt wird.«

»Dann kann ja nichts mehr schief gehen«, bemerkte Aaron erleichtert und seine Aufregung wuchs, je näher sie der Fabrik in Dahlem kamen.

Endlich hielten sie vor der Halle 4, in der alle geheimen Entwicklungsarbeiten der Firma Rosenbaum & Söhne stattfanden. Aaron half dem Rabbi aus dem Wagen und sie gingen auf das Eingangstor zu. Dort stand Ehrfried Wegener, der Leiter des Werkschutzes. Das kam Aaron gelegen und er gab ihm gleich seine Anweisungen:

»Alle Hallen müssen heute Nacht unversperrt bleiben und das Wachpersonal muss sich unbedingt außerhalb der Umzäunung aufhalten! Sagen Sie den Leuten, dass wir lebensgefährliche Fallen aufgestellt haben, um die Einbrecher zu erwischen.«

»Geht in Ordnung, Herr Rosenbaum!«

Im Innern der Halle warteten bereits Samuel Rosenbaum und Salomon Grün im gleißenden Licht der Karbidlampen. Aaron stellte die beiden dem Rabbiner vor.

Samuel platzte fast vor Neugier: »Du hast es also wirklich geschafft?«

»Ja!«, antwortete Aaron und schob voller Stolz einen Vorhang zur Seite. »Hier steht er: Der Rosenbaum-Golem!«

Wie eine riesige Spinne aus Stahl und Messing stand die Maschine da, matt silbern und glänzend goldfarben. Sechs schlanke Teleskopbeine wuchsen aus dem tonnenförmigen Körper. Die Hydraulikschläuche zur Bewegung der Gliedmaßen wirkten wie dicke Adern. Jedes Bein hatte eine Art Hüft-, Knie- und Fußgelenk, allerdings mit dem Vorteil, dass sich alle Gelenke um 360 Grad drehen ließen. Jetzt in Ruhestellung waren die Beine im Kniegelenk auf einer Höhe von einem Meter um 90 Grad nach unten abgeknickt, ausgestreckt würden sie eine Länge von zwei Metern erreichen. Der zylindrische Körper war achtzig Zentimeter hoch und sechzig im Durchmesser. Der Korpus endete oben in einer Halbkugel als »Kopf« mit verschiedenen geformten Schlitzen. Dazwischen ragten zwei Rohre mit Ventilen zum Dampfablass empor.

Aaron öffnete eine große Messingklappe und gab so den Blick auf das Innenleben der Maschine frei. Darin befanden sich drei chemische Batterien für den feuerlosen Betrieb einer Dampfmaschine in Compound-Bauweise mit Dampfwasserrückgewinnung. Doch das »Herz« des Ganzen war die daneben angeordnete »Analytische Maschine«. Aaron Rosenbaum hatte Charles Babbages' Entwürfe aus den 1850er Jahren wesentlich weiterentwickelt. Sein Rechner war nicht nur um ein Vielfaches kleiner, sondern auch erheblich schneller. Dies hatte Aaron unter anderem dadurch erreicht, dass er nicht mit Lochkarten aus Karton arbeitete, sondern mit solchen aus einem besonders strapazierfähigen Kunststoff, den er aus Petroleum gewann. Er nannte dieses neue Material nicht uneitel »Aaronit«.

Salomon und Samuel applaudierten begeistert und der Rabbiner nickte anerkennend.

»Der ist viel glänzender und prächtiger als ein Golem aus Lehm. Der ist ja richtig schön. Rabbi Judah Löw wäre stolz auf uns. Wo in seinem Kopf ist Platz für das Wort?«

Aaron deutete auf eine kleine, kreisrunde Öffnung in der Halbkugel.

»Gut, dann wollen wir beginnen!«, sagte Mordechai Slomsky. Die Brüder und Salomon Grün traten einen Schritt zurück und verharrten in gespanntem Schweigen.

Der Rabbiner zog aus seiner Manteltasche eine kleine Zettelrolle und ein altes, vergilbtes Dokument. Er steckte die Rolle in den »Kopf«, entfaltete das Dokument und rezitierte: »Dies ist der Name des Einzigen mit den vielen Namen, der Name Schem, der dir Leben gibt. Dies sei dir verliehen mit der Macht dieses Tzirufim. Ain, ain soph, ain soph aur, kether …«

Die Brüder Rosenbaum und ihr Freund lauschten fasziniert der uralten hebräischen Litanei.

Am Ende legte Rabbi Mordechai Slomsky segnend seine Hand auf den Metallzylinder und Aaron drückte einen Hebel neben der Öffnung nach unten. Die Maschine war in Gang gesetzt und begann sich aufzuheizen.

Nun hieß es eine bange Viertelstunde zu warten, bis die Maschine anspringen würde. Wenn sie denn überhaupt funktionieren würde. Salomon spürte die Anspannung seines Freundes und fragte: »Verrätst du mir, wie sich der Golem orientiert, Aaron?«

»Die beste Orientierung im Dunkeln bietet der Schall. Mit Hilfe mehrerer Galton-Pfeifen werden durch Dampfdruck Ultraschallwellen jenseits des menschlichen Hörvermögens erzeugt und ständig ausgesandt. Hinter den schmalen Schlitzen im Kopf des Golems sitzen Rezeptoren, die das Echo dieser Wellen auffangen und die Werte an die Analytische Maschine schicken. In dieser werden dann ständig die Werte mit den entsprechenden Lochkarten der Raumkoordinaten verglichen. Wer berechtigt ist, sich hier aufzuhalten, trägt einen Anhänger aus einem speziellen Metall, der die Ultraschallwellen entsprechend reflektiert. Die Maschine stuft die Träger dieses »Amuletts« als zutrittsbefugt ein.«

Aaron reichte jedem ein Lederband an dem ein Metallplättchen hing.

»Damit seid ihr geschützt. Sobald sich aber ein Unbefugter in der Nähe des Golems aufhält, gibt dieser Alarm. Oder er bekämpft ihn direkt.«

»Was heißt das, er bekämpft ihn?«, fragte Samuel besorgt.

»Nun, ich denke, der Golem wird Einbrechern einen ziemlichen Schrecken einjagen. Außerdem sind die sechs Füße als Greifer einsetzbar und die können wahrhaft kräftig zupacken und den Dieb festhalten«, erklärte Aaron.

»Dann wünsche ich unseren Einbrechern, dass sie besser nicht zu uns gekommen wären«, sagte Samuel.

Aaron erklärte noch mehr Details, bis der Golem ansprang und sich langsam in Bewegung setzte. Wieder applaudierten die Anwesenden.

Der sichtlich erschöpfte Rabbi sagte: »Das ist wirklich genial, Herr Rosenbaum! Ich hätte mir nicht träumen lassen, dass ich in meinem Alter noch einen wahrhaftigen Golem zu Gesicht bekomme und dass ich noch dazu die Ehre haben würde, ihn zu beleben.«

»Sie müssen hungrig sein, Rabbi. Gehen wir rüber zur Villa, unsere Köchin hat leckeres Fischfilet und pikante Hühnchen vorbereitet. Danach noch ein Gläschen Wein und dann werden Sie in unserem Gästezimmer schlafen wie in Abrahams Schoß«, lud Aaron ein.

Die Vier saßen gerade bei einem guten Wein zusammen und der Rabbi schwärmte: »Ein wunderbarer Tropfen. Eines Tages werden wir an den Hängen des Berges Zion einen ebenso erlesenen Wein anbauen.«

Da peitschten Schüsse durch die Nacht. Kurz darauf folgten entsetzliche Schreie.

Aaron erbleichte, Samuel und Salomon sprangen auf. Nur der Rabbi blieb ruhig sitzen. »Es ist Sein Wille. In Seinem Namen und mit Seinem Namen haben wir gehandelt, nun geschieht, was ER will.«

»Aber es geschieht in unserer Fabrik und man wird uns verantwortlich machen!«, rief Samuel und stürmte aus dem Zimmer. Sein Bruder und sein Freund folgten ihm. Rabbi Mordechai Slomsky dagegen widmete sich in aller Seelenruhe dem Teller mit Konfekt, wählte genüsslich eine weitere Köstlichkeit und lehnte sich entspannt zurück.

Die Leute vom Werkschutz waren froh, dass sie sich an das Verbot ihres Chefs gehalten hatten. Die Schüsse und die furchtbaren Schreie saßen den Männern immer noch in den Gliedern und sie wussten nicht, was sie tun sollten. Nur einer bewahrte einen kühlen Kopf und rannte zum Pförtnerhaus, wo sich das nächste Telefon befand.

Aaron, Samuel und Salomon hängten sich die schützenden Amulette um und betraten vorsichtig Halle 4. Wer auch immer geschossen hatte, er konnte noch da drin sein. Kein Geräusch war zu hören und Aaron wagte es, eine Karbidlampe zu entzünden. Augenblicklich war der Raum hell erleuchtet und nicht weit vor ihnen lag etwas Rundes, Dunkles – der Kopf von Gottlieb Halber. Aaron erschrak fürchterlich. Vor seinem inneren Auge sah er, wie der Greifer des Golems durch den gewaltigen Druck zu einer Schere wurde und den Kopf abtrennte.

Nicht weit davon entfernt fanden sie den reglosen Golem. Er stand in einer merkwürdigen Schieflage, so als wären zwei seiner Beine gebrochen. Mehrere Hydraulikschläuche hingen von Schüssen zerfetzt herunter und das Öl tropfte wie Blut auf den Boden. Zwischen den beiden defekten Spinnenbeinen lag Halbers kopfloser Körper.

Geistesgegenwärtig zog Aaron den Zettel mit dem Gottesnamen aus dem Kopf des Golems. Egal, was nun auf ihn und die Firma zukommen würde, niemals durfte der Verdacht aufkommen, dass hier jüdische Mystik im Spiel war. Aaron durfte den Antisemiten keine Munition liefern. Draußen ertönten die Polizeisirenen. Kommissar Feldner würde beim Anblick einer kopflosen Leiche wohl seine bisherige Zurückhaltung aufgeben. Aaron wusste, dass er sich nun seiner Verantwortung als Erfinder stellen musste, wie schmerzlich es auch ausgehen mochte.

Der Puppenspieler

Felix Woitkowski

»Warum bist schon so früh auf? Hermann kommt doch erst in einer Stunde. Bis dahin hättest du …«

»Ich kann nicht.« Hastig wusch Gustav sich das Gesicht und kämmte mit gespreizten Fingern sein Haar zurück. »Heute wird das Elefantentor eingeweiht.«

Elsa schüttelte den Kopf. »Warum tust du dir das an?«

»Weil ich muss. Das weißt du doch.«

Die kleine Gestalt tanzte zu wilden Rhythmen, die nur sie vernehmen konnte. Unerwartet hielt sie für einen Moment inne. Eine sanftmütige, aber nicht weniger leidenschaftliche Bewegungsfolge setzte ein, die bei jeder Wiederholung stetig, wenn auch kaum merklich, schneller wurde. Im Sonnenschein glänzten ihre Augen, die nie zwinkerten. Das Lachen war auf dem kleinen Gesicht erstarrt.

In ihrem Schatten stand Gustav. Mit der rechten Hand hielt er das Spielkreuz. Doch es war vor allem die Linke, die hie und da an den Schnüren zupfte, die beweglichen Glieder lenkte und die Puppe zum Leben erweckte.

Dass er direkt am Elefantentor keinen Platz finden konnte, hatte Gustav nicht überrascht. Er wusste ja, dass viele Schaulustige herkommen würden. Doch selbst hier, gerade noch in Sichtweite des Eingangs des Zoologischen Gartens, herrschte ein solches Gedränge, dass er Angst haben musste, jemand könnte seine Puppe niedertrampeln.

Zunächst hatte er auf dem schmalen Gehweg mit dem Rücken zur Straße gestanden. Doch der Verkehr, vor allem die Dampfwagen, hatten ihn unruhig, seine Bewegungen fahrig werden lassen. Nachdem ihn ein Passant unbedacht angestoßen hatte, er auf die Fahrbahn gestolpert war, hatte er seinen Platz gewechselt. Nun stand Gustav etwas weiter abseits des Trubels und musste zusehen, wie sich die Menschen an ihm vorbei schoben, ohne ihn eines Blickes zu würdigen.

Der Hut zu seinen Füßen war noch immer leer.

Solange sich das nicht änderte, musste er weitermachen. Dabei hätte er gerne schon heute einen Blick auf das Elefantentor geworfen. Die Pracht des Blütenschmucks war bereits sprichwörtlich, und hatte es nicht gar geheißen, dass zwischen den Blumen exotische Früchte hängen sollten? Ein Stückchen Paradies hier mitten in Berlin.

Eine Pickelhaube riss Gustav aus seinen Gedanken.

»Ich fordere Sie hiermit ein letztes Mal auf, die Feierlichkeiten nicht weiter zu stören. Verlassen Sie diesen Ort!«

»Was?«

»Pass auf, Bürschchen, ich habe es dir im Guten gesagt. Doch jetzt reicht's. Du kommst mit mir. Auf der Stelle.« Der stählerne Griff des Uniformierten schloss sich um Gustavs Oberarm, dann wurde er brachial fortgezerrt.

»Was wollen Sie von mir?«, forderte er eine Erklärung. »Was habe ich getan?«

»Schweig!« Ein Schlag mit dem Stock in den Rücken, ein Tritt in die Knie, und Gustav ging für einen Moment zu Boden.

Was geschah hier? Er hatte lediglich seine Puppe tanzen lassen und im Gegenzug auf etwas Anerkennung gehofft, auf ein paar Mark. Seit wann war das ein Verbrechen?

»Lassen Sie doch den Mann in Ruhe.« Ein Fremder hatte es gewagt, die zum Schlag erhobene Hand des Polizisten zu ergreifen. Stumm rangen ihre Blicke miteinander, dann wandte sich der Uniformierte ab.

»Ich tue nur meine Pflicht.«

»Ja, das hoffe ich. Tun Sie nur Ihre Pflicht!«

»Natürlich.«

Der Fremde ließ die Hand los. Er war bereits zwischen den Menschen verschwunden, als Gustav einfiel, dass er den Mann kannte. Seine Groschen hatten ihm die letzte Mahlzeit ermöglicht.

Nur der Mond erhellte das unscheinbare Schild über dem Fabriktor. »Rosenbaum & Söhne« war darauf zu lesen. Das Gebäude dahinter lag im Schatten.

»Du kommst erst jetzt?« Oscar öffnete einen schmalen Durchgang und ließ Gustav herein.

»Die Polizei hat mich festgehalten.«

»Sie haben was?«

»Ich bin ein Unruhestifter, wusstest du das nicht? Außerdem beschmutze ich das Stadtbild.«

»Warst mit deiner Puppe beim Elefantentor?« Es klang mehr nach einer Feststellung, als einer Frage. »Warum tust du dir das immer wieder an?«

Gemeinsam gingen sie zu dem Verschlag, der ihnen als Aufenthaltsraum diente. Während Gustav sich umzog, drehte sich Oscar eine Zigarette. Er trug die Uniform bereits, die sie als Nachtwächter bei Rosenbaum & Söhne auszeichnete.

»Das verstehst du nicht. Du hast nie vor einem großen Publikum alles geben und anschließend als Dank einen schallenden Applaus erhalten. Wenn du das einmal erlebt hast, vergisst du es nie wieder. Glaub mir, Marionetten waren die Attraktion schlechthin. Jede Veranstaltung war ausverkauft. Wir spielten zu dritt die antiken Theaterstücke und jeder riss sich darum, uns zu sehen. Selbst im Luna Park durften wir unser Zelt aufschlagen.«

Oscar schwieg. Ob Gustav ihn langweilte oder er gespannt zuhörte, war nicht zu erkennen.

»Dann wurde alles anders. Puppen können neben Filmrollen und Leinwänden einfach nicht bestehen. Niemand interessiert sich mehr für sie. Dabei sind sie so viel lebendiger, kraftvoller! Ich verstehe es einfach nicht. Plötzlich wollte uns niemand mehr sehen. Schließlich musste ich sogar mein Zelt verkaufen. Heute werden Filme darin gezeigt. Filme, stell dir das einmal vor.«

»Die alten Zeiten, Gustav, sie sind lange vorbei.« Auch Oscar hatte seine Geschichte und heute zwei Kinder zu Hause, die er ernähren musste.

»Ja, vermutlich ist das so. Lass uns die erste Runde machen.«

Ein Klopfen. Das zweite folgte sogleich.

Verschlafen richtete er sich auf dem Bett auf. »Ja?«

Elsa öffnete die Tür. »Hier ist jemand für dich, der nicht warten will.«

Hinter ihr stand ein Mann, der sich an ihr vorbeidrängte, sobald er Gustav erspäht hatte. »Danke. Lass uns allein«, wies er sie an und wartete einen Augenblick. Erst dann wandte er sich an den Bewohner des kleinen Zimmers. »Du bist Gustav, nicht? Gustav, der Puppenspieler.«

Es war der Fremde, der ihn gestern vor den Schlägen des Polizisten gerettet hatte.

Der Angesprochene nickte verlegen. »Ganz recht, der bin ich«, stammelte er hervor. »Woher wissen Sie ...?«

»Ich habe einfach jemanden gefragt und eine Antwort bekommen. Du bist ja kein Unbekannter in Berlin.«

Eine Pause entstand, in der Gustav nichts zu sagen wusste. Stattdessen musterte er sein Gegenüber. Dessen Kleidung war die eines stilechten englischen Gentlemans, doch sein Gesicht mit slawischem Einschlag und ein leichter Akzent offenbarten seine russische Abstammung. »Ich habe mich noch gar nicht vorgestellt. Ich bin Alexej Petrowitsch Iwanow, aber nenn mich ruhig Alexej. Das geht euch Preußen schneller über die Lippen.«

Gustav ergriff die feingliedrige, behandschuhte Hand, die sein Besucher ihm entgegenstreckte. Der von Seidenfäden durchzogene

Stoff lag wie eine zweite Haut über den Fingern. Kurz überlegte er, wie teuer es sein musste, Handschuhe maßschneidern zu lassen. Zu teuer!

Selten war Gustav sich seiner Armut und Einfachheit so sehr bewusst gewesen, wie in diesem Moment. Alexej umgab eine Aura von Reichtum, Bildung und Macht, die ihn selbst früher betört hätte, heute jedoch bloß verunsicherte.

»Feine Herren finden nur selten den Weg zu mir.« Er wies auf die karg eingerichtete Kammer. »Ich muss mich entschuldigen. Nicht einmal eine Sitzgelegenheit kann ich Ihnen anbieten.«

»Aber das macht doch nichts. Ich wollte …« Alexej unterbrach sich, als die Tür aufging. Ein dürrer Mann kam herein, gefolgt von einer Schweißwolke. Seinen Mantel ließ er zu Boden fallen, dann warf er sich, ohne sich weiter zu entkleiden, auf das einzige Bett. Ohne ein Wort gesprochen zu haben, schlief er sofort ein.

Doch, dafür muss ich mich entschuldigen, sprachen Gustavs Augen. »Das ist Hermann. Wir teilen uns das Zimmer.« Es war ihm peinlich und es war ihm anzusehen. »Sie und ich sollten nun gehen.«

»Das trifft sich gut.« Alexej beachtete den Schlafenden nicht weiter. »Ich wollte dich sowieso bitten, mich auf einer Fahrt zu begleiten. Und nimm bitte die Marionette und alle Requisiten mit, die du hast. Du wirst sie noch gebrauchen können!« Er lachte, und Gustav wusste nicht, ob er sich freuen, oder dem flauen Gefühl, das sich in der Magengegend breit machte, nachgeben sollte.

»Keine Widerrede. Komm!«

»Du hattest noch kein Mittagessen?«

Gustav schüttelte den Kopf. »Auch kein Frühstück«, gestand er. »Ich bin gerade erst aufgestanden.«

Sie saßen in einem Einspänner, der sich auf ein knappes Kommando Alexejs in Bewegung gesetzt hatte. Inmitten der unzähligen Dampfwagen wirkte die Kutsche wie ein Relikt aus einer vergangen Zeit. Doch der Geruch von frischem Leder und Öl, mit dem das Holz behandelt worden war, versicherte Gustav, dass sie nicht älter als ein paar Wochen sein konnte.

»Ich mag es, auf diese Weise zu fahren«, erklärte ihm unvermittelt Alexej, als ob er seine Gedanken gelesen hätte. »Außerdem ziehe ich es vor, wenn ich unbeachtet bleibe. Jeder hat doch nur noch Augen für die neuen Modelle von Benz, Stanley, White oder wie sie alle heißen.« Der Russe erhob sich, klopfte an die vordere Wand und rief ein paar Worte, die sein Gast nicht verstand. »Dort vorne ist eine Dampfbäckerei. Hast Du die Berliner Pfannkuchen einmal gekostet? Sie sind der letzte Schrei, sogar in Russland.«

»Ich muss gestehen: Nein.« Gustav hätte nie das Geld dazu gehabt.

Umso gieriger biss er in die gezuckerten Backwaren, die Alexej ihm anreichte, und ließ sich die Marmelade auf der Zunge zergehen. ›Köstlich‹, strahlten seine Augen, als er sich die Finger ableckte. Immer wieder griff er nach dem Päckchen, bis sein Bauch zu bersten drohte.

Erst als sie Lichterfelde von Westen her erreichten, die preußische Kadettenanstalt mit dem Reiterstandbild von Kaiser Wilhelm I. passierten, bemerkte Gustav, dass er noch immer nicht wusste, warum Alexej ihn mitgenommen hatte.

»Wohin fahren wir?«, durchbrach er unsicher die Stille, die zwischen ihnen beiden geherrscht hatte.

»Zu einem Freund«, lautete die knappe Antwort.

Erst einige Augenblicke später, wagte Gustav einen neuen Versuch. »Darf ich fragen …?«

»Er nennt sich de Grieux.« Alexejs Mundwinkel zuckten nach oben. »Dabei ist er gar kein Franzose. Heute hat er zu einer kleinen Gesellschaft geladen. Es werden viele Männer da sein, die sich für wichtig halten, mit Frauen, die gesehen werden wollen.«

»Warum …«

»… ich dann dorthin gehe?«, unterbrach ihn der Russe. »Ich bin nicht anders als andere. Außerdem hoffe ich auf den einen oder anderen Gesprächspartner.«

»Und was …«

»… hast du damit zu tun?« Er lachte kurz auf. »Warte nur ab. Es handelt sich um eine, sagen wir, eine Überraschung. Du wirst es nicht bereuen.«

Die Kutsche erreichte die östliche Villenkolonie. Scheinbar weitab vom Trubel der Großstadt waren sie allein auf den breiten Alleen. Sie fuhren an Plätzen mit Springbrunnen und weit angelegten Gärten vorbei. Etwas abseits, meist hinter Bäumen versteckt, standen gewaltige Anwesen, die Gustav an Herrenhäuser und Schlösser erinnerten. Er war weit entfernt von der heimischen Wohnung, in der er ein Zimmer im Schichtwechsel gemietet hatte.

»Dort ist es!« Alexej wies auf ein Haus mit Spitzgiebel und mehreren Ziertürmchen. Aus einem quoll dichter Rauch. Ein Mohr in dunkelblauer Uniform schob die gewaltigen Torflügel zur Seite und ließ sie ein. Zwischen zwei Dampfwagen neuster Fabrikation kam die Kutsche zu stehen. Alexej stieg aus.

Ein weiterer uniformierter Mohr führte sie durch einen Gang, der kein Ende finden wollte, entlang an so vielen Türen, dass Gustav bald aufgehört hatte zu zählen. Welche Pracht sich dahinter verbarg, das malte er sich in vollsten Farben aus. Vor seinem inneren Auge zogen Bernsteinarbeiten und Goldverzierungen, Kronleuchter und mannshohe Familienportraits vorbei. Zu gerne hätte er einen Blick darauf geworfen.

Der Diener begleitete sie eine Treppe hinab, dann blieb er unvermittelt vor einer zweiflügligen Tür stehen.

»Meine Herren?«, fragte er, als ob er sich ihrer Aufmerksamkeit versichern wollte, dann drückte er eine Klinke. Der Weg in den vor ihnen liegenden Saal war frei.

Gustav schreckte zurück, als er statt der erwarteten Pracht graue Wände sah. Stahlgerüste hielten Gaslampen, die den Saal in kaltes Licht tauchten. Ein schwarzer Vorhang verbarg die gegenüberliegende Seite des Raumes. Davor hatte sich eine Gruppe von mindesten zweihundert Menschen eingefunden. Sie diskutierten, tratschten, lachten. Champagner in Kristallgläsern wurde ihnen gereicht. Und Kaviar, nach dessen Verzehr sich die anwesenden Damen mit strahlend weißen Servietten die roten Münder abtupften. Das also war die kleine Gesellschaft, die Alexej angekündigt hatte.

In seinen abgetragenen, speckigen Kleidern fühlte sich Gustav fehl am Platz, gar dreckig. Mit dem Ellbogen versuchte er, ein Loch in seinem Hemd zu verdecken.

»Liebe Freunde.« Als ein dürrer Mann mit prächtigem Schnurrbart das Wort ergriff, verstummte die Menge. »Liebe Freunde, ich freue mich, dass ihr gekommen seid. Was der Grund meiner Einladung ist, fragt ihr euch? Ich weiß. Ein de Grieux lädt nicht leichtfertig ein. Nein, gewiss nicht.« Er wandte sich der verdeckten Rückseite des Saales zu. »Die besten Ingenieure Berlins – wahre Künstler und Virtuosen, möchte ich sagen – haben monatelang an dem gearbeitet, weshalb ihr hier seid. Während draußen auf der Straße das Elefantentor gefeiert wird, steht ihr in diesem Moment vor dem wahren Schatz Berlins. Ihr, meine Freunde, steht vor der Zukunft. Lasst uns darauf trinken!« Als er sein Glas an die Lippen setzte, fiel der Vorhang.

Auf einer niedrigen Bühne standen wohlgeordnet wie in einem Orchestergraben mehrere Dutzend Instrumente. Gustav entdeckte unterschiedliche Streicher, Blasinstrumente, Pauken, sogar eine Triangel. Dahinter zeichneten sich die Pfeifen einer Orgel ab. War das alles? Und wo waren die Musiker?

In die erwartungsvolle Stille hinein drang das Geräusch sich bewegender Zahnräder. Ein Bogen begann sich zu bewegen. Wie von Geisterhand gesteuert, brachte er die Seite einer Violine zum Schwingen. Weitere Instrumente kamen hinzu und aus dem ersten Ton erwuchs eine Melodie.

»Das ist also das dampfbetriebene Orchester«, murmelte der Russe. »Es ist erstaunlich gut gelungen. Wirklich unglaublich.«

Ein Mädchen betrat die Bühne. Einen Moment wartete sie auf ihren Einsatz. Dann begann sie so anmutig zu tanzen, dass es Gustav schien, die Musik würde sich nach ihren Bewegungen richten, statt umgekehrt.

»Oh, Alexej, willkommen in meinem Heim! Du bist wieder pünktlich auf die Minute.« Mit ausgestreckten Händen kam de Grieux auf sie zu. Sein Schnäuzer zuckte vor Freude. »Was hältst du von meinem Kunstwerk? Habe ich dir zu viel versprochen?«

»Ach, du weißt doch, ich liebe Petipa.« Der Russe drückte den Gastgeber kurz an sich.

»Es freut mich, das zu hören.« De Grieux hatte nun Gustav entdeckt. »Und wer ist er?«

»Das ist meine Überraschung. Nicht nur deine Ingenieure, auch er ist der beste.«

»Ach wirklich.« Er zögerte. »Da bin ich aber gespannt.«

Damit war das Gespräch schon beendet.

»Oh, mein lieber Loeb, Sie kannten doch Fräulein von Ventstetten. Welch tragischer Verlust …«, hörte Gustav noch, wie sich der Franzose einem weiteren Gast zuwandte. Dann drängte Alexej ihn in Richtung Orchester.

»Mach dich bereit. Nach der Ballerina bist du dran.«

Neben der Bühne trafen sie auf einen Bediensteten in de Grieux' Hausuniform.

»Keine Angst. Im Grunde funktioniert hier alles wie eine Drehorgel mit einer Dampfmaschine anstelle eines Spielers«, erklärte er, nachdem Alexej ihn eingeweiht hatte, musste jedoch gestehen: »Leider haben wir aber noch nicht viele Lochbänder vorbereitet. Das alles ist hochkomplex, wissen Sie, und der Herr drängte auf eine baldige Premiere.«

Gustav wählte Strawinskis *Feuervogel* und befestigte eine Miniaturgeige mit Bogen an den Gelenken der Puppe. Dann bestieg er mit pochendem Herzen die Bühne. Kein Applaus begrüßte ihn. Niemand blickte ihn an. Dennoch fühlte er sich beobachtet.

Die verschwitzte linke Hand wischte er ein letztes Mal an seiner Hose trocken, dann probte er mit seiner Marionette eine Verbeugung.

Als der Bedienstete einen Hebel betätigte, vibrierte der Boden und

Zahnräder knackten. Die Streicher begannen, leise und zurückhaltend, doch immer selbstbewusster.

Gustav konnte zwar nicht sehen, wie genau die mechanisch betriebenen Bögen hinter seinem Rücken hin und her fuhren, doch hatte er vor Jahren mehr als einer Aufführung des Stücks beigewohnt. Aus seiner Erinnerung heraus versuchte er die Bewegung exakt nachzuahmen. So gut es ging, ließ er die kleine Gestalt auf der Bühne die erste Geige spielen.

Nach den ersten Takten wurden seine Bewegungen sicherer. Ein Gelenk der Puppe nach dem anderen baute er nun in seine Darstellung ein.

Langsam wurden die ersten Gäste auf ihn aufmerksam. Gespräche verstummten. Angereichte Gläser blieben unbeachtet.

Das war das Publikum, auf das er so lange gewartet hatte.

Mit dem ersten Paukenschlag ließ Gustav die Puppe tanzen, ohne dass sie ihr Geigenspiel unterbrach. Als der zweite folgte, war aus etwas Holz, Draht, Stoff und Bindfaden ein wiedergeborener Paganini geworden. Ein Virtuose, ein Meisterspieler. Jemand, der Menschen faszinierte. Jemand, der sie zu Jubelströmen hinriss. Jemand, von dem eine Zugabe verlangt wurde.

Gustav erfüllte diesen Wunsch. Ein Musikstück nach dem anderen ließ er seine Puppe anstimmen. Ob heiter oder romantisch, aufbrausend oder bedächtig, es gab keines, das er nicht meisterte. Sogar zu einer Sonata, die er nicht kannte, ließ er sich hinreißen und näherte sich ihr mit Bravour.

Den nachfolgenden Applaus lehnte er dankend ab und verwies auf die kleine Gestalt zu seinen Füßen. Er selbst deutete ein Klatschen an, dann ging es schon weiter.

Oh, wie hatte er dies vermisst! Wie genoss er es nun!

»Ich kann dir die großen Bühnen zeigen«, sagte Alexej zu ihm, als alles vorbei war. »Die Preußen schätzen keine Kunst, aber in Russland kennen wir noch das Schöne und Gute. Das Zarenreich steht dir offen, Gustav, das Zarenreich oder die Berliner Gosse.«

Das war vor drei Tagen gewesen. Drei lange Nächte des Hoffens, Bangens und Wartens lagen nun hinter ihm. Geschlafen hatte Gustav kaum. Immer, wenn er von den kommenden Auftritten in Moskau und Petersburg träumte, den Rausch des Jubels herbeisehnte, kamen ihm die abschließenden Worte seines Gönners in den Sinn.

»Ich kann alles für dich tun. Ich habe einflussreiche Freunde«, hatte jener gesagt. »Aber dafür verlange ich eine Gegenleistung von dir, eine Kleinigkeit, die für dich nicht von Bedeutung ist.« Gustav brauchte nur bei einem Einbruch wegschauen. Aber das hieß, er sollte Rosenbaum & Söhne verraten. Noch im Taumel des Glücks hatte er eingeschlagen. Seitdem wusste er weder ein noch aus. So sehr er die Arbeit als Nachtwächter auch hasste, sie hatte ihn jahrelang ernährt und ihm ein armes, aber ehrliches Leben ermöglicht, ohne ihm das Puppenspiel zu nehmen.

»Gustav?« Oscar trat zu ihm an das Fabriktor, bot ihm eine Zigarette an. Schweigend standen sie nebeneinander und pafften.

Alexej war der Hoffnungsschimmer, auf den er immer gehofft hatte, der rettende Arm. Doch jetzt, da seine Träume zum Greifen nahe waren, wusste er nicht, ob er den Schritt gehen wollte. Nicht auf diese Weise.

Als Gustav ihn gefragt hatte, was er denn überhaupt in der Fabrik wollte, hatte der Russe nur kurz von Flugapparaten gesprochen. Das große Zarenreich müsse mit aller Macht zusammengehalten werden.

Aber rechtfertigte das jedes Mittel? Und was hatte Gustav damit zu tun?

Bald würde Alexej kommen. Dann musste er eine Entscheidung fällen.

»Hör mal«, unterbrach Oscar mit unsicherer Stimme seine Gedanken, als ob er jedes Wort abwägen müsste. »Die Kleinen sind krank. Diphtherie vielleicht, sagt der Doktor.«

»Das tut mir leid.« Als Gustav sich ihm zuwandte, sah er mit

Erschrecken die geröteten Augen des Nachtwächters. Er hatte nicht bemerkt, dass Oscar geweint hatte.

»Er kann nichts für uns tun, meint er. Medizin ist zu teuer und wirklich helfen tut sie auch nicht.« Er stockte und zog verzweifelt an seiner Zigarette. »Ich«, begann er erneut, »Ich halte es hier nicht länger aus.«

»Na, geh schon.« Gustav nickte ihm zu. »Ich schaffe das schon alleine.« Besorgt sah er dem Mann nach, mit dem er jede Nacht verbracht, so viele Sorgen geteilt hatte. Für ihn drückte er gerne ein Auge zu. Nichts anderes konnte er im Moment für ihn tun.

Eine Kutsche war vorgefahren. Er hatte es nicht bemerkt.

»Du weißt, was du zu tun hast.«

Er zögerte

»Was soll das? Jetzt mach schon!«

Oscar war fort, niemand würde es je erfahren. Trotzdem war es falsch. Falsch. Falsch. Das wusste er, aber ließ es geschehen.

Er zwang sich, an ein russisches Theater zu denken. Eine ausverkaufte Vorstellung. Die Zuschauer rutschten voller Erwartungen auf ihren rot gepolsterten Sitzen hin und her. Als er die Bühne betrat, sprangen sie auf. Vielleicht spielte auch ein Dampforchester ein Tusch dazu, nein, ein echtes war ihm eigentlich lieber.

Gustav kaute noch auf dem Stummel der Zigarette, die längst ausgegangen war, als Alexej zurückkam.

»Komm, Puppenspieler, ich habe alles, was ich wollte. Petersburg wartet!«, flüsterte ihm der Russe ins Ohr und zog ihn mit sich.

»Ja!« Der Glanz in seinen Augen war zurückgekehrt. In Russland lag seine Zukunft. Dort würde niemanden interessieren, was in Berlin geschehen war.

Die Kutsche fuhr durch das nächtliche Berlin. Zahlreicher als die Menschen, denen sie begegnete, waren die Mücken, die sich unter den Straßenlaternen sammelten. Niemand schenkte ihr Beachtung.

Am Ufer der Spree machte sie kurz halt. Ein großer Sack wurde hinausgeschleift und dem Wasser übergeben. Mannshoch, schmal, leblos. Eine Marionette folgte ihm.

Die Fahrt ging weiter. Erst raus aus Berlin, dann mit der Eisenbahn, so schnell, wie eben möglich, nach Osten.

Wien

Die Weltmaschine

Andreas Gruber

19.55 Uhr

Moritz Cernizky griff nach Aktentasche und Zylinder und stieg aus dem Fiaker. Beinahe wäre er auf den feuchten Pflastersteinen ausgerutscht. Er fing sich am Türgriff der Kutsche. Verdammter Nieselregen! Zum Glück war er mit seinen dreißig Jahren noch gut in Form.

Was für ein grässlicher Septemberabend. Das Wohnhaus neben der Börse auf der Ringstraße war im Nebel kaum zu sehen. Die Gaslaternen davor schimmerten wie glühende Augen durch die Dunkelheit. Da bog ein nagelneues, dampfbetriebenes Taxi um die Ecke und raste mit röhrender Hupe an Moritz vorbei. Er konnte den Fahrgast nicht erkennen. Bestimmt ein vornehmer Herr, der sich eine derart exklusive Fahrt leisten konnte.

Während Moritz dem Gefährt hinterher starrte, gingen einige Damen mit monströsen Hüten und Einkaufstaschen in der Hand an ihm vorüber und nickten ihm kichernd zu.

Moritz schlug den Mantelkragen hoch und reichte dem Kutscher eine halbe Krone. »Stimmt schon.«

Der Fiakerfahrer ließ die Münze in der speckigen Tasche verschwinden. Er wollte bereits nach der Peitsche greifen, um die Gäule anzutreiben, als ein Donnergrollen den Boden der Gasse erzittern ließ.

Augenblicklich erstarrten die Damen und blickten entsetzt zu Boden. Die Pferde scheuten und klapperten mit den Hufen auf den Pflastersteinen. Einer der Gäule blähte die Nüstern und bäumte sich wiehernd auf.

»Ho, ho!« Der Kutscher riss an den Zügeln.

Das Grollen befand sich nun direkt unter ihnen. Moritz hielt den Atem an. Er spürte die Druckwelle, die sich unter der Straße fortpflanzte. Im Umkreis mehrerer Meter schien das Kopfsteinpflaster zu vibrieren. Einige Straßenkinder drängten sich kreischend in eine Toreinfahrt.

»Gott behüte, schon wieder!« Nachdem das Grollen verebbt war, ließ der Kutscher die Peitsche knallen und rollte mit dem Fiaker davon.

»Nur ein leichtes Beben«, beruhigte Moritz die Damen, als er an ihnen vorbei kam. Er überquerte die Straße und ging auf sein Wohnhaus zu.

»Sie häufen sich«, hörte er einen Jungen mit einer Baskenmütze in der Toreinfahrt wispern.

Der Knabe hatte Recht – das taten sie. Und er kannte den Grund dafür. Nur … es waren keine Erdbeben.

20.05 Uhr

Während Moritz den Hausschlüssel aus dem Mantel fischte, warf er einen Blick auf die Taschenuhr. Fünf Minuten nach acht. Das nächste Beben würde nicht lange auf sich warten lassen. Hoffentlich fiel es diesmal etwas sanfter aus.

Während die Briten immer noch wie dekadente Adelige im viktorianischen Zeitalter verharrten und die von Charles Babbage erfundene Rechenmaschine für das Maß aller Dinge hielten, hatten die Wissenschaftler der österreichisch-ungarischen Monarchie die Idee weiterentwickelt und weitaus mehr erfunden als bloß eine lächerliche Differenzmaschine. Dopplers und Boltzmanns Forschungen bildeten die Basis, auf Grund derer Sensationelles gelungen war. Moritz wusste, es durfte nicht außer Kontrolle geraten. Schließlich war er dafür verantwortlich. Aber wie lange konnte es noch geheim gehalten werden? Einige Passanten schöpften schon Verdacht und begannen zu reden. Bald würde jemand in der Kanalisation zu schnüffeln beginnen. Einen toten Jungen hatte es bereits gegeben.

Moritz wollte die Haustür aufsperren, als er merkte, dass der Riegel nicht vorgeschoben war. Diese Nannerl! Er trat ein. Durch das flackernde Licht im Vorraum kam ihm Nannerl entgegen. In dem schwarzen Kostüm mit der weißen Haube sah sie hinreißend aus. Wenn sie doch bloß kein so entzückendes, junges Ding wäre!

Sie machte vor Moritz einen Knicks. »Guten Abend, der gnädige Herr.«

Wie oft hatte er ihr schon gesagt, sie solle ihn nicht so nennen? »Guten Abend.«

»Gnädiger Herr sehen heute wieder chic aus, wenn Sie erlauben.«

Die Hitze schoss ihm zu Kopf. »Danke Nannerl ... äh, die Tür stand offen.«

»Vielleicht war ich draußen.« Sie überlegte. »Post ist für den gnädigen Herrn gekommen – und eine Depesche.«

Ein Stapel Briefe lag auf der Kommode.

»Wünschen der gnädige Herr eine Tasse warme Milch mit Honig?«

»Später, Nannerl.«

»Wie läuft das Hutgeschäft?«, fragte sie.

»Bestens, danke.«

Hüte! Er hatte genauso wenig Ahnung von Hüten wie ein Kohlenschipper auf einem russischen Fischkutter. Moritz konnte gerade mal eine Melone von einem Zylinder unterscheiden.

Er nahm den Briefstapel und blätterte hastig durch die Kuverts, während er zu seinem Büro ging. Rechnungen, Mahnungen, Vertragsvorschläge, ein Flugblatt, das von einer drohenden Eiszeit kündete ... alles unwichtig. Er suchte nach der Depesche, die Nannerl erwähnt hatte. Als er das Schreiben mit dem Emblem der Staatskanzlei und dem Wappen der kaiserlich-königlichen Hofkammer sah, hielt er inne. Der Brief war an ihn persönlich adressiert. Sogleich erbrach er das Wachssiegel und faltete das Papier auseinander. Seit

Monaten quälte ihn die Sorge, ob die Investoren ihn weiterhin unterstützen würden. Soviel er in Erfahrung bringen konnte, war am Vormittag die Entscheidung in der Hofkammer gefallen, welcher Betrag nächstes Jahr in das Projekt fließen sollte.

Die Mitteilung stammte vom Vorsitzenden der Hofkammer persönlich. Als Moritz die ersten Zeilen las, drohte er in ein tiefes Loch zu stürzen. Die Buchstaben verschwammen, ihm wurde schwarz vor Augen …

Sehr geehrter Herr Direktor Cernizky,

wir sind uns der Verantwortung und der Tragweite des Entschlusses voll bewusst. Damit betreten wir mit ruhigem Gewissen einen Weg, den die Pflicht uns weist. Auf Grund einer Empfehlung der Geheimen Konferenz sehen wir uns gezwungen, sämtliche Geldmittel sofort einzufrieren.

Moritz hielt sich am Türrahmen zu seinem Büro fest. Diese Ignoranten! Wie konnten sie den Geldhahn zudrehen? Damit waren die monatlichen hunderttausend Kronen aus den Kassen der Monarchie schlagartig versiegt. Er musste sich nach privaten Sponsoren umsehen. Umso wichtiger war es, dass der Versuch heute Nacht erfolgreich verlief. Er konnte niemanden mit einer Maschine beeindrucken, die zu nichts im Stande war. Ihm blieb nur noch das Geld für diesen Versuch, dann waren die Mittel erschöpft. Falls es nicht klappte, kippte das Projekt. Hatte er an alles gedacht?

Das magnetische Moment der Maschine verlieh den superluminaren Kleinteilchen entweder einen positiven oder negativen Drehimpuls. Er hatte sich für einen positiven Drehimpuls entschieden, weil er eine positive Lebenseinstellung besaß. Was für eine dumme Eselsbrücke! Ebenso gut hätte er eine Münze werfen können. Die Chancen auf Erfolg standen 50:50. Wenn es die falsche Entscheidung war, bedeutete es das Ende seines Lebenstraums. Diese Ignoranten hatten keine Ahnung, wie seine Maschine die Geschichte verändern könnte.

Er zerknüllte den Brief und betrat das Büro. Es war düster und roch nach kaltem Pfeifentabak. Er stutzte. Die Vorhänge waren zugezogen. Normalerweise rührte Nannerl nichts in diesem Raum an.

Verstört ging er zu den Fenstern und zog die schweren Brokatvorhänge auf. Der Schein der Straßenlaternen fiel durch die Scheiben und tauchte das Zimmer in matt-gelbes Dämmerlicht.

Moritz legte die Briefe auf den Konzertflügel, ein Prunkstück des Klaviermachers Bösendorfer von 1859. Einige Saiten waren verstimmt. Selbst wenn er all seine Besitztümer in diesem Zinshaus verkaufen und in eine billige Dachkammerwohnung ziehen würde, brächte er nicht genug Geld für einen weiteren Lauf der Maschine auf. Nicht einmal dann, wenn er einen Narren fand, der einen überteuerten Preis für seinen Besitz zahlte.

Die Standuhr schlug viertel neun. Draußen bebte die Straße ein weiteres Mal. Einige Pferde scheuten. Moritz spürte das Dröhnen sogar in seinem Arbeitszimmer. Dabei waren es nur die Vorbereitungen. Um 22.00 Uhr würde der Spuk erst richtig beginnen.

Als Moritz sich vom Fenster abwandte und die Gaslampe auf dem Schreibtisch entfachte, fuhr er wie vom Blitz getroffen zurück. Aus dem Augenwinkel sah er, dass eine fremde Gestalt in seinem Ohrensessel saß.

20.20 Uhr

»Wie zum Teufel sind Sie hier reingekommen?«, entfuhr es Moritz.

Der Mann war kräftig gebaut und trug einen eleganten Anzug. Sein Gesicht lag im Schatten eines Paravents. Moritz fiel nur auf, dass neben seinen eleganten Schuhen ein schmaler Aktenkoffer aus Leder stand.

»Der Herr Wissenschaftler ist heim gekommen«, stellte der Mann fest. Seine Stimme klang so rau und sonor wie die eines Fünfzigjährigen.

»Wissenschaftler?«, wiederholte Moritz. »Sie irren, ich führe ein Hutgeschäft.«

»Natürlich.« Der Mann lachte dumpf. »Mein Name tut übrigens nichts zur Sache. Wichtig ist, dass ich weiß, wer *Sie* sind. Ein junger Mann von gerade mal dreißig Jahren, einer der brillantesten Köpfe der Monarchie, der an einem streng geheimen Forschungsprojekt arbeitet.«

Moritz lief ein kalter Schauer über den Rücken. Eines Tages musste es soweit kommen. Er lief zu seinem Schreibtisch, um nach dem Telefonhörer zu greifen.

»Das würde ich an Ihrer Stelle unterlassen!« Der Fremde zog etwas unter dem Jackett hervor, das an eine Waffe mit langem Lauf erinnerte.

Moritz hatte ein derartiges Modell noch nie gesehen. Eine rote Heizspirale wand sich um den Lauf, an der Trommel glommen zwei Lämpchen und unter dem Lauf hing eine Ampulle, in der eine trübe Flüssigkeit brodelte.

Der Fremde richtete den mutmaßlichen Revolver auf ihn. »Setzen Sie sich, Herr von Cernizky.«

Seit Großvaters Tod hatte ihn niemand mehr *von* Cernizky genannt. Moritz setzte sich hinter den Schreibtisch. Vom anderen Ende des Raumes, wo der Fremde saß, trennten ihn etwa fünf Meter. Nah genug, um nicht daneben zu schießen, dachte Moritz. »Wollen Sie Geld?«, fragte er. »Ich bin völlig mittellos.«

»Ach ja?« Der Fremde lachte. »Wegen *Ihrer* Idee werden jährlich tausende Tonnen Braun- und Steinkohle aus dem Erzgebirge und den Karpaten herangekarrt. Das Schienennetz der Eisenbahn, das der Nachschubversorgung dient, ist im Osten der Donaumonarchie in den letzten drei Jahren um mehr als zwanzigtausend Kilometer ausgebaut worden. Sogar von Bosnien und Serbien rollen die Wagons mittlerweile nach Wien. Zwischenzeitlich kommt die Kohle auch schon von den Häfen der österreichischen Handelsmarine in Triest und Fiume.«

Es war unheimlich. Woher hatte der Mann all diese Informationen?

»Langweile ich Sie mit den Fakten?«

»Sie haben meine volle Aufmerksamkeit«, antwortete Moritz.

Der Fremde lehnte sich bequem im Ohrensessel zurück und schlug die Beine übereinander. »Ziemlich viel Aufwand – nur um sieben Hochdruckdampfturbinen am Leben zu erhalten.«

Die Hockdruckdampfturbinen!

Woher zum Teufel kannte er die genaue Anzahl?

»Ich erkenne an Ihrem Blick, dass ich tatsächlich Ihre Aufmerksamkeit habe. Dann lassen Sie uns über den *Kleinteilbeschleuniger* sprechen, der in einem neun Kilometer langen Ring direkt unter der Stadt in der Kanalisation verläuft.«

Moritz wurde schwindelig. Der Fremde kannte sogar den Namen der Maschine. Kleinteilbeschleuniger. Nicht einmal dem Kaiser war dieser Begriff geläufig. Seine Majestät hatte die unterirdische Maschine zwar einmal vor Jahren zu Gesicht bekommen, aber bestimmt konnte er sich nicht mehr an die Details erinnern. Wie üblich nahm der Kaiser zu wissenschaftlichen Angelegenheiten nur sehr zurückhaltend Stellung, und Moritz hatte während der Besichtigung nur das obligatorische *Es war sehr schön, es hat mich sehr gefreut!* zu hören bekommen. Außer dem Kaiser wusste nur eine Hand voll Männer von den Turbinen.

Hatte Loos geredet? Ein Mann, der an der Technischen Hochschule in Dresden studiert hatte? Wohl kaum. Loos war ein Ehrenmann und hatte gemeinsam mit dem Architekten Otto Wagner die Tunnel der Wiener Kanalisation so umgestaltet, dass die kilometerlangen Röhren der Maschine unter den Straßen der Stadt verlegt werden konnten. Wien war 1739 als erste Stadt Europas vollständig kanalisiert gewesen. Was lag also näher, als die Ringe hier zu bauen, um sie in dem Hunderte Kilometer langen Kanalnetz, den unzähligen Kammern, Gängen und Verzweigungen vor den Augen der Öffentlichkeit zu verbergen?

Loos und Wagner waren die perfekten Männer für dieses Vorhaben gewesen. Sie hatten den Raumplan entwickelt – karges Design, nüchterne und schnörkellose Formen reinster Funktionalität. Mehr war die Maschine nicht. Ein dampfender Koloss, der mit Tonnen von Kohlen am Leben erhalten wurde. Kein einziger Arbeiter hatte jemals erfahren, woran sie all die Jahre gearbeitet hatten.

Möglicherweise hatte Otto Wagner geredet? Ein Mann, der an der Königlichen Bauakademie in Berlin studiert hatte? Allerdings hatte er ebenso wie Loos einen Treueeid schwören müssen, der ihn bedingungslos an die Sicherheit des Kaisers und der Monarchie band.

Das Lachen des Fremden riss Moritz aus den Gedanken.

»Sie sollten sich sehen. Die kleinen Zahnrädchen in Ihrem Gehirn rotieren förmlich.«

Es gab nur eine Erklärung. Moritz zögerte nicht, sie laut auszusprechen. »Sie sind ein preußischer Spion!«

»Interessante Idee.« Der Mann nahm die Waffe in die andere Hand.

»Das Deutsche Kaiserreich in allen Ehren, aber glauben Sie tatsächlich, die Preußen kämen jemals auf den aberwitzigen Gedanken, dass man hier in Wien Dopplers Studien über das Licht mit Boltzmanns revolutionärer Thermodynamik kombinieren würde?«

Moritz' Magen zog sich auf die Größe einer Walnuss zusammen. War Boltzmann möglicherweise die undichte Stelle? Ein Ehrenmann, der am Polytechnischen Institut Prag und der Physikalischen Fakultät Wien unterrichtet hatte und Ehrenprofessor für Experimentalphysik war?

»Die allgemein gültige Proportionalitätskonstante bildet die Basis der Maschine, nicht wahr?«, fuhr der Mann fort.

»Nein«, log Moritz.

Der Fremde beugte sich nach vorne. Zum ersten Mal sah Moritz sein spitzes Gesicht, die von Narben verunstaltete Haut, die graumelierten Haare und den dichten, kurz gestutzten Schnauzbart. Der Fremde war tatsächlich an die fünfzig. Er hob eine Augenbraue. »Was ist dann der Sinn der Maschine, Herr von Cernizky?«

»Physikalische Grundlagenforschung«, krächzte Moritz.

»Dass ich nicht lache. Einen Kleinteil auf eine aberwitzige Geschwindigkeit zu beschleunigen, um damit Dunkle Materie zu erschaffen, nennen Sie Grundlagenforschung?«

Erst jetzt bemerkte Moritz, dass der Mann alles wusste, was es zu wissen gab. Er spielte nur Katz und Maus mit Moritz und wollte ihn mit seinen Fragen als Lügner entlarven. Wäre der Fremde unbewaffnet, hätte Moritz längst den Sicherheitsdienst verständigt, um den Mann festnehmen zu lassen und herauszufinden, woher er seine Informationen bezog.

»Doch wozu das Ganze?«, sinnierte der Fremde.

Moritz ahnte, dass es sich nur um eine rhetorische Frage handelte, da der Mann augenblicklich weitersprach.

»Um Dunkle Löcher zu erschaffen?«, vermutete er. »So genannte Ein- und Ausgänge in der Zeitachse?«

Moritz stockte der Atem. Wie konnte das sein? Bisher hatte er noch niemandem von der Zeitachse erzählt. Nicht einmal sein Assistent Alfred wusste davon.

»Das ist noch Zukunftsmusik«, ächzte Moritz. Es hatte keinen Zweck, weiter zu lügen. Der Mann schien alles zu wissen. »Aber der Forschung fehlt das Geld für dutzende Testreihen.«

»Zukunftsmusik?«, wiederholte der Mann. »Ein interessantes Wortspiel.« Lächelnd drehte er die Waffe zwischen den Fingern.

Zum ersten Mal überlegte Moritz, wozu er wohl den Revolver mitgebracht hatte. Um sich zu schützen? Doch vor wem? Oder um jemanden zu töten? Moritz' Kehle wurde eng.

»Was wollen Sie?«, fragte Moritz.

»Ein Gedankenexperiment mit Ihnen durchführen«, lautete die prompte Antwort.

Moritz entspannte sich ein wenig. *Gedankenexperiment!* Das war seine Welt – die Welt der Wissenschaft. Hier hatte er sozusagen Heimvorteil. »Ich höre.«

»Wir beide wissen, dass der erste Ring des Kleinteilbeschleunigers an der Kaiserbadschleuse beim Wiener Donaukanal beginnt. Von dort werden die Kleinteile mit Riesenmagneten durch die anderen sechs Teilabschnitte geschossen.«

Moritz nickte irritiert. Gleichzeitig versuchte er, die quälende Frage beiseite zu drängen, woher der Fremde dieses Detailwissen hatte.

Der Grauhaarige legte die Waffe in seinen Schoß und faltete die Hände vor dem Kinn. »Lassen Sie uns spekulieren und nehmen wir an, dass es in Zukunft gelingt, Ihre Idee einer Zeitreise zu verwirklichen. Dann könnten beispielsweise k. u. k. Auftragsmörder in die Vergangenheit geschickt werden, um die Geschichte zu verändern.«

»Unmöglich!«, widersprach Moritz. »Es gäbe strenge Kontrollen, um so etwas zu verhindern.«

»Kontrollen sind da, damit sie umgangen werden.«

»Das würde nie passieren!«

»Aber nehmen wir an, dass es bereits passiert ist.« Der Fremde holte einen kurzen silbernen Zylinder aus der Innentasche seines Jacketts, den er mit einem Klicken an den Revolverlauf montierte.

»Ein Geräuschreduzierer«, erklärte er.

Anschließend legte der Fremde einen Hebel um. Eine rote Lampe blinkte. Für einen Moment glaubte Moritz, die Waffe surren zu hören.

»Ich nehme an, das Gedankenexperiment ist zu Ende«, murmelte Moritz.

»Korrekt.« Der Grauhaarige richtete die Waffe auf Moritz. »Ich wurde in die Vergangenheit geschickt, um Sie zu töten.«

Moritz' Gedanken überschlugen sich. Falls der Mann die Wahrheit sagte, hieße es, dass die Maschine eines Tages tatsächlich funktionieren würde! Dies könnte erklären, woher er all die Informationen hatte.

»Man sieht förmlich den Triumph in Ihren Augen«, stellte der Fremde fest.

»Der Kleinteilbeschleuniger wird also funktionieren?«

»Offensichtlich.« Der Mann zielte auf Moritz. »Aber Sie werden diesen Ruhm nicht mehr erleben.« Er drückte ab.

Der Revolver spuckte leise aus. Der Rückstoß riss seine Hand zurück. Im selben Moment zersplitterte eine Zigarrenkiste im Regal über Moritz. Er zuckte zusammen.

Der Revolver surrte. Es klang als würde eine neue Patrone mit einem mechanischen Klicken über die Trommel in die Kammer geladen. Kurz darauf blinkte die Lampe wieder rot.

Der Fremde schmunzelte amüsiert. »Funktioniert prächtig.«

Moritz starrte zu Boden. Auf dem Teppich lagen Holzsplitter und Tabakreste.

»Das ist absurd«, keuchte Moritz. »Wer sollte die Maschine benutzen, um ausgerechnet ihren Erfinder ermorden zu wollen?«

Erneut lächelte der Mann amüsiert. »Sie selbst haben mir den Auftrag dazu gegeben, Herr von Cernizky!«

21.10 Uhr

»Ich?«, wiederholte Moritz. »Warum tun Sie es dann nicht und quälen mich so lange?«

»Was für ein brillanter Verstand.« Der Mann tippte sich mit dem Lauf an die Stirn. »Sie selbst haben mich davor gewarnt, mich in kein Gespräch mit Ihnen verwickeln zu lassen.«

»Warum tun Sie es dann?«, brüllte Moritz. Die Situation wurde langsam verrückt.

»Um meinen Geist mit dem Ihren zu messen. Außerdem haben Sie mich gebeten, Ihnen eine Nachricht zu überbringen, bevor ich Ihnen zwei Kugeln in den Kopf jage.«

Zwei Kugeln? So mitleidlos sollte sein eigenes Ich in der Zukunft mit ihm umgehen?

Der Fremde erhob sich, und erst jetzt bemerkte Moritz, dass er nicht nur kräftig gebaut, sondern auch ziemlich hoch gewachsen war. Der Mann griff in die Hosentasche und zog ein zerknülltes Kuvert hervor, das er achtlos durch den Raum warf. Wenige Meter vor Moritz blieb es auf dem Teppich liegen.

»Auf die Knie, Hündchen!«, befahl der Fremde. »Kriechen Sie auf allen Vieren und heben Sie das Kuvert auf.«

»Habe ich Ihnen das auch so aufgetragen?«

»Nein, das ist mein … Interpretationsspielraum.« Er lächelte zynisch.

Der Mann wollte ihn demütigen und würde seinen verdammten Spaß daran haben. Moritz kroch auf Händen und Knien in die Mitte des Raums und nahm den Umschlag an sich. Kein Absender, kein Empfänger. Das Siegel war bereits aufgebrochen. Moritz zog das Blatt Papier aus dem Kuvert. Es war tatsächlich seine eigene Handschrift! Ebenso sein zynischer Ton, mit dem er bisweilen seine Briefe zu schreiben pflegte.

Guten Abend, mein lieber Moritz,

es tut mir aufrichtig leid, dass ich diesen gierigen Frauen- und Kindesmörder auf dich ansetzen musste.
Bedauerlicherweise gibt es keine andere Möglichkeit. Ich weiß, dich würden die Hintergründe brennend interessieren, aber leider fehlt mir die Zeit, auf nähere Details einzugehen.
Ich hoffe, du hast Verständnis dafür.

Beste Grüße,
Moritz Cernizky – Wien, im März 1914

PS: Die Vase wird beim Erdbeben zerbrechen.

1914! Es war unglaublich. Aber welche Vase? Moritz war verwirrt und las den Brief erneut. Was sollte der Schwachsinn mit der Vase?

»Ich nehme an, Sie haben den Brief gelesen?«, fragte Moritz.

»Selbstverständlich. Ich bin von Natur aus neugierig. Ich habe mir mehr davon erhofft, aber offensichtlich sind das die letzten Worte, die Sie lesen sollen.« Er starrte gedankenverloren auf die Waffe. »Die Stelle mit dem gierigen Frauen- und Kindesmörder finde ich ein wenig übertrieben und außerdem geschmacklos.«

»Entspricht sie der Wahrheit?«

»Ich will nur meinen Lohn für die Arbeit. Sie werden bestimmt verstehen, dass ich nicht näher darauf eingehen kann.«

Nervös blickte Moritz zur Uhr. Der Zeiger der Standuhr wanderte immer weiter. In einer halben Stunde würde die Maschine starten. Während Moritz mit dem Brief in der Hand noch immer auf dem Boden kniete, trat der Mann vor ihn hin und legte die Waffe auf ihn an. Sein Finger krümmte sich um den Abzug.

»Leben Sie wohl.«

»Halt, warten Sie einen Moment!«, kreischte Moritz. »Ich schlage Ihnen ebenfalls ein Gedankenexperiment vor.«

21.30 Uhr

Der Mann hielt die Waffe nach wie vor im Anschlag. »Ich gebe Ihnen eine halbe Minute – sprechen Sie!«

Moritz' Gedanken überschlugen sich. »Hier stimmt etwas nicht …« Er räusperte sich. Formeln und Gleichungen rasten durch seinen Kopf.

Der Auftragsmörder sah sich demonstrativ im Raum um. »Was sollte hier nicht stimmen?«

»An der gesamten Situation.« Moritz blickte zur Depesche auf seinem Schreibtisch. »Falls Sie mich jetzt töten, wird die letzte Testreihe nicht korrekt beendet werden. Die finanziellen Mittel sind soeben gestrichen worden, die Maschine wird nie fertig gestellt werden, und Sie könnten nicht in Ihre Zukunft zurückkehren.«

»Ein interessanter Gedanke«, gab der Mann zu, nahm aber die Waffe keinen Millimeter von Moritz' Brust. »Doch vollkommen falsch.« Gönnerhaft betrachtete er Moritz. »Sehen Sie, es hat bisher sowieso noch nie funktioniert, dass jemand heil aus der Vergangenheit zurückgekehrt ist. Die Zeitreise funktioniert nur in eine Richtung, und auch nur dann, wenn man den superluminaren Kleinteilchen einen negativen Drehimpuls gibt.«

Einen negativen!, schoss es Moritz durch den Kopf. Auch das noch! Der letzte Versuch würde schief gehen.

»Aber dadurch ergibt sich ein Problem«, fuhr der Mann fort. »Es ist allgemein bekannt, dass sich beim Rückholen die Zellen im menschlichen Körper verschieben. Ein völliger Schlamassel entsteht.«

»Ihnen ist klar, dass Sie niemals zurückkehren können?«, fragte Moritz.

»Ich muss nicht zurückkehren.«

Moritz war sprachlos. Darauf wäre er nie gekommen. Der Mörder würde nach Beendigung seines Auftrags im Hier und Jetzt weiterleben.

»Sie haben für diesen Auftrag keinen anderen gefunden, der bereit wäre, das lebensgefährliche Risiko der Reise einzugehen und anschließend hier zu bleiben«, erklärte der Grauhaarige.

»Sie geben Ihr gewohntes Leben auf?«

»Sehen Sie«, sagte der Fremde, »in meiner Gegenwart wäre mir nur der Prozess gemacht worden. Mit der Waffe vor Ihnen zu stehen, ist meine Alternative zum Galgen.«

Ein gieriger Frauen- und Kindesmörder, erinnerte sich Moritz. Er hatte in der Zukunft also einen zum Tode Verurteilten mit dieser Angelegenheit beauftragt. Wie feinfühlig!

»Außerdem haben Sie mir eine ganze Menge dafür bezahlt.«

Moritz saß immer noch auf dem Boden. Langsam begannen seine

Knie zu schmerzen. »Bezahlt? Wie viel?«, krächzte er hastig. Er besaß jetzt kein Geld. War er in der Zukunft etwa vermögend?

Der Fremde lachte kehlig. »Siebenhunderttausend Kronen und keinen Heller weniger.«

»Sie Lügner, so viel Geld werde ich nie und nimmer besitzen.«

Der Fremde lächelte. »Das stimmt, aber machen Sie sich um mich keine Sorgen.« Er trat einen Schritt zurück und deutete auf seinen Aktenkoffer. »In dieser Tasche liegen zwar nur dreißigtausend Kronen in bar, aber außerdem Aufzeichnungen über zukünftige Devisen- und Aktienkurse. Innerhalb der nächsten Tage werde ich einige todsichere Investitionen tätigen, die mir ein sorgenfreies Leben garantieren. Ich weiß, wann ich welche Anleihen, Beteiligungen und Wertpapiere kaufen und verkaufen muss.«

Moritz starrte auf den Aktenkoffer. Diese Informationen waren Gold wert. Mehr als das! Mit diesem Geld hätte er seine Versuche zu Ende führen können. Kein Wunder, dass sich damit ein gieriger Auftragsmörder kaufen ließ.

Der Fremde ließ die Waffe in der Hand wippen. »Außerdem bekomme ich von Ihnen noch einmal so viel!«

»Von mir?« Moritz glaubte, sich verhört zu haben. »Ich bin völlig mittellos.«

»Das sagten Sie bereits«, unterbrach ihn der Mann. Lächelnd zog er einen kleinen Schlüsselbund aus der Innentasche seines Jacketts. »Davon werde ich mich nach Ihrem Tod selbst überzeugen und Ihr Haus durchsuchen.«

»Woher haben Sie diese Schlüssel?«

»Von Ihnen selbstverständlich.«

»Aber ich habe kein Bargeld im Haus.«

Der Mann klimperte mit den Schlüsseln. »Und im Tresor?«

Moritz runzelte die Stirn. Im Haus befand sich kein Tresor. »Haben Sie diese Informationen etwa auch von mir?«

»Lassen wir die Spielchen«, sagte der Mann. »In Ihrem Safe liegen siebenhunderttausend Kronen.«

Moritz bekam große Augen. »Was?« Er hatte noch nie so viel Geld auf einmal gesehen. Und falls doch, hätte er das Experiment ohne Sponsoren durchführen können. Plötzlich raste Moritz ein anderer Gedanke durch den Kopf. Der Versuch! Der negative Drehimpuls! Pünktlich um 22.00 Uhr starteten die Hockdruckdampfturbinen, um das Magnetfeld aufzubauen. Danach blieben nur noch wenige Minuten, bis die ersten superluminaren Kleinteilchen beschleunigt wurden. Er musste dringend Alfred im Büro anrufen, damit er den Impuls im Maschinenraum umkehrte.

»Gestatten Sie mir einen Wunsch?« Moritz deutete zum Apparat auf seinem Schreibtisch. »Darf ich telefonieren?«

Der Fremde hob erstaunt die Augenbrauen, als habe er sich verhört. »Natürlich nicht!« Er ging zur Wand und riss den Schlauch aus der Magnetdose. Dampfend und pfeifend tanzte die Gummiröhre wie eine Viper im Todeskampf über den Teppich, bis sie reglos auf dem Boden liegen blieb. Es stank nach ranzigem Kondenswasser. Moritz blickte zur Standuhr. Nur noch fünfzehn Minuten. Die Lampe am Telefon erlosch, und damit starb Moritz' Hoffnung, dem Projekt kurz vor seinem Tod doch noch eine erfolgreiche Wendung geben zu können.

»Ich denke, Sie haben mir mit Ihrem Gedankenexperiment genug Zeit geraubt.« Der Fremde trat rasch vor Moritz hin, streckte den Arm aus und drückte ihm den Revolverlauf auf die Stirn. »Leben Sie wohl!« Er wollte bereits abdrücken.

Da klopfte es an der Tür.

21.45 Uhr

Moritz sah zu dem Fremden auf. Dieser nickte ihm kurz zu.

»Ja, bitte?«, rief Moritz.

Er hörte Nannerls Stimme durch die Tür. »Die Milch mit Honig für den gnädigen Herrn.«

»Schicken Sie sie weg!«, raunte der Fremde.

»Sie würde misstrauisch werden«, flüsterte Moritz.

»Na gut – bitten Sie sie herein, aber machen Sie nichts Unüberlegtes.«

»Darf ich mich wenigstens setzen?«, wisperte Moritz, der immer noch auf dem Boden kauerte.

»Nur zu.« Der Mann deutete gönnerhaft mit der Waffe auf den Stuhl hinter dem Schreibtisch. Während sich Moritz setzte, nahm der Fremde auf der anderen Seite des Raumes im Ohrensessel neben dem Paravent Platz.

Moritz' Herz hämmerte. »Kommen Sie herein, Nannerl.«

Die Tür öffnete sich und das Dienstmädchen betrat den Raum. Während sie mit einem Silbertablett in der Hand auf den Schreibtisch zuging, ließ der Fremde die Waffe unter dem Jackett verschwinden. Allerdings war der Lauf unter der Ausbeulung deutlich zu erkennen. Die Hand des Fremden blieb ebenso unter der Kleidung verborgen.

Wie jeden Abend brachte Nannerl eine Tasse heiße Milch mit einer Honigschale. Diesmal stand jedoch noch eine Bleikristallvase mit einer Rose auf dem Tablett.

»Eine kleine Aufmerksamkeit von der Hausverwalterin für den Mietvorschuss«, sagte Nannerl.

Die Vase!

Perplex starrte Moritz auf das schmale Gefäß. Eine merkwürdige Assoziation ging ihm durch den Kopf, sodass er Nannerls Worte zunächst gar nicht hörte.

»… und dieses Telegramm stammt von Herrn Alfred, Ihrem Kompagnon.« Sie reichte ihm ein Kuvert.

Selbstverständlich wusste sie nicht, dass Alfred sein Assistent war, sondern dachte, er wäre sein Teilhaber im Hutladen. Moritz riss das Kuvert auf. Es enthielt nur ein paar Zeilen.

Toter Junge identifiziert – Valentin Linzbacher – 14 Jahre, keine Eltern, Streuner – Leiche beseitigt.

Moritz knüllte das Papier zusammen. Vor kurzem hatte der Sicherheitsdienst bei einem Kontrollgang die schrecklich entstellte Leiche eines Kindes in der Kanalisation entdeckt. Offensichtlich hatte der Junge einen Unterschlupf gesucht und war zu nahe an eine Hochdruckturbine geraten, während sich der Magnetring auflud.

»Wünschen der gnädige Herr sonst noch etwas?«

»Nein, danke, Nannerl. Sie können gehen«, murmelte er gedankenverloren.

Sie wandte sich um. Da riss ihr Schrei ihn aus der Apathie.

Wie erstarrt stand sie mitten im Raum und blickte auf den Ohrensessel. »Oh, ich wusste nicht, dass Sie Besuch haben«, stotterte sie.

Schlagartig war Moritz wieder in der Realität. »Ich vergaß zu erwähnen, dass dieser Herr und ich wichtige Dinge zu besprechen haben.«

»Entschuldigen Sie bitte. Ich störe nicht länger.« Sie wandte den Kopf zu Boden und lief zur Tür.

»Ach Nannerl!«, rief Moritz.

Sie blieb stehen und wandte sich um. »Ja?«

»Würden Sie Alfred über den Anschluss im Nebenraum eine dringende telefonische Nachricht zukommen lassen?« Er wartete keine Antwort ab. »Richten Sie ihm aus, er möge einen *negativen* Drehimpuls …«

»Oh, oh, oh!«, unterbrach der Auftragsmörder ihn. Seine Hand bewegte sich kaum merklich unter dem Jackett. Dennoch erkannte Moritz, dass der Revolverlauf auf Nannerl gerichtet war.

»Schon gut Nannerl, ich brauche Sie heute nicht mehr«, seufzte Moritz. »Sie können sich für den Rest des Abends frei nehmen.«

»Sehr wohl. Danke.« Mit einem Knicks verschwand sie und schloss die Tür.

»Netter Versuch.« Der Fremde erhob sich. »Zeit zu sterben, Herr von Cernizky.«

21.55 Uhr

Moritz blieb wie erstarrt im Stuhl sitzen, als der Mann mit erhobener Waffe auf ihn zutrat.

Aus dem Augenwinkel betrachtete Moritz die Zeiger der Standuhr, die unaufhörlich weiterwanderten. In wenigen Minuten würden die Hockdruckdampfturbinen das Magnetfeld in den sieben Teilringen aufbauen, und Minuten später würden die superluminaren Kleinteilchen auf die Reise geschickt werden … allerdings mit dem falschen Drehimpuls. Der letzte Versuch! Danach war es aus und vorbei. Jahre der Forschung in den Sand gesetzt.

Plötzlich musste Moritz grinsen. Erleichtert ließ er die angespannten Schultern sinken.

»Ihr eigener Tod scheint Sie zu amüsieren«, stellte der Mann fest.

»Sie können mich gar nicht töten.« Moritz lachte. »Wissen Sie weshalb?«

»Verschonen Sie mich mit einem weiteren Gedankenexperiment.«

Moritz war ziemlich sicher, dass er nicht irren konnte. »Falls Ihr Attentat glückt, wird der Versuch misslingen, und die Maschine würde nie funktionieren.«

»Na und? Das hatten wir doch schon. Ich muss nicht in die Zukunft zurückkehren.«

»Darum geht es nicht«, korrigierte Moritz ihn. »Mit meinem Tod stirbt das Projekt. Es gäbe keine Zeitreise. Ohne Maschine könnten Sie gar nicht in die Vergangenheit reisen, um dieses Haus zu betreten. Außerdem würde ich in Ihrer Zukunft gar nicht mehr existieren und könnte Ihnen den Auftrag nicht erteilen.« Moritz lächelte. »Da Sie mir aber in dieser Sekunde gegenüber stehen, ist das der beste Beweis dafür, dass Ihr Attentat scheitert.«

Der Mörder stutzte für einen Moment, als dachte er nach.

Moritz hatte den Mann an der Angel.

Der kleine Zeiger der Standuhr schob sich auf die volle Stunde zu. Der Federmechanismus zog sich auf. Der kleine Hammer begann zehn Uhr zu schlagen.

Moritz hörte das Krachen der Eingangstür. Nannerl hatte das Haus verlassen. Er spürte die Unruhe in seinem Magen. Aus weit entfernten Straßen rüttelte ein leichtes Erdbeben heran. Auf Alfred war Verlass. Das Projekt startete auf die Sekunde genau. In diesem Moment fuhren tief unter der Erde die Magnetspulen hoch. In wenigen Minuten würden die Zylinder hundert Prozent Leistungsfähigkeit erreicht haben. Moritz konnte es förmlich fühlen, wie die Maschinenteile der Hochdruckdampfturbinen passgenau ineinander griffen. Der Öler schmierte die Kolben, das Schwungrad betrieb die Kurbelwellen. Ein Überdruck von einigen Tausend Bar entstand in der Kraftkammer. Temperaturen bis zu 350 Grad Celsius würden durch die Rohre jagen. So viele Pferdestärken hatte die Welt noch nicht gesehen.

Das Beben ergriff mittlerweile auch die Ringstraße. Die Mauern des Wohnhauses vibrierten. Das Tablett schepperte auf dem Tisch. Die Milch schwappte über den Rand der Tasse. Die Bücher holperten auf den Regalen, und die Bilderrahmen schlugen gegen die Wand.

»Meine Güte, was für ein Erdbeben«, murmelte der Auftragsmörder.

»Von wegen. Der Kleinteilbeschleuniger nimmt die Arbeit auf«, rief Moritz.

Die Vase mit der Rose begann über das Silbertablett zu tanzen.

Moritz' Blick fiel auf die letzte Zeile des Briefs, den er angeblich selbst verfasst hatte.

PS: Die Vase wird bei dem Erdbeben zerbrechen.

22.01 Uhr

Die Vase hüpfte immer näher an den Rand des Tabletts. Bevor sie fiel, sprang Moritz auf und griff unwillkürlich danach. Ohne es zu wollen, hatte er sie im Reflex gefangen. Sie war nicht zerbrochen. Moritz stand neben dem Schreibtisch und hielt sie in der Hand.

Scheinbar gingen dem Mörder im Moment ganz andere Gedanken durch den Kopf.

»Das Attentat geht schief?«, wiederholte er.

»Es muss so sein«, murmelte Moritz. »Andernfalls hätten Sie aus Ihrer Zeit gar nicht hierher, ins Heute, zurückreisen können.«

Das Erdbeben erreichte seinen Höhepunkt. Auf der Straße flackerten die Gaslaternen, die Fiakergäule wieherten, Frauen und Kinder kreischten.

Der Mann sah irritiert aus dem Fenster. In diesem Moment schleuderte Moritz ihm die Vase an die Schläfe.

Das massive Bleikristall splitterte. Wasser ergoss sich über den Teppich, die Rose fiel zu Boden.

Während der Fremde zurücktaumelte, sprang Moritz ihn an. Er packte den Mann an der Gurgel und griff mit der anderen Hand nach dem Revolver. Im Kampf wand er die Schusshand des Mannes herum.

Da löste sich ein Schuss. Nur ein leises Plopp! Augenblicklich wurde die Waffe heiß. Moritz hörte das surrende Geräusch, als eine neue Patrone in die Kammer fuhr.

Der Mann glitt aus Moritz' Händen und sank mit leblosem Blick zu Boden. *Du musst die Polizei verständigen*, lautete sein erster Gedanke. Es war einfach zu erklären. Er musste bloß behaupten, er habe einen Einbrecher in seinem Haus überrascht und in Notwehr getötet. Doch dann fiel sein Blick auf den Fremden, den niemand kennen würde, das Einschlussloch und die merkwürdige Waffe, die er immer noch in der Hand hielt.

Nein, die Polizei zu holen war keine gute Idee. Die Beamten würden zu viele Fragen stellen. Besser, sein treuer Assistent Alfred würde den Fremden genauso für immer in der Kanalisation verschwinden lassen, wie den jungen Valentin Linzbacher.

Während Moritz sich im Zimmer umsah, bemerkte er den Lederkoffer des Fremden. Durch das Beben war er umgefallen und aufgesprungen. Im Koffer lagen bündelweise Bargeld und jede Menge Aufzeichnungen. Die handschriftlichen Diagramme wirkten tatsächlich wie Devisen- und Aktienkursentwicklungen an der Börse. Die Daten waren nur einen, höchstens zwei Tage aktuell, danach könnte jeder unvorhergesehene Eingriff den Lauf der Geschichte verändern. Moritz musste die Papiere rasch studieren und morgen früh sofort investieren. Der Zufall hatte gewollt, dass er plötzlich an das Geld für weitere Forschungsjahre herangekommen war.

Zufall?

Außerdem hatte er jetzt die Gewissheit, dass die Maschine funktionieren würde. *Der Drehimpuls!*, schoss es ihm durch den Kopf. Er musste den Telefonapparat in Betrieb nehmen. Noch war es nicht zu spät. Alfred musste den Drehimpuls der Kleinteile umdrehen bevor sie starteten. Was für ein unglaublicher Zufall!

Moritz warf einen Blick auf die Nachricht, die er sich selbst hatte zukommen lassen.

Die Vase wird zerbrechen!

War tatsächlich alles nur Zufall gewesen? Der Besucher? Der Brief? Das Erdbeben? Die Vase?

Dann fiel es ihm wie Schuppen von den Augen. Was für ein irrwitziger, riskanter Plan. Sobald die Maschine weiter entwickelt war und tadellos funktionieren würde, musste er einen gierigen Mörder suchen, der verrückt genug war, für viel Geld das Risiko einzugehen, in die Vergangenheit zu reisen. Er würde ihn mit einem Raub- und Mordauftrag zu seiner eigenen Adresse schicken. Nur so konnte er sicher sein, die Information über den richtigen Drehimpuls, sowie einen Koffer mit Bargeld und den Finanzdaten der nächsten Wochen auch wirklich zu erhalten.

Moritz ging zur Wand und steckte den Telefonschlauch an die Magnetdose.

Die Sache mit Valentin

Claudia Hornung

Der Sommer des Jahres 1899, in dem Valentin spurlos verschwand, war unglaublich heiß. Wenn Max später an diese letzten Tage im August zurückdachte, erinnerte er sich vor allem an die stickige Schwüle, die ihm bei der kleinsten Anstrengung den Schweiß auf die Stirn trieb, und an Agnes' stetig schlimmer werdenden Husten. Und natürlich an das dumpfe Grollen, das ihn gelegentlich aus dem Schlaf riss und dabei das Gemäuer des kleinen Theaters am Michaelerplatz erzittern ließ, wo er und die anderen Unterschlupf gefunden hatten.

Es war spät an jenem Samstag, als Max sich auf den Heimweg machte. Sein Magen knurrte und er hoffte, dass Agnes noch wach war und ihm etwas zu essen aufgehoben hatte. Agnes war die Einzige, die offiziell im Theater wohnen durfte, weil sie sich um die Kostüme kümmerte. Der Lohn, den sie dafür bekam, war erbärmlich, aber immerhin hatten sie so ein Dach über dem Kopf. Leise regte sich Max' schlechtes Gewissen, als er die Hintertreppe in den Theaterkeller hinunterhuschte. Seit Tagen hatte er keinen Heller abgegeben. Während der dicke Oskar bei der Donaudampfschifffahrtsgesellschaft Kohlen schaufelte und die Fritzis betteln gingen, trieb er sich nur auf den Donauwiesen herum. Baden im Fluss war bei dieser Gluthitze das Einzige, wozu er sich aufraffen konnte.

Im letzten Kellerraum brannte noch schummriges Licht. So lautlos wie möglich schob er sich in das enge Kabuff. Agnes fuhr von ihrer Näharbeit auf. »Huh, Max …« Dann runzelte sie besorgt die Stirn. »Hast du den Valentin getroffen?«

»Nein, warum?«

»Weil er noch nicht da ist«, wisperte sie. »Und das passt gar nicht zu ihm.«

Da musste Max ihr recht geben. Er warf einen Blick nach links, wo der dicke Oskar auf einer zerschlissenen Matratze schlief, den Mund halb geöffnet. Neben ihm kuschelten sich die beiden Fritzis aneinander wie zwei Silberlöffelchen. Valentins Platz war leer, genau wie sein eigener an der Wand gegenüber. Es roch muffig. Agnes erhob sich. »Wenn du magst, es sind noch Rüben im Topf.«

»Hat Valentin gesagt, wo er hinwollte?«, fragte Max und nahm den Teller entgegen, den sie ihm reichte. Er gehörte dem Theater, genau wie alles andere hier. Wenn dem Betreiber irgendwann auffiel, dass Agnes sich aus seinem Fundus bediente, würden sie alle hier rausfliegen. Dann wartete wieder die Straße auf ihn. Oder schlimmer noch, eines der Lager im Schacht.

»Ich glaube, ja.« Agnes hob hilflos die Schultern. »Aber ich weiß es nicht mehr. Er redet ja immer so viel, ich …«, sie stockte kurz, »ich hab ihm nicht richtig zugehört. Und jetzt ist er verschwunden und keiner weiß, wo er steckt.«

Max stippte einen Kanten Brot in seine Rüben. »Ich geh ihn suchen«, bot er an, weil er spürte, dass Agnes sich wirklich ängstigte.

Sie strich ihm sanft übers Haar, als sei sie seine Mutter. »Danke.«

»Schon gut.« Verlegen drehte er den Kopf weg.

»Ich bleibe wach und warte auf euch«, sagte sie. »Und wenn ich mit diesem Baldachin für das neue Stück fertig bin, nähe ich dir eine Mütze aus dem restlichen Stoff. Das Blau ist so wunderschön, findest du nicht?«

Max schluckte seinen Protest mit dem letzten Löffel Rüben hinunter. Agnes würde nie begreifen, warum er ständig seine Mützen verlor. Mit der vorigen, einer leuchtend roten, hatte er ausgesehen wie ein Zündhölzchen. Die blaue würde ebenso auffällig sein. Untragbar, wenn er sich nicht völlig zum Gespött machen wollte. Aber das konnte er Agnes einfach nicht sagen. Sie meinte es ja nur gut.

Er verabschiedete sich und streifte einmal rund um die Hofburg, dann durch sämtliche Gassen um den Michaelerplatz und den nahen Volksgarten, der jetzt im Dunkeln lag und verliebte Pärchen anlockte. Nirgends fand er eine Spur von Valentin. Nur ein paar Betrunkene wankten noch durch die Gegend. Unschlüssig stand Max schließlich wieder vor dem versteckten Hintereingang zum Theater. Es musste bald Mitternacht sein, aber die Luft war immer noch warm. Mit dem Handrücken wischte er sich über das verschwitzte Gesicht. Das Rumpeln war zuerst ganz leise, wie ein ferner Donner, und in der Hoffnung auf ein abkühlendes Gewitter hob Max den Kopf und lauschte. Irgendwo wieherte ein Fiakergaul. Dann spürte Max, wie der Boden unter seinen Füßen vibrierte.

Die Gaslaternen begannen zu flackern und er wusste, es war kein Gewitter. Es war wieder dieses seltsame Phänomen, für das es keine Erklärung gab. Valentin hatte manchmal von geheimen unterirdischen Experimenten gefaselt, denen er schon noch auf die Spur kommen würde. Aber nicht einmal Max hatte darauf etwas gegeben. Paolo, der Besitzer der dampfbetriebenen Geisterbahn im Prater, mit dem er sich in den letzten Wochen angefreundet hatte, stammte aus Neapel und hatte ihm erklärt, es handle sich um Erdbeben. Alle, die Max kannte, glaubten das auch.

In dieser Nacht wollten die unheimlichen Geräusche lange kein Ende nehmen. Nur der dicke Oskar schnarchte unbehelligt vor sich hin. Die beiden Fritzis dagegen drängten sich voller Angst an Agnes, die – obwohl selbst zu Tode erschrocken – versuchte, sie zu beruhigen, indem sie ihnen leise Schlaflieder vorsummte. Zwischendurch hustete sie. Die Art, wie sie dabei nach Luft rang, machte Max mehr Angst als sämtliches Rumpeln und Grollen der Erde. »Wolltest du nicht schon letzte Woche zum Arzt gehen?«

»Ach Max, …«

Er wusste, was sie sagen wollte. Sie konnte es sich nicht leisten. Was nützte ihr eine Untersuchung, wenn sie die Medikamente nicht bezahlen konnte? Er musterte ihr bleiches Gesicht und wieder nahm er sich vor, sich um eine Arbeit zu kümmern. Gleich am Montag. Fürs Kohleschaufeln würde ihn keiner anstellen, dafür war er zu schmächtig. Aber vielleicht ließ sich etwas anderes finden. Er würde Paolo fragen.

Am nächsten Morgen herrschte gedrückte Stimmung. Die Tatsache, dass Valentin immer noch nicht aufgetaucht war, schlug allen aufs Gemüt. Während Agnes mit rotgeweinten Augen zur Messe ging, weil es nichts und niemanden auf der Welt gab, der sie von ihrem sonntäglichen Kirchgang abhalten konnte, streiften Max und die anderen durch den ersten Bezirk. Sie klapperten die ganze Wollzeile ab, weil sie wussten, dass Valentin dort Verwandtschaft hatte. Sie spähten in alle Hinterhöfe und Kohlenkeller. Sie suchten sämtliche Plätze auf, die Valentin irgendwann einmal erwähnt hatte und trafen vor einem Beisl in der Schönlaterngasse sogar einen Burschen, der ihn kannte. »Ist er heute nicht auf dem Naschmarkt? Da streunt er doch immer bei den Verrückten herum.«

Stimmt! Max schlug sich gegen die Stirn. Sonntags gab es eigentlich nur einen Ort, wo Valentin zu finden war. Bei den Erfindern, die einmal wöchentlich auf dem Naschmarkt ihre Apparate und Maschinen vorführten. Ein Haufen von Spinnern, die Valentin als seinesgleichen betrachtete. Der einzige Unterschied lag darin, dass er erst vierzehn war und Max bezweifelte, dass er je eine Schule von innen gesehen hatte. Seine Basteleien gingen meistens schief. Aber daran war laut Valentin nur das untaugliche Material schuld, das er auf Schrottplätzen zusammensuchte. Auf dem Naschmarkt versuchte er daher oft, sich bessere Teile zu erbetteln.

Max stürmte voran, den schnaufenden Oskar und die beiden Fritzis im Schlepptau. Aber auch in all dem regen Treiben, zwischen den dampfenden und zischenden Aufbauten, fanden sie Valentin nicht. Die meisten Standbetreiber scheuchten sie sofort weg. Endlich fanden sie einen, der eine seltsame Helmkonstruktion auf dem Kopf trug, um sich vor bösen Strahlen aus dem Weltraum zu schützen, und der sich wenigstens an Valentin erinnern konnte. Nein, heute sei er nicht hier gewesen. Aber vorgestern habe er noch mit ihm gesprochen. Ganz aufgeregt sei er gewesen.

»Was heißt aufgeregt?«, fragte Max misstrauisch.

»Na, aufgeregt eben. Er sagte, er hätte etwas Großartiges entdeckt und es würde bald in der Zeitung stehen. Ich habe ihn nicht ernst genommen.« Der Mann mit dem Helm lachte laut. »Eine geheime Maschine unter der Stadt, so ein Spinner ...«

Max trollte sich zurück zu den anderen. »Hat er euch was davon erzählt?«

»Nein«, versicherten die beiden Fritzis.

Auch der dicke Oskar schüttelte den Kopf. »Na«, brummte er. »Jedenfalls kann ich mich nicht dran erinnern. Ich meine, der Valentin hat dauernd geredet und geredet ...«

Max biss sich auf die Unterlippe. Die anderen sahen ihn treuherzig an und warteten auf weitere Vorschläge, als sei er ihr Anführer. Um sie nicht zu enttäuschen, sagte er: »Wir suchen weiter. Am Donaukanal. Und dann auf den Praterwiesen.«

Doch während sie durch die Mittagssonne marschierten, beschlich ihn zum ersten Mal die Ahnung, dass ihre Anstrengungen vergeblich sein würden.

Am späten Nachmittag waren sie alle erschöpft. Ihre Suche hatte rein gar nichts gebracht. Stattdessen war Max beinahe von einem der neumodischen Dampftaxis überrollt worden. Nur mit einem gewagten Satz über die Kühlerhaube hatte er sich retten können – und dabei einen silbernen Stern abgerissen, den er jetzt in seiner Hosentasche verbarg. Vielleicht ließ er sich zu Geld machen. Dem Fluchen des Fahrers nach musste er jedenfalls von Wert sein.

Mit schmerzenden Füßen hockten sie beim Viadukt am Praterstern in einer schattigen Ecke. Die Fritzis quengelten, sie hätten Hunger, bis der dicke Oskar sich erweichen ließ und ein paar Heller aus der Tasche zog. Aus dem Bauchladen eines Essenverkäufers durften sie sich Gebäck aussuchen. Max lehnte ab. Aus den Augenwinkeln beobachtete er ein paar Blumenfrauen mit bunten Kopftüchern, die bei dieser Hitze kaum ein Geschäft machten. Zu schnell ließen die Blüten die Köpfe hängen, sie sahen ja schon in den Körben welk aus. Auch der Straßenmusikant wirkte müde und nicht recht bei der Sache. Nur der Planetenverkäufer hatte alle Hände voll zu tun, sein Papagei pickte fleißig einen Glückszettel nach dem anderen aus dem hölzernen Kasten. Einer der Fritzis wies spöttisch auf einen Jungen mit riesigem Sonnenhut. »Guckt mal, der Piefke da …«

»He!« Max knuffte ihn gegen die Schulter, dass ihm die Kuchenkrümel aus den Mundwinkeln stoben. »Vergiss nicht, dass ich auch einer bin.«

Der Gescholtene schwieg erschrocken. Mit gesenktem Kopf kaute er weiter.

»Was machen wir denn jetzt?«, fragte der dicke Oskar.

»Wir gehen zurück.« Max zuckte die Achseln. »Vielleicht ist Valentin ja inzwischen wieder aufgetaucht.« Er glaubte selbst nicht, was er da sagte, aber er war es leid. Wieso erwarteten alle von ihm, dass er eine Idee hatte? Wieso sollte er immer die Entscheidungen treffen, als wüsste er besser als die anderen, wo Valentin vielleicht zu finden war? Stumm trotteten sie zum Michaelerplatz. Agnes war inzwischen außer sich vor Sorge. Hektische rote Flecken glühten auf ihren Wangen und sie hustete in einem fort. Während sie die Fritzis zwang, sich zu waschen, bevor sie schlafen gingen, hielt sie sich immer wieder ein Taschentuch vor den Mund. Als Max die roten Flecken darauf erblickte, krampfte sich sein Magen zusammen. »Agnes …«

»Es ist nicht schlimm.«

»Doch, das ist es. Und jeden Tag wird es schlimmer.«

Ihr Lächeln war verzweifelt. »Es hört bestimmt bald wieder auf.«

»Das wird es nicht«, sagte er tonlos. »Meine Mutter … sie ist daran gestorben. Du musst ins Spital, hörst du?«

Agnes schüttelte den Kopf. »Ich kann nicht! Was wird aus meiner Arbeit? Aus euch? Aus Valentin? Jemand muss zur Polizei gehen und …«

»Ich kümmere mich um alles«, sagte Max. Er hatte nicht gelogen. In dem Moment, als er Agnes das Versprechen gab, sich um alles zu kümmern, hatte er wirklich geglaubt, es schaffen zu können. Er begleitete Agnes am nächsten Morgen ins Armenspital, wo es ihn einige Mühe kostete, die unfreundlichen Nonnen zu überzeugen, der Kranken eine Bettstatt zuzuweisen. Anschließend versuchte er auf der Wache am Kohlmarkt einem ebenso unfreundlichen Polizisten die Sache mit Valentin zu erklären. Der Beamte zwirbelte seinen Schnurrbart. »Linzbacher, sagst du?«

»Ja, Valentin Linzbacher.«

»Wohnhaft?«

Max zögerte. »Das weiß ich nicht«, sagte er dann.

»Ein Rumtreiber also.« Der Beamte schnaubte geräuschvoll. »Hat er noch Familie, der Linzbacher? Eltern, Verwandte?«

»Ich glaube, ja.«

»Ach, und wo sind die? Warum kümmern sie sich nicht um den Burschen?«

»Ich weiß nicht.«

»Was weißt du denn überhaupt?«

»Dass er verschwunden ist. Sie müssen ihn suchen.«

»Sag mir nicht, was ich tun soll, Bengel!« Der Polizist schnellte von seinem Stuhl hoch, als hätte ihn jemand in die Wade gebissen. »Du bist doch auch einer von der Sorte, oder nicht? Pack, das sich auf der Straße herumtreibt und brave Bürger belästigt. Und unsereins dauernd Arbeit macht!«

Max gab es auf. Mit einem Satz war er aus der Tür und sprang die Treppe hinunter, immer zwei Stufen auf einmal. Draußen umrundete er ungeschickt ein paar Kohlenhändler mit ihren Karren. Ein Fiakergaul scheute, als er vorbeirannte, der Kutscher schimpfte hinter ihm her, aber das kümmerte ihn nicht. Erst vor der Konditorei Demel stoppte er abrupt. War das nicht …?

»Fritzi!«, rief er überrascht. Selten einmal hatte er einen der Zwillinge allein zu Gesicht bekommen.

Der Kleine drückte sich die Nase an der Fensterscheibe platt. »Oh, Max …«

»Heulst du?«

»Sie haben Fritz erwischt«, schniefte der Junge. Rotz lief ihm aus der Nase, und er rieb ihn mit dem Hemdzipfel weg. »Er ist da drin, er …«

»Ihr habt geklaut«, sagte Max nüchtern. Hastig wandte er sich um, dann griff er den Kleinen am Nacken. »Los, wir müssen abhauen, ehe sie uns auch noch schnappen.«

»Aber ich kann ihn doch nicht alleinlassen.«

Als Max die schmucken Uniformen am Ende des Kohlmarkts auftauchen sah und das feiste Schnurrbartgesicht erkannte, das er vorhin schon verärgert hatte, packte er den sich sträubenden Fritzi und zerrte ihn mit sich. Jammernd und strampelnd wehrte sich der Junge. Max konnte ihn kaum halten. Die ersten Passanten wurden aufmerksam.

»Nun hör schon auf, du Blödmann!« Mit Mühe gelang es ihm, den Jungen unbemerkt zurück ins Theater zu schaffen. Dort warf sich der Kleine heulend auf seine Matratze. Max wünschte sich nichts sehnlicher, als dass Agnes jetzt hier wäre. Sie hätte bestimmt gewusst, wie sie ihn trösten konnte.

»Du musst still sein«, flehte er. »Die Schauspieler proben doch heute für das neue Stück. Wenn sie dich hören und uns hier finden …«

Das Weinen wurde leiser, verstummte aber nicht. Max betrachtete die zuckenden Schultern, den mageren Körper. Plötzlich fiel ihm etwas ein. »Wie heißt du eigentlich? Ich meine, ihr könnt doch nicht beide Fritz heißen, oder?«

»Hubert«, schniefte der Kleine. »Aber nenn mich bloß nicht so!« Er hob den Kopf. »Sie werden ihn ins Heim stecken, stimmt's?«

»Deinen Bruder?«

»Ich will zu ihm.«

»Aber …«

»Ich bleib nicht hier, wenn der Fritz ins Heim muss«, erklärte der Junge. Wild entschlossen ballte er die Fäuste und wischte sich die letzten Tränenspuren von den Wangen. »Wir sind Zwillinge. Sie dürfen uns nicht trennen. Wir gehören zusammen.«

Max schluckte. Er wusste nicht, was er sagen sollte. Vielleicht hätte nicht einmal Agnes es gewusst. Wie er ihr beibringen sollte, was passiert war, daran mochte er gar nicht erst denken. Die Sache mit Valentin hatte alles verändert. Kaum war er verschwunden, folgten die beiden Fritzis. Nichts war mehr wie vor ein paar Tagen. Alles löste sich auf. Schmolz dahin wie teure Butter in der Sonne.

Weil ihm nichts Besseres einfiel, brachte er den Jungen bis zur Wache und blieb unschlüssig am unteren Treppenabsatz stehen. »Ich schätze, ich kann nicht mit reinkommen.«

»Ich schaff das schon allein.«

Es klang tapferer, als dem Kleinen wahrscheinlich zumute war, aber ehe Max etwas erwidern konnte, verschwand er schon hinter der hölzernen Tür.

Der dicke Oskar kam noch zwei Nächte zum Schlafen. Verdreckt und verschwitzt vom Kohleschaufeln bei der DDSG hielt er Max und dem Theaterkeller die Treue, bis ihm jemand erzählte, dass in der neuen Ferndampffabrik in der Spittelau noch Leute gesucht wurden, die kräftig anpacken konnten. Da teilte er Max nuschelnd mit, dass er sich dort in der Nähe eine neue Bleibe gesucht hatte. Eine private Unterkunft. Er würde sich das Bett mit jemandem aus der Gegenschicht teilen.

Max nahm es teilnahmslos zur Kenntnis. Am Mittag hatte er Agnes besucht. Es ging ihr schlecht. Die großen brennenden Augen hatten ihn an seine Mutter erinnert, kurz bevor sie gestorben war.

»Was ist mit dir?«, fragte Oskar. »Hältst du hier die Stellung, falls Valentin doch noch auftaucht?«

Max schüttelte den Kopf. »Nein. Sie werden bald jemand Neues einstellen, der die Kostüme näht. Dann muss ich sowieso hier raus.«

Sie schwiegen einander an. Lange. Wussten nicht, wie sie mit dem Abschied umgehen sollten. Dem Verlust an Nähe, an Sicherheit. Als es in der Ferne grollte, schreckten sie hoch. Aber dieses Mal war es tatsächlich ein Gewitter. Endlich Abkühlung! Sie rannten nach draußen, wo der Himmel sich inzwischen schwarz verfärbt hatte. Blitze zuckten und wenige Minuten später klatschten die ersten großen Tropfen aufs Pflaster. Innerhalb kürzester Zeit waren sie völlig durchnässt. Die Hemden klebten an ihren Körpern und juchzend drehten sie sich im Kreis. Wieder und immer wieder. Als Max ins Stolpern geriet, fing Oskar ihn mit seinen stämmigen Armen auf. Max spürte das Herz des größeren Jungen schlagen, die nasse Haut an der seinen haften und für den Bruchteil einer Sekunde fühlte er sich geborgen. Dann löste er sich mit verlegenem Lachen. »Danke.«

»Schon gut.«

In der Nacht lauschte er Oskars leisem Schnarchen, doch es kam ihm jetzt schon wie das eines Fremden vor. Am nächsten Morgen verschwand der Dicke ohne ein Wort. Max wusste, er würde ihn hier nicht wiedersehen. Der Sommer war zu Ende.

Er trieb sich tagelang auf dem Prater herum. Freundete sich mit Feuerspuckern, Schwertschluckern und Schlangenbeschwörern an. Wer er war oder woher er kam, das spielte hier keine Rolle. Auch nicht, dass er ein Piefke war. Ein struppiger Hund lief ihm zu, ein noch junger, mit schmutzigweißem Fell, den Max sofort ins Herz schloss, weil er sich in dem einsamen Streuner wiedererkannte. Er nannte ihn Gustl. Die Kunststücke, die Gustl beherrschte, Männchen machen und auf den Hinterbeinen laufen, brachten ihm den einen oder anderen Heller und dem Hund manch spendierte Bratwurst ein. Und weckten in Max die Hoffnung, dass er sich im Prater irgendwie würde durchschlagen können.

Als die Nächte Anfang September kühler wurden, ging er Paolo so lange auf die Nerven, bis der ihm erlaubte, in der Geisterbahn zu schlafen. Hinten, bei den weißen Frauen, in deren wallende Gewänder er sich einwickelte, bis er nicht mehr fror. Die blaue Baskenmütze, die Agnes ihm genäht hatte, trug er jeden Tag, als wolle er sich damit an sein nicht eingelöstes Versprechen erinnern. Er vermisste Agnes. Sie war noch immer im Spital, aber es schien ihr besser zu gehen. Bei seinem letzten Besuch hatte sie sogar gelacht. Vielleicht wurde sie doch wieder gesund. Agnes war es auch, die herausbekommen hatte, dass die Fritzis nicht mehr im Heim lebten. Eine Tante hatte die beiden abgeholt. Sie wohnten jetzt bei ihr und halfen in der Küche ihres Beisls mit. Agnes war überzeugt, dass es ihnen dort besser ging als auf der Straße.

Über die Sache mit Valentin redeten sie nicht.

Die Erdbeben häuften sich, nahmen aber nicht an Stärke zu. Manchmal kam es Max so vor, als hätten die Wiener sich damit abgefunden, kaum jemand achtete noch auf das dumpfe Grollen und die unheimlichen Erschütterungen. Nur die Fiakerfahrer und Kutscher vor dem Eingang zum Prater schimpften, wenn ihre Gäule durchgingen, der Besitzer des Flohzirkus fluchte, wenn die grazilen Bauwerke, in denen seine Tierchen hausten, zusammenstürzten und Paolo zeterte, wenn seine an die Decke geklebten Geister herunterfielen. Doch kaum war der Spuk vorbei, stiegen die Dampfsäulen der Fahrgeschäfte wieder senkrecht in den Himmel und die Vergnügungssüchtigen stürzten sich wieder ins Getümmel.

Am Ende dieses unglaublich heißen Sommers 1899 war in Wien alles wie immer. Nur für Max war nichts mehr so wie zuvor. Aber damit hatte er sich abgefunden. Das Leben stand nun mal nicht still, und wer wusste schon, was es noch für ihn bereithielt. Nachdenklich tastete er nach dem silbernen Taxistern in seiner Hosentasche. Dass er ihn besaß, gab ihm ein seltsames Gefühl der Sicherheit. So, als sei dieser Stern ein Glücksbringer. Als könne ihm nichts passieren, solange er ihn nur bei sich hatte. Während Max durch die Praterallee schlenderte, nach Gustl pfiff und in die Sonne blinzelte, die sich hinter den Nussbäumen versteckt hatte, stahl sich beim Gedanken an Agnes ein winziges Lächeln auf seine Lippen.

Die neue Eiszeit

Nina Horvath

Überallhin verfolgte einen das monotone Stampfen der gewaltigen Maschinen. Die Geräuschkulisse nahm man zwar nach einiger Zeit nicht mehr wahr, dennoch verlieh sie dem Raum zusammen mit dem fahlen Sonnenlicht, das durch die schmalen Fenster fiel, eine beklemmende Atmosphäre.

Emese merkte, wie sie mit einer Falte des Rocks ihres sorgfältig gearbeiteten, aber relativ schlichten Kleids spielte. Sie war hier offiziell angestellt und es wäre unklug gewesen, sich allzu prunkvoll oder zu weiblich zu kleiden.

»Was gibt es?«, fragte sie ihren Vater, der in seinem schweren Ledersessel wie in einem Thron saß. Ein überaus passender Vergleich – der namengebende Besitzer der Szabó-Dampfkraftwerke war eine wichtige Persönlichkeit Wiens. Zwar kein Angehöriger der Nobilität, aber Geld adelte angeblich ebenso.

»Nun, Emese, du weißt, was wir in letzter Zeit für Probleme hatten.«

»Der geplante Streik?«

Szabó schnaubte und machte eine wegwerfende Handbewegung. »Nein, der ist längst vom Tisch. Es gab nur einzelne Unruhestifter. Ferenczy hat das geregelt.«

Emese fragte nicht nach. Sie hatte bereits mehr als einmal mitbekommen, mit welcher Härte der engste Mitarbeiter ihres Vaters, Kalman Ferenczy, durchgriff, auch wenn man es dem behäbig wirkenden Mann sicher nicht zugetraut hätte. Ferenczy hatte sich scheinbar von der Wiener Gemütlichkeit anstecken lassen. Er war nicht fettleibig, aber sein leichter Bauch ließ bereits erahnen, dass das wohl in einigen Jahren der Fall sein würde.

»Nein, dieses Mal ist es was anderes. Es gibt da ein paar Spinner, die mich beunruhigen. Wir hatten diese Leute schon hier in der Firma.«

»Welche Leute?«, fragte Emese verwirrt.

»Ich weiß selbst nicht genau, was das für Personen sind. Sie nennen sich selbst Maschinengegner und haben es sich offenbar zum Ziel gesetzt, wegen irgendeiner vertrackten Ideologie das Verheizen von Kohle zu verhindern.«

»Warum das?«

»Keine Ahnung und es kümmert mich auch nicht sonderlich, was ein paar weltfremde Spinner wollen. Trotzdem solltest du in Zukunft in der Nähe der Firma aufpassen und möglichst gar nicht allein unterwegs sein. Ich habe deshalb Ferenczy gebeten, dich heute nach Hause zu begleiten.«

Emese runzelte die Stirn, verkniff sich aber jeden Kommentar. Es gab Menschen auf der Welt, bei denen Diskussionen nicht viel fruchteten – und wenn man einen idealen Vertreter davon suchte, würde man sicherlich bei ihrem Vater fündig werden.

Der Firmenchef stieß nur selten auf Widerspruch – und wenn, dann hatte er seine eigenen Methoden, damit fertig zu werden.

Schweigend stiegen Emese und Ferenczy die langen Treppen hinab. Der obere Teil des Gebäudes bestand aus Büroräumen, darunter lag der Bereich für die Maschinen.

Es war wie ein Abstieg in die Hölle.

Das Stampfen der Maschinen nahm zu und es wurde deutlich wärmer, als würde hier tatsächlich das Fegefeuer brennen.

Dabei war nichts Übernatürliches an all dem, alles war pure Technik. Aus Kohle, die vom Kaiser-Franz-Josephs-Bahnhof gebracht wurde, und Wasser, das man aus dem Donaukanal heraufpumpte, gewann man Dampf, der über ein Rohrsystem weiterverteilt wurde. Beliefert wurden zahlreiche andere Fabriken, die sich standorttechnisch in der näheren Umgebung positioniert hatten und ihre Maschinen mit dem Ferndampf zum Laufen brachten, sowie Privathaushalte der hiesigen sozialen Oberschicht, die so manches praktische Gerät so besonders bequem mit Energie versorgen konnten.

Emese vermied es gewöhnlich bei den Arbeitern, die beständig Kohle zu den gewaltigen Öfen karrten, sie beheizten, warteten oder die Asche wegräumten, durchzugehen. Schließlich hatte die Fabrik Hanglage und es gab auf der anderen Seite einen ebenerdigen Ausgang, für den man sich den Weg hier hinunter sparen konnte. Schon allein deswegen, weil sie durchaus Aufsehen erregte, wenn sie in ihrer adretten Aufmachung zwischen den schmutzigen und verschwitzten Arbeitern herumspazierte, besonders als Frau.

Sie spürte förmlich die Blicke, die sich in ihren Rücken bohrten.

In dem Moment schob ein dicklicher, kleiner Bursche seine Schubkarre so ungeschickt, dass er sie ein wenig streifte und eine Kohlespur an ihrem Kleid hinterließ.

»He!«, entrüstete sie sich.

Er sah sie an, ein Blick aus vom Ruß geröteten Augen. Das Gesicht war bleich und er wirkte müde, nein, genauer gesagt: abgerackert. Aber vor allem war Emese überrascht, wie jung er war. Vielleicht vierzehn? Oder gar erst zwölf?

»Entschuldige dich gefälligst, du Tölpel!«, schrie ihn Ferenczy an. Er hatte den Jungen gepackt und für einen Moment sah es so aus, als wolle er ihn schlagen.

»Lass ihn, das ist doch nur ein Bub!«, entrüstete sich Emese.

Der Jugendliche stammelte eine Entschuldigung und lief hastig mit der Schubkarre weiter.

»Dass der überhaupt hier Kohle schaufelt … das ist doch viel zu harte Arbeit für ein Kind! Die Eltern müssen sehr verantwortungslos oder sehr arm sein, um den hierher zu schicken«, meinte sie kopfschüttelnd.

»Ach was, dem bekommt das ganz gut. Vielleicht verliert er ja dann auch ein paar Fettpolster!«

Ferenczy lachte.

Diese Überheblichkeit widerte Emese einfach nur an, aber sie wollte keine Grundsatzdiskussion vom Zaun brechen.

»Na ja, aber mussten wir hier wirklich durch? Es gibt ja nicht nur die eine Tür«, wechselte sie das Thema.

»Ach was, da müssen wir extra rundherum, um zum Kaiser-Franz-Josephs-Bahnhof zu kommen. Außerdem motiviert es die Arbeiter, wenn manchmal jemand aus der Chefetage vorbeischaut. Du fährst doch jetzt heim?«

Emese war versucht, ja zu sagen, entschied sich aber dann doch anders. Sie hatte nicht die geringste Lust, mit diesem unsympathischen Schleimer im Schlepptau zu Hause anzukommen! Ihre Mutter hatte ihr einmal deutlich genug gesagt, wie sehr sie Ferenczy schätzte. Ein Mann, dem man ohne weiteres die Firma anvertrauen konnte und der sich in feinen Kreisen benahm – dass er zwar wusste, wie man jemand angemessen begrüßte, aber dafür um keine dumme Bemerkung verlegen war, war ihr offenbar entgangen. Vor allem aber war er wie Emeses Familie aus Ungarn. Sie verzog unwillkürlich das Gesicht, als sie daran dachte, wie wichtig das ihrer Mutter war.

Im Vielvölkerstaat Österreich-Ungarn, in dem die vor einem Jahr verstorbene Königin von Ungarn, die ihre Mutter so inbrünstig bewundert hatte, nicht nur gleichzeitig die Kaiserin von Österreich, sondern in Wahrheit bayrischer Abstammung war, war diese Betonung auf das Nationale im Grunde genommen absurd.

»Was ist?«, fragte Ferenczy, dem die Regung nicht entgangen war.

»Ach, mir ist gerade eingefallen, dass ich gleich auf die Universität muss, um eine Vorlesung zu hören.«

Diese begann zwar erst in Stunden, aber sie konnte sicher sein, dass Ferenczy sonst mit nach Hause kam und ihre Mutter ihn dazu aufforderte, auf einen Kaffee zu bleiben.

Er sah zuerst irritiert drein, dann meinte er: »Ach so, ich vergaß, dass es neuerdings einige Frauenstudien an der Universität gibt. Aber gut, es ist wohl eine nette Beschäftigung für unverheiratete Mädchen, ein wenig die Philosophie zu studieren. Zumindest, solange keine Notwendigkeit besteht, dass sie in der Zeit genauere Kenntnisse der Haushaltsführung erwerben.«

Er lachte und Emese hätte ihm am liebsten ... ja, ihr war selbst nicht ganz klar, was sie am liebsten getan hätte, aber es war auf jeden Fall nichts, das einer Dame würdig war.

»Wie kommst du da hin?«

»Zu Fuß. Es ist ein schöner Tag und ich möchte noch ein wenig in Gedanken den Stoff der letzten Einheit rekapitulieren. So gerne ich mich weiter mit dir unterhalte, aber ich möchte mich noch eine Weile darauf konzentrieren. Du verstehst das doch?«

Sie schenkte Ferenczy ein zuckersüßes Lächeln und war heilfroh, als sie ihn damit dann letztendlich auch loswurde.

Danach ging sie bewusst langsam und dachte nach, was sie jetzt tun sollte. Zwischendurch nach Hause zu fahren wäre natürlich möglich gewesen, aber sie hatte wenig Lust, dass ihre Notlüge dadurch aufflog.

Als sie schließlich die Porzellangasse entlang schlenderte, kam ihr die Idee, sich in ein Kaffeehaus zu setzen, doch auch das verwarf sie wieder. Dass eine junge Frau alleine so ein Lokal besuchte, war einfach zu unschicklich. Es reichte ihr schon, dass sie in der Firma wie ein exotisches Tier aus der Schönbrunner Menagerie angestarrt wurde. Gut, es war sicherlich ein bequemes Leben, nach dem Schulabschluss mehr pro forma als hart in der Firma ihres Vaters zu arbeiten. Im Moment hatte sie auch recht viele Freiheiten, durfte sich einmal die Woche eine Vorlesung anhören und wenn sie Bekannte mitnahmen, auch gelegentlich ins Theater, solange sie nur regelmäßig im Betrieb erschien, um dann meist schon gegen Mittag wieder aufzubrechen.

Sie wusste natürlich, dass das Bisschen an Papierkram, das sie erledigte, in dem riesigen Unternehmen kaum ins Gewicht fiel. Es ging mehr darum, dass sie Einblick in die Firma erhielt – vermutlich gerade einmal genug, um ein bisschen mitreden zu können, wenn ihr zukünftiger Ehemann von seiner Arbeit nach Hause kam. Denn dass der einmal die Firma übernehmen würde, stand außer Frage. Emese hatte keine Geschwister und dass eine Frau die Firma leitete, war absolut undenkbar. Einen kleinen Handwerkbetrieb – vielleicht. So etwas kam gelegentlich vor, hauptsächlich waren es die Witwen der Besitzer, die derartiges in die Hand nahmen. Aber etwas so Großes wie die Szabó-Werke – unvorstellbar.

In Gedanken versunken erreichte sie schließlich die Universität an der Ringstraße. Es war in der Tat ein imposantes Gebäude. Erst vor wenigen Jahren war es erbaut worden, um dem hohen Stellenwert der Wissenschaften in der Hauptstadt von Österreich-Ungarn gerecht zu werden.

Über den Haupteingang vorbei am Portier gelangte Emese in das Gebäude und spontan kam ihr die Idee, sich doch einfach ein wenig in der Bibliothek umzusehen.

Gedacht, getan: Über die breite Treppe rechterhand gelangte sie in die erste Etage. Das Knarren der Tür erschien ihr angesichts der Stille, die sie dort empfing, unnatürlich laut. Sie war ein extremer Kontrast zu dem unablässigen Lärm in der Fabrik und erschien ihr in dem Moment noch irritierender.

Sie ging weiter in den Lesesaal, aber auch dort herrschte trotz der anwesenden Besucher eine geradezu gespenstische Stille. Selbst das Rascheln der Seiten beim Umblättern war deutlich zu hören.

Etwas unsicher ging sie an den Tischen vorbei und ihr Blick schweifte über die Bücherregale. Sie beschloss schließlich, zu den Büchern mit den Naturwissenschaften zu gehen. Willkürlich zog sie ein Buch heraus, blätterte ein wenig darin herum und stellte es wieder zurück.

Das machte sie ein paar Mal. Ein junger Mann, der ein Regal weiter stand, sprach sie plötzlich an: »Suchst du was Bestimmtes?«

Zuerst überlegte sie, ob sie wegen der Vertraulichkeit empört sein sollte, besann sich aber dann eines Besseren, als ihr einfiel, dass es unter den Studenten durchaus üblich war, einander zu duzen.

»Nein, nicht wirklich. Einfach etwas Interessantes zum Lesen über die Natur.«

Er gesellte sich zu ihr, sah kurz suchend in das Regal und zog dann zielsicher einen Band heraus, den er ihr hinhielt. Es war mehr ein Magazin als ein Buch.

»Das hier ist gut, besonders die Zeichnungen. Außerdem ist es eine Neuerscheinung, die einiges an Aufsehen erregt hat.«

Emese nahm ihm die Publikation ab. Dabei berührte sie seine Fingerspitzen und plötzlich fühlte sie ein Kribbeln im ganzen Körper.

Sie stand kurz stocksteif da und sie fühlte sich so verlegen, als wäre sie eben vor einem großen Publikum bloßgestellt worden. Ihr Gesicht glühte förmlich, bis sie sich endlich aus ihrer Erstarrung lösen konnte und die naturkundliche Monographie aufschlug.

Kunstformen der Natur, stand da. Als sie nach Schmutztitel und Vorwort zu der ersten Bildtafel gelangt war, stockte ihr der Atem.

»Das ist großartig!«, staunte sie über die ungeheuren Details der Abbildungen.

»Ja, Haeckel ist nicht nur ein großer Wissenschaftler, sondern ein wahrer Künstler. Es ist zudem erstaunlich, welch einer Symmetrie die Natur stets folgt …«

»Pst!«, erklang es hinter ihnen.

»Ach sei doch ruhig«, meinte der Fremde angesichts der Ermahnung, »Also, was ich sagen wollte, ist, dass die Perfektion der Natur …«

»He da, hier muss Ruhe herrschen! Das ist kein Heuriger!«, ließ der Mann von vorhin nicht locker.

»Ja, leider. Dort kann man nämlich zumindest gelegentlich noch eine stilvolle Unterhaltung pflegen.«

So ging es noch einige Male hin und her, was immer mehr Aufmerksamkeit erregte.

Schließlich nahm der Student Emese die aufgeschlagene Monographie aus der Hand, stellte sie zurück ins Regal und sagte zu ihr: »Wir gehen, intellektuelle Gespräche sind in diesen verstaubten Hallen nicht willkommen.«

Völlig perplex folgte ihm Emese. Sie war einfach viel zu überrascht über die seltsame Reaktion und die Bestimmtheit, als dass ihr etwas anderes in den Sinn gekommen wäre.

»Entschuldigung«, sagte er schließlich, »aber ich habe mich so über diesen aufgeblasenen Regelzitierer geärgert. Bücher sind etwas Einzigartiges, man sollte sie nicht an diesem Ort der Stille einsperren. Hoffentlich werde ich mal ein guter Wissenschaftler, dann schaffe ich mir meine eigene Bibliothek an. Ich bin übrigens Leopold.«

Er streckte ihr seine Hand hin.

»Emese«, meinte sie und wurde erneut verlegen, als ihr bewusst wurde, wie ungehörig lange sie seine Hand hielt.

»Ein schöner Name! Nun, Emese, was hast du heute noch vor?«

Als sie nach Stunden nach Hause ging, war Emese be-schwingt, obgleich ein leichter Nieselregen eingesetzt hatte. Sie ertappte sich dabei, wie sie eine fröhliche Melodie summte.

Dabei hatten sie gar nichts Besonderes gemacht, waren einfach über den Arkadenhof spaziert und hatten sich schließlich auf eine der Bänke gesetzt. Sie hatten über so manches geredet und als sie sich schließlich verabschieden musste, hatte Leopold ganz offen gesagt: »Ich möchte dich wiedersehen!«

Dann hatten sie einander geküsst, erst vorsichtig und schüchtern, dann leidenschaftlich.

Es war ein unbekanntes Gefühl, das sie daraufhin durchflutet hatte, auch wenn sie schnell ernüchtert wurde: Es war absolut unmöglich, zu Hause von Leopold zu erzählen. Ein armer Student war sicher niemand, mit dem sie sich treffen sollte, schon gar nicht allein. Und doch musste sie ihn einfach wiedersehen! Noch nie in ihrem Leben hatte sie jemanden getroffen, in dessen Gegenwart sie sich so glücklich gefühlt hatte. Es war, als ob sie vorher gar nicht richtig gelebt hätte.

Sie dachte sich immer neue Ausreden aus, um Leopold im Laufe der nächsten beiden Wochen wiederzusehen. Sie steckte auch manche Rüge ihres Vaters freiwillig ein, indem sie harmlosere Vergnügungen als das Treffen mit einem nicht standesgemäßen jungen Mann vorschob, wie etwa einen ausgedehnten Geschäftebummel in der Kärntnerstraße.

Die Zeit zwischen ihren Treffen erschien ihr plötzlich seltsam unwirklich, wie etwas, das sie gar nicht selbst erlebte. Den Papierkram in der Firma erledigte sie lustlos.

»Emese?«, rief sie ihr Vater schließlich zurück, als sie gerade die Dampfkraftwerke verlassen wollte.

»Ja, was gibt es?«

»Du wirkst neuerdings ziemlich unkonzentriert. Vergiss wenigstens die Gründungsfeier heute Abend nicht! Ich möchte, dass du zusammen mit uns hingehst, wir wollen so gegen sechs eintreffen. Und zieh dir was Nettes an. Besprich das am besten mit deiner Mutter.«

»Gut, das mache ich. Ich weiß ja, wie wichtig die Feier ist.«

Insgeheim hatte sie wenig Lust, ihren Abend damit zu verbringen, langweiligen Reden zu lauschen und im Anschluss daran dümmliche Gespräche zu führen. Außerdem schwante ihr Übles, wenn sie daran dachte, wie bedeutungsvoll ihr Vater die Kleidungsfrage ins Gespräch gebracht hatte. Das Verhalten ihrer Mutter bestätigte ihren Verdacht: Neben der oberen Riege der Belegschaft der Szabó-Werke würden auch andere wichtige Persönlichkeiten anwesend sein. Davon mehr als einer, der als zukünftiger Ehemann in Betracht kam.

Sie war verzweifelt, als sie an Leopold dachte. Aber es war vollkommen unmöglich, sich zu drücken. Ein andermal, aber nicht heute.

Also machte sie gute Miene zum bösen Spiel und ließ sich in Anwesenheit ihrer Mutter von ihrem Dienstmädchen in ein enges Korsett schnüren. Ein prunkvolles Kleid, ebenso schöne wie unbequeme Schuhe und natürlich Schmuck.

Ich sehe aus wie ein aufgeputzter Christbaum, dachte sie, als sie in den Spiegel sah und ihre erwartungsvoll dreinblickende Mutter gequält anlächelte.

Sie brachen mit der Kutsche auf und stiegen nahe des Ferndampfwerks aus. Emese hatte gleich ein seltsames Gefühl, als sie die versammelte Menge sah.

Zuerst versuchte sie sich damit zu beruhigen, dass ein Grüppchen aus dem einfachen Volk sehen wollte, welche Berühmtheiten sich die Ehre gaben, aber als sie sich näherten, merkte sie, dass sie ganz und gar nicht freundlich wirkten.

Als sie die Familie Szabó erblickten, brach ein regelrechter Tumult aus, nur die Anwesenheit einiger Polizeikräfte verhinderte, dass sie zu nahe kamen.

»Was ist hier los?«, fragte ihre Mutter.

»Maschinengegner bei einer Demonstration!«, erklärte einer der Polizisten. »Gehen Sie schnell nach drinnen.«

Unter dem Schreien und Pfeifen der Menge eilten sie nach drinnen. Emese hielt dabei die Hand ihrer Mutter und versuchte, nicht in Richtung der Maschinengegner zu sehen. Als sie es doch tat, blickte sie in ein bekanntes Gesicht.

Die blauen Augen, die Gesichtszüge, selbst die abgetragene Jacke … obwohl sie schnell weitergezogen wurde, bestand kein Zweifel daran, dass sie Leopold gesehen hatte. Er trug ein Schild, auf dem »Nieder mit den Maschinen!« stand. Es wäre ihm fast heruntergefallen, als er Emese sah. Mit offenem Mund starrte er sie an. Dann waren sie vorüber.

Den Rest des Abends stand Emese nur mit Mühe durch. Allgemein war die Stimmung kaum von den Demonstranten am Eingang beeinträchtigt, dazu war diese Gruppe mit knapp zwei Dutzend Personen zu klein gewesen. Aber ihr ging es nicht aus dem Kopf, dass sie Leopold gesehen hatte. Zuerst versuchte sie sich einzureden, dass er wegen ihr gekommen war – doch das Schild, das er dabei gehabt hatte, sprach eine ganz andere Sprache. Außerdem hatte sie ihm nie ihren Nachnamen genannt, er hatte also gar nicht wissen können, dass er an dem Tag auf sie treffen würden.

Ihre nächste Verabredung ließ sie ausfallen.

Einige Tage später ging sie gerade die Hintertreppe des Dampfkraftwerks hinab, als ihr eine Gestalt entgegengeeilt kam.

»Leopold, was … machst du hier?«

»Ich wollte dich vergessen, aber ich muss einfach noch einmal mit dir reden! Warum … das alles? Was war das für ein Spiel, dass du dich für jemanden anderen ausgegeben hast?«

Emese sah sich um, aber es war niemand zu sehen.

»Ich habe mich für niemanden ausgeben. Ich habe dir nichts Unwahres über mich erzählt.«

»Aber auch nicht viel Wahres«, warf er ihr vor.

»Doch, sehr viel Wahres. Was hätte ich denn tun sollen? Dir meine Personalakte überreichen?«

»Nein, einfach ehrlich sein. Ich habe das Gefühl, dass für dich das alles nur ein Spiel war. Du hast mich nie wirklich geliebt!«

Leopold sah sie durchdringend an und legte ihr die Hand auf den Arm. Emese riss sich mit einer ärgerlichen Bewegung los.

»Das ist jetzt nicht mehr von Belang! Ich will mit Leuten wie dir nichts mehr zu tun haben. Was bitte bringt es euch, dass ihr da Radau macht? Die Firma versorgt unzählige Haushalte mit Dampf und es gibt viele Arbeitsplätze für die Leute.«

»Ja, die Haushalte der Reichen, die Armen dürfen für einen Hungerlohn Kohle schaufeln. Aber um diese Probleme geht es uns nicht, sondern um das Schicksal unserer Erde. Es ist unverantwortlich, was da an Rußpartikeln in die Luft geblasen wird! Wenn das so weitergeht, haben wir bald eine neue Eiszeit.«

Im ersten Moment blieb Emese der Mund offen stehen, denn so etwas war wirklich das Letzte, womit sie gerechnet hatte.

»Eine Eiszeit? Jetzt wird es aber wirklich lächerlich!«

»Natürlich, alles, was für euereins unbequem ist, ist gleich lächerlich. Vermutlich ist selbst der Weltuntergang noch lächerlich, wenn er sich nicht mit der Gewinnoptimierung des Betriebs verträgt. Aber ich kann mir das nicht vorstellen, wie ein denkender Mensch ernsthaft glauben kann, dass er bis in alle Ewigkeit Dreck in die Luft blasen kann, ohne dass etwas geschieht. Wir glauben, dass sich die Asche langsam wie ein Schleier über den Erdball verteilen wird, dann kommt die Sonnenstrahlung nicht mehr durch und es wird verdammt kalt werden.«

»Alles nur Theorie. Schön ausgedacht von weltfremden Wissenschaftlern. Ich glaube nicht, dass irgendetwas, das in der Welt geschieht, tatsächlich solche Auswirkungen haben kann«, widersprach ihm Emese heftig.

»Ach ja, und was war vor etwa achtzig Jahren im Jahr ohne Sommer?«, warf Leopold ein.

»Keine Ahnung, was da war. Kalt war es und keiner weiß, warum. Die Szabó-Ferndampfwerke gab es damals übrigens noch nicht, falls es das ist, worauf du hinauswillst.«

»Nein, das meinte ich auch nicht. Aber man weiß sehr wohl, was die Ursache war: ein Vulkanausbruch. Bei dem verdammt viel Asche freiwurde, also durchaus vergleichbar mit dem, was heute bei der Dampfkrafterzeugung geschieht. Irgendwann wird es zu spät: Missernten, steigende Getreidepreise. Es haben jetzt schon viele Menschen kaum das Nötigste zum Leben, wenn dann kein Brot mehr da ist, kann das unglaubliche Folgen für unsere Gesellschaft haben, bis hin zu Volksaufständen und Krieg«, erklärte Leopold.

»Ja, genau, wir sind an allem schuld! Weißt du was, geh einfach! Ich brauche nur einmal kurz zu rufen, und dann ist hier der Teufel los«, stieß sie hervor.

»Na dann mach' nur! Du wirst nie erfahren, ob ich nicht doch Recht hatte! Ich kann es dir beweisen.«

»Ach was, das ist nur Gerede, damit ich mich länger mit dir abgebe.«

»Nein, es ist ein echter Beweis. Und ich verspreche dir, wenn du ihn gesehen hast und mich danach nicht mehr treffen willst, dass ich nie wieder an dich herantreten werde.«

»Und wenn ich mir diesen ... sogenannten Beweis nicht ansehen gehe?«

»Nun, da gibt es sicherlich Möglichkeiten, etwas in die Presse zu bringen, was recht unschön für dich wäre ...«

Er ließ wohl bewusst offen, was genau er meinte, aber sie konnte sich auch so vorstellen, in welche Richtung die Andeutung ging. Immerhin wäre es tatsächlich eine unangenehme Angelegenheit für ihre Familie und sie selbst, wenn bekannt würde, dass die Erbin der Szabò-Werke eine Liebelei ...

Es schnürte Emese den Brustkorb zu. Eine Liebelei ... das klang so banal. Nach etwas, das man einging, weil einem langweilig war.

Sie hatte von Anfang an gewusst, dass sie niemandem von ihrer Liebe zu Leopold erzählen durfte, gleichgültig, was genau er nun war oder tat, aber dass er auf so einer gänzlich anderen Seite stand, verletzte sie.

Für sie waren die Maschinengegner ein gesichtsloses Schreckgespenst gewesen, eine hie und da auftretende Meute von Störenfrieden, Saboteuren und Verrückten.

Und nun sprach sie das erste Mal mit einem von ihnen und erfuhr, was sie tatsächlich zu ihren Taten antrieb. In dem Moment wurde ihr bewusst, dass sie der Gedanke für immer verfolgen würde, wenn sie Leopold einfach wegschickte oder gar rauswerfen ließ. Sie wollte jetzt wissen, was an seinen Gedankengängen dran war, ihm klar machen, dass er einer Wahnvorstellung erlegen war.

»In Ordnung, dann will ich ihn sehen, deinen tollen Beweis!«, sagte sie kalt. Leopold starrte sie so überrascht an, als wäre ihr Nachgeben das Letzte gewesen, was er erwartet hatte.

»Was, eine Zeitmaschine?« Der Fahrer dieses seltsamen Dampftaxis, der sich so aufdringlich als Andreas Binder vorgestellt hatte, lachte.

»Steuere *Er* nur den Wagen«, fuhr ihn Emese hochmütig an. Leopolds Ausführungen zu seiner sogenannten Weltmaschine reichten ihr, da hatte sie keine Lust, auch noch mit Dienstpersonal zu diskutieren! Teuer genug war die Fahrt ja, aber es war weit und breit keine Kutsche zu sehen gewesen und sie würde enorme Schwierigkeiten bekommen, die umso größer wurden, je länger sie ausblieb. Geld war in ihrer Familie nebensächlich, nicht aber, dass sie sich irgendwo herumtrieb.

»Und das soll wie funktionieren?«, wandte sie sich wieder an Leopold.

»Das habe ich schon erklärt. Es wird Energie in Form von Dampfkraft zugeführt und dadurch werden Kleinteile so schnell beschleunigt, dass sich ein Tor in die Zukunft auftut. Und dann wirst du sehen, dass wir in einer neuen Eiszeit sitzen werden!«

Emese runzelte die Stirn und sie bemerkte, dass der Fahrer den Rückspiegel drehte. Vermutlich wollte er den Kerl, der das eben gesagt hatte, genauer in Augenschein nehmen. Wenn es eine Eigenschaft gab, die Emese an den typischen Wienern hasste, dann war das Neugier an allen Dingen, die sie im Grunde genommen nichts angingen.

»Und woher weißt du das?«

»Ich war einer derer, die für den Aufbau der Maschine engagiert waren. Ich sollte eigentlich nicht mitbekommen, wofür das Gerät gedacht war – aber es gab dort einen unbeabsichtigten Dampfstau und die Weltmaschine aktivierte sich, ohne dass es jemand beabsichtigt hätte. Man hörte plötzlich Geräusche, aber bald waren es Stimmen, die von einem schwarzen Himmel und über Kälte berichteten.«

Emese schwieg.

Sie stiegen aus und sie bezahlte den Fahrer, während Leopold wartete, bis der Wagen abgefahren war. Dann ging er mit ihr in eine Seitengasse, wo er sich verstohlen umsah, ehe er den Kanaldeckel hochhob. Es waren zwar einige Passanten unterwegs, aber alle waren so geschäftig und niemand schien daran Anstoß zu nehmen.

»Hier drunter? Bist du sicher?«, wollte sie wissen.

Sie sah zweifelnd in den Schacht, in den schmale Eisentritte führten. Zum Glück war es in den letzten Tagen deutlich kühler geworden, so dass sie halbwegs feste Stiefel trug, aber es würde dennoch keine vergnügliche Angelegenheit werden.

Leopold bemerkte ihr Frösteln und hängte ihr seine Jacke um die Schultern. Ihr war viel zu kalt, um das abgetragene Kleidungsstück abzulehnen.

»Und die ganzen Angestellten für die Maschine, die Wissenschaftler? Die werden doch wohl nicht *da* runtersteigen?«

»Natürlich nicht«, meinte Leopold, »die kommen wohl über einen Keller rein. Aber ich will nicht, dass wir gleich entdeckt werden. Es geht nicht tief runter und unten gibt es Lampen.«

Seufzend schwang Emese ihre Beine in den Schacht. Leopold reichte ihr seine Hand, damit sie sich umdrehen konnte. Sie tat das ziemlich ungeschickt, zumal sie ihr langer Rock dabei behinderte.

Einen Moment geriet sie fast in Panik, als sie sich an den schmalen Sprossen nach unten tastete. Wenn sie hier herunterfiel, würde wohl nie jemand ihre Leiche finden. Sie war inzwischen überzeugt davon, dass es hier nichts außer den Abwasserkanälen gab. Und sie war drauf und dran, in diese dunkle Welt zu steigen, wo ihr niemand helfen konnte, zusammen mit einem Mann mit Wahnvorstellungen, der sich als Feind ihrer Familie entpuppt hatte.

Aber diese Erkenntnis kam zu spät. Hier auf der Sprossenwand gab es keine Möglichkeit, zu entkommen. Sie stieg sich wiederholt selbst auf den Saum ihres Kleides und kam dadurch nur sehr langsam voran. Unten hingegen gab es ein Labyrinth von Gängen …

Ihre Füße ertasteten keine Sprosse mehr.

»Hier ist es aus!«, sagte sie laut und es hallte unheimlich.

»Dann muss unten der Boden sein. In weniger als einem Meter Höhe.«

Emese traute ihm nicht so sehr, dass sie nach unten gesprungen wäre, sondern tastete vorsichtig mit dem Fuß nach unten. Tatsächlich traf sie auf etwas Festes.

Ein Zündholz flammte auf und tauchte den Gang in ein schwaches Licht. Leopold leuchtete suchend herum, ehe er es wegwarf und ein neues entzündete.

Er hatte tatsächlich eine Gaslampe gefunden.

So weit stimmte sein Bericht also.

»Schau, es kann nur der eine Gang sein!«

Er klang begeistert und das flackernde Licht verstärkte den Eindruck, krankhaften Fanatismus in seinem Gesicht zu sehen, nur noch.

Er ließ Emese vor sich gehen. Und dann … dann kamen sie in einen großen Raum. Sie war nun ehrlich überrascht, als er hineinleuchtete und sie tatsächlich eine Maschine sah, die sich hier als winziger Teil eines mutmaßlich gewaltigen Ringes entpuppte.

»Hier ist sie!«, rief er aufgeregt. »Wir schalten sie ein und dann zeige ich dir die Eiszeit!«

»Machen wir erst mehr Licht«, forderte Emese. Das tat Leopold auch, er entzündete noch weitere Lampen. Emese nahm eine davon in die Hand. Sie hatte einen seltsamen Belag und es dauerte, bis sie erkannte, dass es Staub war.

Diese Einrichtung war wohl schon länger nicht betreten worden. Gut, die Maschine stand noch da, ebenso wie ein achtlos in eine Ecke geschobener Tisch. Es sah jedoch so aus, als wäre nur Sperriges und wenig Wertvolles zurückgelassen worden.

Sie wollte Leopold darauf aufmerksam machen, als er schon an den Bedienelementen der Maschine fuhrwerkte. Sie schrie ihn an, dass er verrückt sein müsse und dann geschah …

Nichts.

Es war nicht einmal das zischende Geräusch von Dampf zu hören. Was auch immer das Gerät nun tatsächlich war, ob Zeitmaschine oder sonst irgendeine wissenschaftliche Apparatur, es war jedenfalls tot.

Emese kniete daneben nieder.

»Der ganzen Maschine fehlt die Dampfkraftversorgung. Sie kann gar nicht funktionieren.«

»Nein, das kann nicht sein!«, stammelte er.

»Ach Leopold, was hast du denn erwartet? Selbst wenn das wirklich dieser Kleinteilbeschleuniger ist, dachtest du, wir könnten ihn einfach anknipsen und ein Spektakel ansehen?«

»Nicht ansehen. Man kann keine Bilder darüber empfangen, aber sehr wohl Töne aus der Zukunft. Ich habe da auch eine Theorie dazu: Durch den Kleinteilbeschleuniger werden magnetische Kleinteile aus der Zukunft zurücktransportiert und in unsere Zeit geholt«, erklärte er.

»Wie dem auch sei«, fuhr Emese fort, »Die Maschine muss Tausende Kubikmeter Dampf bei nur einer Anwendung verbrauchen. Die Kosten dafür sind enorm, das kannst du mir glauben. Niemand wäre so verrückt, so etwas tatsächlich betriebsbereit herumstehen zu lassen!«

»Aber … aber ich wollte doch, dass du mir glaubst!« Er lehnte sich schwer gegen die Wand und ließ sich dann langsam nach unten sinken, bis er da mit angezogenen Beinen saß.

Emese wusste nicht, was sie sagen sollte.

»Ich muss zurück«, meinte sie hilflos.

»Ich verstehe. Du gehst wieder in dein Leben und es wird so sein, als hätten wir einander nie getroffen. Die Dampfkraftwerke werden weiterhin die Luft mit Asche füllen und bis jemand erkennt, was passiert, wird es zu spät sein.«

Es klang nicht einmal vorwurfsvoll, nicht aufbegehrend, sondern einfach nur … müde. Ja, ebenso kraftlos, wie sie sich jetzt fühlte. Es schnürte ihr das Herz zu. Dass sie keinen Triumph darüber empfand, dass sich Leopolds Idee als töricht erwiesen hatte, zeigte ihr, dass er ihr immer noch etwas bedeutete. Ihr kam wieder in den Sinn, was er gesagt hatte. War es denn tatsächlich möglich, dass das Wunderelixier des Reiches, der Dampf, ihnen nur Wohlstand und Fortschritt brachte?

»Ich muss heim«, sagte sie noch einmal.

Zu Hause gab es großen Krach, dass sie so lange fortgewesen war und keinem Bescheid gegeben hatte. Emese versprach Besserung und tatsächlich wurde sie in den nächsten Wochen sehr viel ruhiger. Sie interessierte sich mehr als früher für die Firma und war geradezu begierig darauf, möglichst viel über die Dampfkraft und ihre Erzeugung zu erfahren. Die restliche Zeit saß sie zu Hause und las sehr viel.

Leopolds Jacke hatte sie in ihrer Kleidertruhe versteckt. Eines Abends holte sie sie heraus. Darin war ein zerknüllter Brief. Der Absender war eine Frau und ja, trotz allem wallte Eifersucht in ihr hoch.

Sie nahm ihn und las ihn. Er war von Leopolds Mutter. Emese lächelte, als ihr klar wurde, dass sie nun eine Adresse hatte.

Sie holte sich eine Schreibfeder und Papier und begann zu schreiben.

Lieber Leopold!

Es fällt mir schwer, diesen Brief zu schreiben, aber Du bedeutest mir immer noch eine Menge. Die Zeit mit Dir war wie ein Ausflug in eine andere, schönere Welt. Am liebsten würde ich diese Zeitmaschine benutzen und dorthin zurückreisen, immer und immer wieder.

Ich habe viel über das nachgedacht, was Du mir erklärt hast. Ich bin nicht davon überzeugt, dass durch die Dampfkraft tatsächlich die Erde kälter wird, aber ich glaube inzwischen, dass es negative Folgen hat, wenn zu viel Kohlestaub in die Luft gelangt. Ich habe gesehen, wie die Arbeiter husten und weiß, dass das eine Krankheit ist, an der viele von ihnen letztendlich sterben. Trotzdem möchte ich, dass Du Deinen Kampf gegen die Maschinen so, wie Du ihn begonnen hast, nicht weiterführst. Es ist ein gefährlicher Weg und es ist auch der falsche Ansatz. Die ganze Stadt ist abhängig von der Dampfkraft, wir brauchen die Maschinen und auch die Arbeit für die Menschen in Wien. Ihr habt nur wenige Stimmen und keine echten Beweise, daher werdet ihr keinen Erfolg haben. Sollte es einen größeren Aufstand geben, wird man ihn mit Waffengewalt niederschlagen.

In ein paar Jahren wirst Du Wissenschaftler sein und dann kannst Du echte Beweise finden. Dann wirst Du ein Mann sein, dem man Gehör schenken muss! Vielleicht findest Du auch eine Lösung. Du entdeckst vielleicht eine Materie, die uns dieselbe Kraft wie der Dampf liefert oder aber eine Möglichkeit, wie man Dampf sauber erzeugt.

Ich selbst beschäftige mich auch damit. Ich bin dabei, mich mehr in die Firma einzuarbeiten und in ein paar Jahren wird auch meine Stimme etwas mehr Gewicht haben. Ich habe es mir nie zugetraut, mehr als nur ein paar Abrechnungen zu erledigen, aber die Gespräche mit Dir haben mir gezeigt, dass ich tatsächlich zu mehr fähig bin. Du hast meinem Verstand getraut, bevor ich es selbst tat.

Meine Eltern haben mich zu einer Verlobung gedrängt, aber ich habe sie davon überzeugt, dass ich noch Zeit brauche. Ich habe auch für mich selbst erkannt, dass offene Rebellion nicht der richtige Weg ist.

Meine Familie ist selbst nicht von nobler Abstammung und sie wäre vielleicht gar nicht dagegen, dass ich mich mit einem Akademiker einlasse. Diese Dinge wird die Zukunft zeigen und auch wenn ich sie jetzt noch nicht sehen kann, so glaube ich fest daran, dass wir es schaffen können.

In Liebe, Emese.

Das Dampftaxi

Stefan Cernohuby

Gerüchteweise gab es übermäßig sentimentale Menschen, denen selbst ein einfacher Sonnenaufgang Tränen in die Augen trieb. Wenn die Sonne über einer Stadt wie Wien aufging – einer der größten Städte der Welt und gewissermaßen der Perle unter den europäischen Städten –, würde der Ausblick vom Hang des Kahlenbergs diesen vermutlich wahre Tränenströme entringen.

Obwohl Andreas »Andi« Binder sich selbst nicht für einen übertrieben emotionalen Menschen hielt, war die Aussicht über Wien das, was ihn jeden Tag dazu brachte, seinen Beruf weiter auszuüben, obwohl er es eigentlich nicht mehr nötig hatte.

Täglich ging er dem gleichen Ritual nach. Er trat aus seinem Haus und blickte über Wien, sein Wien. Es war ein wunderschöner warmer und wolkenloser Tag, obwohl der Kalender bereits die erste Oktoberwoche zeigte. Im Gegensatz zu vielen anderen Städten hatte Wien einen Vorteil, der die Stadt auch im Dampfzeitalter lebenswert machte: konstanten Westwind. Nur das relativ neue Ferndampfkraftwerk sorgte für eine breite, im Zentrum aufsteigende Rauchsäule. Der größte Teil der Industrie war im Südosten der Stadt angesiedelt, was dazu führte, dass Wien so gut wie nie unter schlechter Luft zu leiden hatte.

Nach seinem Blick über die Stadt öffnete er das Tor der Garage. Stolz musterte er das Gefährt, mit dem er sein Taggeschäft verrichtete: Das Dampftaxi.

Ja, zugegeben, es gab mittlerweile auch viele andere, die Fahrgäste mit Dampfautomobilen durch die Stadt fuhren, aber kein anderes

Gefährt kam auch nur ansatzweise an seines heran. Die geschwungenen Formen der Karosserie, die Sitzgarnitur aus schwarzem Leder, die integrierte Dampfheizung und vor allem der mindestens siebzig Pferdestärken kräftige, beinahe lautlose Koks-Dampfmotor, der befüllt etwa dreihundert Kilometer Reichweite ermöglichte, ergaben zusammen das luxuriöseste Gefährt, das man derzeit für Geld kaufen konnte.

Andreas betätigte den Starter und überprüfte danach den Zustand seines Wagens. Die Vollgummireifen zeigten noch keine Zeichen der Abnutzung, der silberfarbene Lack des Fahrzeugs hatte nicht einen Kratzer. Sehr gut.

Die chemische Reaktion des Starters, welche den Koks auf Betriebstemperatur brachte, benötigte nur eine knappe Minute. Danach konnte man sich einfach hinter das Steuer setzen, den ersten Gang einlegen und losfahren – was Andreas Binder auch tat.

Andreas war ein Mann, der feste Gewohnheiten hatte. So entzündete er das orange, auf dem Dach befestigte Taxi-Licht immer erst, wenn er sein Frühstück in der inneren Stadt eingenommen hatte – einen Luxus, den er sich schon seit vielen Jahren gönnte. Doch schon auf der Fahrt in Richtung dorthin wurde ihm klar, dass heute etwas anders war als sonst. Als er die erst vor wenigen Monaten fertig gestellte Rechte Wienzeile entlangfuhr – die Bäume zu beiden Seiten zeigten schon Zeichen erster herbstlicher Färbung –, sah er zwar zahlreiche andere Dampfautomobile und einen Dampfautobus, aber keinen einzigen Fiaker.

Als er auf die Ringstraße auffuhr, welche das Zentrum Wiens umgab, wurde ihm das Fehlen der charakteristischen Zweispänner schon beinahe unheimlich. Normalerweise konnte er nur mit der halben Geschwindigkeit fahren, weil ihn die Fuhrwerke so aufhielten – laut Wiener Zeitung waren es trotz steigender Zahl an alternativen Verkehrsmitteln immer noch etwa tausend. Doch obwohl ihn das Fehlen selbiger beschäftigte, hielt es ihn nicht davon ab, seine geplante Route zu verfolgen. Als einziger Dampftaxifahrer besaß er eine Erlaubnis in die Innere Stadt einzufahren – er hatte Bürgermeister Dr. Karl Lueger einmal einen wichtigen Gefallen getan – und an einem bestimmten Platz zu parken.

Das glänzende Dampftaxi hielt direkt vor dem Kaffeehaus von Julius Meinl. Der Standplatz war direkt an der Schnittstelle zwischen Hofburg und Stephansdom, was ihm – beziehungsweise seinem Gefährt – viel Aufmerksamkeit einbrachte. Dafür kutschierte er den Besitzer des Kaffeehauses gratis, wohin dieser auch immer wollte. Was sich kostspielig anhörte, war Werbung, um die ihn alle anderen Fahrer beneideten. Denn viele Reisende wollten es sich nicht nehmen lassen, zumindest einmal von seinem Dampftaxi vor dem ANA Grand Hotel abgesetzt zu werden.

Längere Fahrten hatte er nur selten, da Andreas nicht davor zurückschreckte, für eine kurze Fahrt eine Summe zu berechnen, für die Fabrikarbeiter vermutlich zwei Monate arbeiteten. Deshalb genügten ihm auch zwei bis drei Kunden am Tag völlig.

Nachdem er sein Frühstück beendet hatte – leider wusste auch dort niemand etwas Bestimmtes über das Fehlen der Pferdekutschen – begab er sich zurück zu seinem Wagen, der von zahlreichen Leuten bestaunt wurde, die aber Abstand hielten. Zum Glück hatte man in Wien noch etwas Anstand, was das Eigentum anderer anging.

Er nahm in seinem Fahrzeug Platz, nicht ohne das Flugblatt, das von einer drohenden Eiszeit kündete und unter dem Wischer für die Scheibe klemmte, zu zerknüllen und in seine Jackentasche zu stecken.

Die Vibrationen des Kopfsteinpflasters fühlend, fuhr er einen Weg, der im Normalfall ständig verstopft war, nämlich zur Hofburg. Heute war das anders. Der Platz an der Rückseite des altehrwürdigen Gebäudes war komplett leer, zumindest was jegliches Pferdegespann anging. So konnte Andreas zum ersten Mal das tun, was er sich hier schon immer gewünscht hatte, nämlich eine Runde hinter der Wiener Hofburg drehen.

Gerade als er die Hälfte der Runde beendet hatte, sah er einen gut gekleideten, älteren Herrn mit Zylinder und Reisetasche, der ungeduldig auf eine goldene Taschenuhr blickte. Das bedeutete, hier hatte er einen potentiellen Kunden vor sich. Andreas hielt den Wagen an. Mit einem hörbaren Zischen fuhr das Fenster auf der Beifahrerseite herunter, was die Aufmerksamkeit des Mannes erregte.

»Guten Morgen, der Herr!«, rief er dem Mann mit so viel Freundlichkeit zu, wie man sie als Dampftaxifahrer aufbringen konnte. »Brauchen Sie eine Fahrgelegenheit?«

Überraschung machte sich auf den Zügen des Herrn breit, die sich aber schnell in Neugier verwandelte.

»Ein Dampftaxi«, murmelte er. »Mit so etwas bin ich noch nie gefahren …«

Dann schien er sich einen Ruck zu geben.

»Warum nicht? Man lässt mich hier schon über eine Stunde warten.« Er wandte sich an Andreas. »Wo kann ich meine Reisetasche unterbringen?«

Der Angesprochene stieg aus und öffnete eine Klappe an der rückwärtigen Seite des Fahrzeugs. »Hier gibt es einen dafür vorgesehenen Stauraum. Er nennt sich passenderweise Kofferraum. Aber lassen Sie mich das erledigen.«

Andreas stemmte mit Mühe die überraschend schwere Reisetasche und verstaute sie sicher im Wagen. Danach klappte er den Kofferraum zu und hielt dem Mann die Tür auf. Schließlich würde dieser für den Luxus auch bezahlen.

Nachdem es sich der bärtige ältere Herr – bei näherem Hinsehen wirkte er wie ein in Würde gealterter Beamter – auf der Rückbank des Dampftaxis bequem gemacht hatte, wandte sich Andreas an ihn. »Wo soll es denn hingehen?«

»Ich muss einen Zeppelin erreichen. Der Start in Schwechat findet planmäßig um 13 Uhr statt. Aber nachdem diese seltsame Pferdegrippe in Wien grassiert, war keine Kutsche für mich verfügbar.«

Andreas legte die Information über die Pferdegrippe in seinem Hinterkopf ab und meinte: »Es ist kurz nach elf. Nach Schwechat brauchen wir gerade einmal eine Dreiviertelstunde.«

»Na, dann fahren wir vorher noch eine Runde durch Wien, als wäre ich Tourist. Oder noch besser, Sie erzählen mir etwas Neues zu Orten, die ich schon kenne.«

Ein Satz, der eine innerliche Registrierkasse bei Andreas »Andi« Binder laut zum Klingen brachte.

»Alles klar, der Herr. Dann möchte ich mich aber vorstellen, damit Sie mich beim Namen nennen können. Ich heiße Andreas Binder, aber die meisten nennen mich Andi.«

»Andreas ist mir ehrlich gesagt lieber«, erwiderte sein Fahrgast. »Ich heiße Franz.«

Während sie gerade über den Neuen Markt fuhren, bemerkte Andreas, wie sein Fahrgast interessiert Aschenbecher, Pfeifen- und Zigarettenanzünder sowie die dampfbetriebenen Fensterheber in Augenschein nahm.

»Ein Wunderwerk der Technik, nicht wahr? Wissen Sie, ich war einmal Fiakerfahrer«, begann Andreas Binder zu erzählen. Er hatte mit der Zeit festgestellt, dass ein Dampftaxifahrer eine Mischung aus Geschichtenerzähler, Psychoanalytiker und Fremdenführer war. Man musste immer etwas zu erzählen, eine Meinung und eine passende Antwort für alle Fragen haben. Und da diese Fahrt eine längere zu werden versprach, war es sicher nicht verkehrt, mit seiner eigenen Geschichte zu beginnen.

»Als vor zwanzig Jahren die ersten Dampfwägen zu kaufen waren, haben alle Kutscher über sie geschimpft. Aber ich war mir sicher, ein Dampfwagen als Transportmittel wäre das Fahrzeug der Zukunft. Einer Zukunft, in die ich investieren wollte. Deshalb habe ich meinen Fiaker und meine Pferde verkauft, einen Kredit aufgenommen und mir einen Viersitzer zugelegt. Meine Lizenz zum Personentransport durfte ich übernehmen. So bin ich zum allerersten Wiener Dampftaxifahrer geworden. Und nach zwanzig Jahren kann ich sagen, es hat sich gelohnt. Obwohl meine Frau immer dagegen war. Dampfautomobile wären nur eine Modeerscheinung, hat sie gemeint. Sie glaubt das noch heute.«

Seinem Fahrgast – Andreas schätzte, dass er sich irgendwo in seinen Sechzigern befinden musste – schien das Thema irgendwie nicht zuzusagen. Zumindest antwortete er nicht.

»Verzeihen Sie bitte, sollte ich Sie irgendwie gekränkt haben.«

»Das ist es nicht«, entgegnete sein Fahrgast. »Ich bin nun seit über einem Jahr Witwer, aber so etwas wühlt immer noch Erinnerungen auf.«

Das war wieder typisch, dachte Andreas. Immer wenn er unverfängliche Themen ansprechen wollte, schaffte er es recht, seine Kunden vor den Kopf zu stoßen. Vermutlich waren politische Themen unproblematischer. Oder eine Frage zum Beruf …

»Was haben Sie beruflich gemacht?«, fragte er, um das Thema zu wechseln.

Die Entgegnung kam nicht sofort, aber dafür mit fester und keineswegs beleidigter Stimme. »Ich bin Beamter im Ruhestand.«

Andreas nickte, wie als Bestätigung für sich selbst. Genau das hatte er schon vorher gedacht. Auf seine Menschenkenntnis war Verlass.

Gemächlich ließ Andreas den Wagen auf die Linke Wienzeile einbiegen. Schon nach wenigen Metern begann der Naschmarkt. Bei ihm handelte es sich um Wiens größten Markt, wenn es um orientalische Gewürze, aus dem Süden stammende Käsespezialitäten oder um frisch importierte Meeresfrüchte ging. Aber der Naschmarkt war noch mehr – und genau darüber konnte er etwas erzählen.

»Jeden Sonntag findet auf der freien Fläche am westlichen Ende des Markts ein Treffen der Freizeiterfinder statt, die ihre neuesten Konstruktionen vorstellen. Und da gibt es weit mehr, als man denkt. Manchmal kommt es einem so vor, als ob jeder zweite Wiener von sich glaubt, ein begabter Bastler oder ein genialer Ingenieur auf dem Gebiet der Dampftechnik zu sein. Was da an Müll präsentiert wird, das geht auf keine Kuhhaut! Ich hoffe, Sie verzeihen den Ausdruck, gnädiger Herr. Jeder hofft, dass finanzkräftige Investoren aus der Industrie auftauchen und den Leuten entweder ermöglichen, ihre Erfindungen weiterzuentwickeln oder ihnen das Patent abkaufen. Ich war auch schon ein paar Mal da, aber was da präsentiert wird …

Ein Mann wollte einen dampfbetriebenen Rasierapparat vorführen. Nach drei missglückten, aber trotzdem eindrucksvollen Demonstrationen hat er das Patent schließlich verkaufen können. Das Gerät wird jetzt in Großküchen eingesetzt … zum Kartoffelschälen.«

Andreas sah im Rückspiegel, dass sich sein Fahrgast ein amüsiertes Lächeln nicht verkneifen konnte. Ja, diese Geschichte zog immer, auch wenn er sie an einem denkwürdigen Tag selbst erfunden hatte – nach dem Rasieren.

Nach einer Wende ging es über die Schlachthausgasse in Richtung Prater. Letzterer bestand gleichzeitig aus einer Erholungszone und einem ganzjährig geöffneten Vergnügungspark.

Als das Riesenrad in Sicht kam, bremste Andreas sein Dampftaxi merklich ab, was bedeutete, dass er es nur noch im Schritttempo dahinrollen ließ.

Franz lehnte sich nach vorne. »Sie müssen nicht so langsam fahren. Es ist zwar beeindruckend, aber ich habe das Riesenrad schon bei der Feier zum Thronjubiläum des Kaisers gesehen.« Seine Stimme klang dabei etwas belegt.

Die über 60 Meter hohe Stahlkonstruktion wirkte tatsächlich eindrucksvoll. Sie besaß eine eigene, gewaltige Dampfmaschine. War man eingestiegen um eine Runde zu fahren, tauchte man erst nach einigen Metern aus dem Dampfnebel auf, der den Sockel umgab. Dafür hatte man danach einen herrlichen Blick über den Prater und den Rest von Wien.

Andreas winkte ab.

»Das ist es gar nicht.« Er deutete auf die Straße vor ihnen, wo etliche Personen die Fahrbahn überquerten, offensichtlich von der nahen Bahnstation aus kommend.

»Vor zwei Monaten bin ich hier etwas schneller gefahren. Da ist mir eine Horde von Vagabundenkindern vors Auto gelaufen. Die meisten sind zur Seite gesprungen, aber eines von ihnen war so auf den Prater konzentriert, dass es meinen Wagen nicht bemerkt hat. Ich habe gebremst und dem Jungen ist nichts passiert, aber die Frontpartie meines Wagens war eingedellt.«

»Oh, Sie Armer! Das war sicher eine schrecklich teure Angelegenheit.«

Beinahe kam es Andreas so vor, als würde sich sein Fahrgast über ihn lustig machen. Nein, er musste sich irren.

»Ja, das war es wirklich. Vor allem ist der Stern, vorne auf dem Dampfmotorblock abgebrochen. Da ich der Einzige in Wien bin, der einen solchen Wagen hat, habe ich über vier Wochen auf Ersatzteile warten müssen.«

Er schnaubte empört und hatte nur einen Moment lang das Gefühl, als würde Franz ein Lachen unterdrücken.

»Wie heißt das Gefährt eigentlich?«, fragte dieser stattdessen.

»Die Firma, die ihn herstellt, nennt sich Daimler-Benz, aber zum Glück sieht der Wagen besser aus, als der Firmenname klingt. Da sollten sich die Hersteller noch etwas einfallen lassen.«

Als sie den Prater langsam umfuhren und Andreas ein paar Halbwüchsige an Schießständen sah, fiel ihm eine weitere Geschichte ein.

»Man kann schon sagen, es ist ein kleines bisschen verrückt, auf Stofftiere zu schießen. Aber letztens hatte ich einen Fahrgast, der mehr als das war. Ist in einen modischen Frack gekleidet, steigt in mein Taxi ein, als würde ihm die Welt gehören. Naja, reich und exzentrisch, habe ich mir gedacht. Aber dann beginnt er alles zu befingern, macht das Fenster auf, macht es wieder zu, wiederholt das dreimal und meint danach, er findet das Taxi ganz toll. Aber nicht wie jeder andere Fahrgast, sondern weil er – wie er meint – noch nie mit so einem klassischen alten Dampftaxi gefahren ist.

Ich bin gar nicht darauf eingegangen. In der ganzen Stadt gibt es kein neueres Modell. Während ich ihn in die Stadt gefahren habe, hat er dann noch begonnen mit etwas zu hantieren, von dem er wohl geglaubt hat, dass es sich um eine Waffe handelt. Das Ding hat ausgesehen wie eine dieser neuen Spritzpistolen, verziert mit Chrom und seitlichen Dampfspiralen. Sicherlich ein Spielzeug. Ich hab ihn dann nur noch ignoriert und ihn in der Stadt abgesetzt. Darauf, dass er zahlt habe ich gar nicht mehr gewartet. Wer weiß, ob so ein Verrückter nicht einen Tobsuchtsanfall bekommt und einen bedroht. Danach war ich noch bei der Polizei und hab ihn gemeldet. Aber es war kein Irrer abgängig, und Ärger dürfte er auch keinen gemacht haben.«

Franz schien seine eigenen Erfahrungen gemacht zu haben, als er meinte: »Das verstehe ich. Ich habe überhaupt kein Verständnis für Verrückte, die meinen, irgendjemanden umbringen zu müssen.« Seine Stimme klang fest, aber auf eine Art und Weise, als müsste er sich dabei ziemlich beherrschen, weswegen Andreas beschloss, lieber über ein anderes Thema zu sprechen.

Nachdem sie den Prater fast vollständig umrundet hatten, erblickte Andreas ein Paar, das einander völlig ohne Zurückhaltung oder Scheu auf dem Gehsteig küsste. Der Mann wirkte wie ein einfacher Handwerker, die Frau dagegen war sehr gut gekleidet. Ihr Kostüm entsprach der neuesten Mode.

Andreas verzog das Gesicht und drehte sich in Richtung seines Fahrgastes um.

»Ich hab ja nichts gegen neureiche, junge unverheiratete Frauen. Aber die können eine richtige Plage sein, vor allem wenn sie mit ihren Liebhabern auftauchen. Da ich diskret bin und keine Namen nennen möchte, kann ich nur so viel sagen. Kürzlich ist die Tochter des Besitzers dieses Ferndampfkraftwerks bei mir mitgefahren, gemeinsam mit ihrem Freund. Der war auch wie ein einfacher Student gekleidet. Meine Güte, die haben Schwachsinn geredet, das können Sie sich gar nicht vorstellen! Es ging unter anderem um ihre Fabrik und die

Langzeitfolgen der Ferndampfproduktion. Ihr Freund scheint der Meinung gewesen zu sein, dass zu viel Kohlenstaub irgendwie und irgendwann zu einer Eiszeit führen würde.«

Andreas schnaubte amüsiert, während Franz nur nickte.

»Genau das hab ich mir auch gedacht. Aber so etwas kommt eben vor, wenn man zu viel Zeit hat, keinen richtigen Beruf erlernt und in der Universität herumsitzt. Offensichtlich glauben das aber jetzt schon mehr Leute. Heute Morgen hat man schon wieder einen Flugzettel zu dem Thema auf mein Auto gelegt. Der Dame muss man immerhin zugute halten, dass sie die Argumente ihres Freundes nicht geglaubt hat. Aber dafür hat sie etwas davon geredet, dass sie nur dann glaubwürdig wären, wenn man die Möglichkeit hätte, einen Blick in die Zukunft zu werfen. Genauso blödsinnig!«

»Ja, das stimmt«, bestätigte Franz. »Wenn wir älter werden, ist die Vergangenheit meistens viel interessanter als Gegenwart und Zukunft.«

Als Andreas an einem Bahnübergang auf seine Uhr blickte, stellte er schockiert fest, dass die Zeit offenbar rascher als erwartet vergangen war. Er hatte nur noch eine Viertelstunde, um rechtzeitig zum Flugfeld zu gelangen. Als er das Taxi beschleunigte, nachdem er auf die Straße in Richtung Flugfeld einbog, klopfte ihm Franz beruhigend auf die Schulter.

»Nur keine Hektik, ohne mich kann der Zeppelin ohnehin nicht starten.«

Trotzdem konzentrierte Andreas sich nun mehr auf die Straße und beschloss, dass er für diese Fahrt genug Geschichten erzählt hatten.

Auf die Minute genau erreichten sie das Flugfeld.

Andreas stieg aus, lud die Reisetasche aus und nannte dann den Preis für die Fahrt, die sein Dampf-Taxameter ausgespuckt hatte: Zwanzig Kronen – mehr Geld, als ein Beamter im Monat verdiente.

Franz zog eine Börse aus der Innentasche, zählte einige Geldscheine ab und drückte sie Andreas in die Hand. »Stimmt so.«

Schon aus dem Augenwinkel merkte Andreas, dass es sich mindestens um den doppelten Betrag handelte.

»Vielen Dank. Wo geht's denn hin und mit welchem Zeppelin?«, fragte er, während er das Geld verstaute.

»Oh, mit der Fürst Metternich nach München, zum Oktoberfest.«

Andreas war angemessen beeindruckt, war die Fürst Metternich doch das größte und modernste Luftschiff des ganzen Kaiserreichs. Zudem war es im Privatbesitz der kaiserlichen Familie.

Franz verabschiedete sich mit einem festen Händedruck. Während Andreas gerade einsteigen wollte, sah er, dass ihm Franz noch winkte um ihm anschließend etwas zuzurufen.

»Danke! Es war sehr schön, es hat mich sehr gefreut!«

Andreas winkte zurück und setzte sich hinters Steuer. Als er losfuhr, kam er ins Grübeln.

Irgendwo hatte er diesen Satz schon gehört.

Hamburg

Exotische Intrigen

Sylke Brandt

Die letzten Kutschen ratterten auf dem Kopfsteinpflaster in der Dunkelheit vorbei. Der Klang verlor sich in der Ferne. Enno von Porst kontrollierte noch einmal sorgfältig, ob er die Tür des Schlafzimmers geschlossen und die Vorhänge gut zugezogen hatte, bevor er sich umwandte und seine Neuerwerbung betrachtete.

Die Pflanze selbst war so unauffällig, wie sie es auch im Arbeitszimmer der Gräfin von Paapen gewesen war. Ihre hässliche Schlichtheit bildete einen deutlichen Kontrast zu dem Topf, in dem sie nun stand. Der Ratsherr war sich nicht ganz sicher, ob er das Gebilde aus Gold, Emaille und Glassteinen scheußlich oder prachtvoll fand. Er war kein Kenner, aber irgendwie hatte er den Eindruck, als ob die ägyptisch anmutenden Figuren mit den grotesken Masken nicht zusammenpassen wollten. Aztekisch. Die Fratzen waren aztekisch, vermutlich, um auf die südamerikanische Herkunft der Pflanze hinzuweisen. Der massive Topf stand auf vier krallenbewehrten Pfoten und glänzte im Licht der heruntergedrehten Petroleumlampen wie der Schatz von Ramses. Wer auch immer dieses Monstrum entworfen und gebaut hatte, Bescheidenheit war nicht seine Stärke gewesen.

Aber, wie von Porst sich erinnerte, er hatte das Objekt nicht aus ästhetischen Gründen erstanden – für einen beeindruckenden Preis zudem, der es unmöglich machen würde, jemals öffentlich über diese Transaktion zu sprechen. Die Gräfin hatte ihm versichert, er würde seine Investition bei Nichtgefallen zurückbekommen. Von Porst befeuchtete sich die Lippen mit der Zungenspitze. Sollte er auf die Rückkehr seines Geldes hoffen oder auf seine Zufriedenheit?

Mit einer entschlossenen Geste, denn man wurde nicht durch Zaudern und Zögern Ratsherr von Hamburg, öffnete von Porst den Gürtel seines Morgenrocks und ließ das Kleidungsstück achtlos zu Boden gleiten. Als er in die voluminösen Weiten seines Bettes kletterte – offiziell Nachtruhestätte eines alleinstehenden Mannes, doch oft genug geteilt von wechselnden Frauenkörpern – bemerkte er, dass sich die anmaßend große Knospe der Topfpflanze leicht zu öffnen begonnen hatte. Zwischen den grünen Hüllen sah der Ratsherr den Schimmer eines purpurroten Blattes und sein Geist sprang geübt zu entsprechenden Assoziationen, die ein Ziehen in seiner Lendengegend auslösten. Nun, wenn die Pflanze nicht halten konnte, was ihm versprochen worden war, würde er vielleicht noch das Küchenmädchen wecken.

Während sich von Porst in das frische, weiße Leinen seines Bettes schob, beobachtete er die Blume mit Faszination. Jetzt, wo es dunkel geworden war, ging das Entfalten so schnell voran, dass man der Blüte dabei zusehen konnte. Bedächtig schoben sich die blutroten Blätter aus der Hülle und sanken herab, enthüllten einen langen, fahlrosa Stempel in ihrer Mitte, der in obszöner Schönheit feucht glitzerte. Noch bevor sich die Nachtknospe ganz geöffnet hatte, bemerkte der Ratsherr den Duft, der von ihr ausging und in einer fast greifbaren Wolke zu ihm hinüberwehte.

»Wie das Parfüm einer Hure«, murmelte er angewidert, aber dann ertappte er sich dabei, wie er tief einatmete, hungrig nach dem Geruch. Er füllte seine Lungen ein zweites Mal und seufzte – in der Stille des Zimmers klang es wie ein Stöhnen. Von Porst bemerkte, dass seine Gedanken sich leicht verwirrten, wie von einem besonders guten Weinbrand, und eine äußerst wohltuende Wärme sich langsam in seinem Körper auszubreiten begann, sich in seiner Körpermitte zentrierte. Oder strahlte sie von dort aus? Der Ratsherr verspürte den Drang zu guter Handarbeit und zupfte an der Decke, war aber gleichzeitig zu matt dafür. Er schloss die Augen und atmete noch einmal tief ein, der Blütenduft nun wie der Moschusgeruch einer Frau. Ein breites, sehr zufriedenes Lächeln verzog die Lippen des Ratsherrn von Porst, als er in einen traumbewegten Schlaf hinüber glitt.

Es war außergewöhnlich, dass Herr von Porst selber öffnete, als es endlich klopfte. Tatsächlich riss er die Tür so rasch auf, dass die beiden Beamten der Hamburger Gendarmerie verblüfft blinzelten, konnten sie doch nicht wissen, dass der Ratsherr seit einer halben Stunde den Teppich des Flures auf und ab schritt, getrieben von erheblicher Ungeduld. Allein die Tatsache, dass die Verblüffung auf beiden Seiten bestand, gab allen genug Zeit, sich wieder zu fangen, ehe die üblichen Höflichkeiten der Begrüßung und Vorstellung ausgetauscht werden konnten. Dann war es von Porst, der den ausgetretenen Pfad des Anstands mit einer drängenden Frage verließ, die aus ihm herausbrach.

»Warum ist eine Frau dabei?«, verlangte er von dem Beamten zu wissen, der sich als Herr Larsen vorgestellte hatte. »Ich hatte doch gesagt, dass es sich um eine eher … delikate Angelegenheit handelt.« Er würdigte Larsens Kollegin nicht eines weiteren Blickes. Die sah sich, als wäre sie solche Behandlung durchaus gewöhnt, ruhig in der kostbar ausgestatteten Empfangshalle um.

Der Mann in dem auffällig schlichten, schwarzen Wollmantel räusperte sich mild.

»Nun, gerade aufgrund dieses Hinweises sind meine Kollegin und ich hier – und nicht gewöhnliche Beamte der Gendarmerie, wie Sie sicher wissen.«

»Gewiss, gewiss. Aber eine Frau … verstehen Sie doch … die Umstände«, wand sich der Ratsherr unbehaglich, innerlich empört darüber, dass dieser Mann offensichtlich nicht begriff. Oder, schlimmer noch: Wenn er es verstand, weigerte er sich, die Konsequenzen zu ziehen und diese … Dame vor die Tür zu schicken. Wenn es denn eine *Dame* war. Keine respektable Frau in *seinem* Bekanntenkreis hätte einen schwarzen Ledermantel dieser Art getragen, mit gestepptem Brust- und Schulterteil und mit brünierten Knöpfen besetzt, als wäre es die Uniform eines ihm unbekannten Regimentes. Von Porst blickte mit Abscheu auf die festen Schnürstiefel, die unter dem Mantelsaum gerade noch zu erkennen waren. War die Frau etwa eine Suffragette? Unnatürliche, irritierende Wesen, die weibliche Tugenden zusammen mit jedem Anstand aufgaben!

Noch während er intensiv ihre Stiefel musterte, wandte die Beamtin den Blick und sah ihn an. Sie lächelte nicht, trotzdem spürte von Porst eine Röte zu seinem Haaransatz kriechen und straffte die Schultern.

»Verzeihen Sie, aber Ihre Kollegin muss gehen«, verkündete er.

»Wie Sie wünschen«, stimmte Larsen ohne weiteres Zögern zu, setzte aber zugleich seinen eigenen Hut wieder auf und wandte sich zur Tür um, noch ehe beim Ratsherren Triumph aufkommen konnte. Von Porst holte Atem, verschluckte dann aber die Worte, die ihm auf der Zunge lagen.

»Mein Arbeitszimmer ist am Ende dieses Flures«, sagte er stattdessen und machte eine einladende Bewegung, die – was ihn sichtliche Anstrengung kostete -, auch die Frau mit einschloss. Als hätte es den kleinen Disput nicht gegeben, folgten ihm die beiden Beamten umgehend.

Der große Raum, den der Ratsherr als Arbeitszimmer nutzte, diente eindeutig nicht nur dem Studium, sondern hatte auch repräsentative Zwecke. Tatsächlich musste einem aufmerksamen Beobachter auffallen, dass die kleine Bar mit den geschliffenen Kristallflaschen besser bestückt war als die Ablage mit Korrespondenzpapier, der Aschenbecher mehr Benutzung erfuhr als die Schreibfedern und das Leder des Kaminsessels glänzte, während der wuchtige Stuhl hinter dem überdimensionierten Schreibtisch eine stumpfe Patina hatte. Des Weiteren unübersehbar war der Grund, weswegen der Ratsherr die beiden Leute der Gendarmerie überhaupt in sein Allerheiligstes ließ.

Ein frischer, kühler Luftzug fuhr durch das Loch in der Glastür und spielte mit den achtlos am Boden liegenden Dokumenten. Die Schubladen eines auf Hochglanz polierten Schrankes aus Wurzelholz standen offen und legten freimütig ihre Geheimnisse neugierigen Blicken dar. Einige Ziergegenstände und ein Kerzenleuchter lagen hingeworfen auf dem Boden und eines der großen Ölgemälde, das einen Teil des Hamburger Hafens zeigte, hing demonstrativ schief an der Wand. Wer auch immer in diesem Raum gewütet hatte, schien mehr auf Effektivität denn auf Heimlichkeit aus gewesen zu sein. Die beiden Beamten sahen sich eine Weile um, und gerade als von Porst das Schweigen brechen wollte, kam ihm Larsen zuvor.

»Ich schätze, wichtiger als das, was wir sehen, ist all jenes, was wir nicht mehr sehen können?«, fragte er, als wäre dies ein Rätselraten bei einer Teegesellschaft, doch sein Blick war dabei vollkommen ernst. »Darf ich erfahren, was die Diebe mitgenommen haben?«

»Eine Taschenuhr«, begann von Porst. »Etwas Bargeld. Beides aus dem Schrank«, er deutete auf das Monstrum mit den offenen Schubladen. »Anscheinend haben sie einen Tresor gesucht, aber keinen gefunden. Zwei Kerzenleuchter aus Silber und eine Kiste mit Zigarren.«

»Nichts von alledem rechtfertigt unser Hiersein«, warf Larsen ein, als der Ratsherr zögerte.

»Eine Kassette mit sehr persönlichen Unterlagen«, fügte dieser dann hinzu, so schnell, als müsste er die Worte ausspucken, damit sie ihm nicht am Gaumen kleben bleiben konnten.

»Wie persönlich?«

Von Porst errötete und warf einen Seitenblick auf die Beamtin.

»Sehr.«

»Kompromittierendes Material?«

»Sehr.« Die Stimme des Ratsherren war ein Krächzen, er räusperte sich. »Wenn der Inhalt der Kassette publik wird, ist meine Karriere am Ende.«

»Briefe? Fotos?«, vermutete Larsen in dem Versuch, hilfreich zu sein.

»Fotos. Und … kinematographische Aufnahmen. Mit … mit Damen«, setzte er schließlich hinzu, atemlos geworden wie ein Fisch an Land. Und tatsächlich, wenn sich eine Kreatur so miserabel fühlen konnte wie er, dann nur eine, die zu ersticken drohte. Der Hals war ihm eng, er schob zwei Finger in den Kragen und versuchte ihn zu lockern. In gewissen, sehr dezenten Kreisen waren die Vorlieben des Ratsherren wohl bekannt, und es gab einen Salon in Hamburg, der es vortrefflich verstand, Männerträume in Bilder umzusetzen. Gegen eine entsprechende Gebühr zudem mit der Möglichkeit, selbst Teil der Szenarien zu sein.

»Sie haben die Kassette in Ihrem Arbeitszimmer aufbewahrt?«, hakte Larsen nach, und von Porst schüttelte den Kopf.

»Nein, natürlich nicht. In meinem Schlafzimmer.«

»Wenn Sie uns dann bitte den Weg zeigen wollen«, forderte der Beamte ihn auf.

Die Treppe hinauf überlegte von Porst, wie er mit aller Deutlichkeit sagen konnte, dass die Grenzen des Anstandes überschritten würden, sollte Larsens Kollegin ihnen auch weiterhin folgen. Doch jeder feingemeißelte Satz, jede Nachdrücklichkeit hielt nur drei Schritte lang, um dann wieder von der schlichten Tatsache bezwungen zu werden, dass er die beiden Beamten *brauchte*. So seltsam ihm das erschien, so unangenehm es ihm war, es ließ sich nicht verleugnen. Wenn seine Eskapaden publik wurden, konnte er nur noch die Stadt verlassen und froh sein, wenn er in München eine Anstellung in einem Kontor fand. Allein der Gedanke war genug, um ihm den Schweiß auf die Stirn zu treiben und jeden Protest zu ersticken, als die beiden Leute der Gendarmerie so selbstverständlich in sein Schlafzimmer traten, als wäre es ihre Amtsstube.

»Wo genau befand sich die Kassette?«, verlangte Larsen zu wissen, während seine Kollegin zielstrebig auf das Bett zuging. Ihr forsches Verhalten und ihre militaristische Kleidung vor dem Hintergrund seiner Schlafstätte stießen die Gedanken des Ratsherren auf eine Weise an, die er sonst begrüßt haben mochte, doch diesmal erschreckten sie ihn und er bemühte sich um kühle Sachlichkeit, als er Larsen das kleine Kabinett zeigte, in dem sich bisher sein Schatz befunden hatte. Die Tür war nicht aufgebrochen worden, doch das Schloss war einfach und bot einem halbwegs geübten Einbrecher sicherlich keinen Widerstand.

»Und Sie haben nichts gehört, nichts bemerkt?«

»Nein, ich habe einen sehr tiefen Schlaf.«

»Auch keiner aus der Dienerschaft?«

»Die Quartiere sind im Souterrain.« Das Letzte, was von Porst in seinem eigenen Hause brauchte, waren Zuhörer mit losen Zungen, wie sie das meiste Personal hatte. Sein Leibdiener hatte ein Zimmer im zweiten Stock, doch er war ein älterer Herr und besaß die hervorragenden Eigenschaften, alle Sachen in perfekter Ordnung halten zu können, Anordnungen fehlerfrei weiterzugeben und ansonsten schwerhörig und stark kurzsichtig zu sein.

»Wer wusste, dass die Kassette hier verwahrt wurde?«

»Niemand«, antwortete der Ratsherr ebenso rasch wie unaufrichtig. Es hatte da eine Frau gegeben, eine Schauspielerin aus Berlin, die an seinen Bildern interessiert gewesen war und sie durchaus anregend gefunden hatte, aber das war lange her und sie hatten sich einvernehmlich getrennt. Von Porst legte die Stirn in Falten. War es eine Idiotie gewesen, so viel Vertrauen in eine so wenig respektable Person wie diese Schauspielerin zu setzen? Hatte er hier, in wollüstiger Umnebelung, den Grundstein zu seinem Ruin gelegt, ohne es damals zu wissen? Wer konnte schon sagen, in welchen Armen sie nun lag und seine Geheimnisse ausflüsterte, um einem nächtlichen Dieb den Weg zu weisen!

»Hatten Sie heute Nacht eine Besucherin hier?«Von Porst zuckte zusammen, als hätte er einen Hieb erhalten, und fuhr herum. Es war das erste Mal seit der Begrüßung, dass er die Beamtin hatte sprechen hören, und er fühlte sich zutiefst ertappt in seinen Gedanken.

»Das geht Sie nun gar nichts an!«, fauchte er irritiert.

»Hatten Sie?«, hakte die Frau nach, ungerührt in Stimme und Gesicht.

»Nein!« Er schrie es fast, merkte selber, dass er die Haltung verlor, und atmete tief durch. Eine Entschuldigung würde das impertinente Frauenzimmer nicht bekommen, aber zumindest konnte er den Drang unterdrücken, sie weiter anzuschreien. Zu seiner Überraschung nickte sie nur, als hätte sie die Antwort gehört, nicht aber den Tonfall bemerkt, und schnupperte.

»Tragen Sie Parfüm?«

»Was ... wollen Sie damit ... andeuten?«, brachte von Porst heraus, bereits am Rande seiner neu gewonnen Kontrolle.

»Es ist ein süßlicher, ja aufdringlicher Geruch in der Luft, hier bei Ihrem Bett. Wie das Parfüm einer Frau.«

Sie tauschte einen vielsagenden Blick mit Larsen und der Ratsherr merkte, wie sich dessen Augenbrauen hoben und eine neue Nachdenklichkeit auf seinem Gesicht erschien. Es dauerte nur einen Augenblick, bis er begriff, was das bedeutete.

»Ich bin nicht der Einzige!«, entfuhr es ihm. »Der Geruch, Sie kennen ihn! Es hat einen weiteren Einbruch gegeben!« Es waren wilde Mutmaßungen, und doch war er sich plötzlich sicher, dass sie der Wahrheit entsprachen.

»Dann kennen Sie die Ursache für den Duft?«, entgegnete Larsen mit einer Frage, ohne etwas zu bestätigen oder abzustreiten.

»Natürlich! Die Blume ...« Von Porst deutete auf die Pflanze auf seinem Nachttisch. »Sie ist ... sie macht ...«

»Bemühen Sie sich nicht«, unterbrach ihn die Beamtin. »Wir wissen, welchen Effekt die Pflanze hat.« Für einen Sekundenbruchteil zuckte ein Lächeln um den Mundwinkel der Frau. Ein anderer Betroffener hatte sich also gewunden und bemüht zu erklären, was das Geheimnis der Orchidee war. Von Porst konnte nur glücklich sein, dass dieser Kelch an ihm vorbei ging.

»Aber was soll das denn bedeuten? Wie um alles in der Welt sollen ein Einbruch und eine Pflanze miteinander in Verbindung stehen?«

»Vielleicht sorgt sie dafür, dass jemand tief genug schläft, um nicht aufzuwachen, selbst wenn Bewegung im Zimmer ist«, mutmaßte Larsen und gab damit indirekt zu, dass es weitere Diebstähle gegeben hat.

»Was bedeuten würde, dass der Einbrecher weiß, dass jemand diese Blume hat und … benutzt«, warf von Porst ein. »Und wie wahrscheinlich ist das? Wissen Sie, was das bedeuten würde?«

»Ja.«

Der Ratsherr hielt unsicher inne. Wussten die Beamten, wer ihm diese Blume verkauft hatte? Hatte sich ein anderer Bestohlener indiskret gezeigt und die Gräfin von Paapen verraten? Was, wenn es gar keinen Zusammenhang gab? Es würde dem Ruf der Dame immens schaden, sollte herauskommen, was für einen Handel sie mit den Mitbringseln ihres protegierten jungen Südamerikaforschers betrieb. Allerdings war dies ein Geheimnis, das beide Seiten gefährdete, die Anbieterin ebenso wie den Kunden. Aber was, wenn es ein Komplott war? Von Porst dachte an den Inhalt seiner Kassette in den hageren Händen der Gräfin, wie sie die Fotos durchblätterte. Ihm wurde schlecht. Er tastete nach seinem Ankleidestuhl und musste sich setzen.

»Selbst wenn die Blume einen betäubenden Effekt hat, erklärt das zu wenig«, fuhr die Beamtin ungerührt fort. Sie trat an den Nachttisch und betrachtete die Pflanze genauer. »Es mag für einen Einbrecher einfacher sein, in einem Zimmer zu suchen, dessen Bewohner nicht aufwachen wird – aber woher weiß er, was er sucht? Dass es überhaupt etwas Lohnendes gibt? Und wo es zu finden sein muss?«

»Zufall, vielleicht … So wie die Taschenuhr, die Kerzenleuchter …«

Larsen winkte ab.

»Das sind doch nur Ablenkungen. Ein gewöhnlicher Dieb hätte sich mit der Beute aus dem Arbeitszimmer begnügt. Warum das Wagnis eingehen, auf dem langen Weg durch das Haus entdeckt zu werden? Nein, da steckt mehr dahinter.«

»Ist Ihnen die Pflanze runtergefallen? Oder Ihrem Diener?« Die Beamtin kniete auf dem dicken Teppich und kratze an etwas. Als die Frau sich erhob, war ein Häufchen Dreck auf dem schwarzen Leder ihres Handschuhs. Von Porst war in der glücklichen Lage, sicher sein zu können, dass er hier nicht die Nachlässigkeit einer Haushälterin vor die Nase gehalten bekam, denn das alte Fräulein Siebert ging ihren Aufgaben mit einer Verbissenheit und Hingabe nach, die einem preußischen Gardegeneral Ehre gemacht hätte. Nein, es handelte sich eindeutig um Blumenerde.

Der Ratsherr trat an sein Bett und musterte die Orchidee eingehend. Ein Blatt war abgeknickt, doch die obszöne Knospe schien unversehrt zu sein. Er konnte sich nicht daran erinnern, etwas umgeworfen zu haben – andererseits hatte er ja so einiges in dieser Nacht nicht mitbekommen. Probehalber gab er dem Topf einen kleinen Stoß, doch das massive Gebilde bewegte sich nicht. Er ging sogar so weit, die Blume aus dem Übertopf zu heben und hineinzuspähen, doch außer der Erkenntnis, dass der von außen goldene und prachtvolle Zierrat sich von innen als schnödes Messing entpuppte, fiel ihm nichts auf.

Von Porst spürte, wie Verzweiflung langsam sein Rückgrat hinaufkroch und dünne Finger um seinen Hals legte. Alles war ein Mysterium … wenn nicht ein Wunder geschah, war er geliefert.

»Was … was werden Sie nun unternehmen?«, fragte er laut, schleuderte die Worte von sich wie einen Rettungsring auf hoher See. Statt des ratlosen Schweigens, mit dem er insgeheim gerechnet hatte, räusperte Larsen sich, als wäre das sein Stichwort gewesen.

»Es gibt nur eine Sache, die wir tun können, um diese Diebstähle aufzuklären«, begann er und warf von Porst einen Blick zu, der so eindringlich war, dass diesem Übles schwante. »Aber dafür brauchen wir Ihre Hilfe, Ratsherr.«

»Selbstverständlich«, hörte er sich antworten. »Was kann ich tun?«

Die beiden Beamten tauschten noch einen kurzen Blick. Die Frau ließ die Blumenerde achtlos auf den Teppich rieseln und klopfte ihre Handschuhe aus.

Dann begann sie zu erklären.

Es war eine absolut unmögliche Situation.

Von Porst bewegte sich auf seinem Stuhl und hielt sofort inne, als das unverschämte Möbel ächzte. Wie gerne wäre er jetzt aufgestanden, hätte sich gestreckt und wäre ein paar Schritte gegangen. Eine Zigarre. Was hätte er für eine Zigarre gegeben? Doch so eine Vergnüglichkeit stand vollkommen außer Frage, genauso wie jede Erleichterung für seine schmerzenden Knochen.

Einmal, in seiner wilden Jugendzeit, hatte er sich mit einer verheirateten Dame eingelassen und ihre Laken bewegt, wann immer sich der Ehegatte bei seinen Geschäften am Hafen befand. Eines Tages jedoch war dieser überraschend früher heimgekehrt, betrunken und bester Laune nach einem profitablen Handel und begierig, zur Feier des Tages die selten genutzten Freuden der Ehe in Anspruch zu nehmen. Der junge von Porst war gezwungen gewesen, sich in dem Ankleidezimmer zwischen den Kleidern der Dame zu verstecken, und dort eine gute Stunde auszuharren. Seine Erinnerungen an diese schamvolle Situation waren lebhaft. Der Geruch des Mottenpapiers, steife, raschelnde Seide an seinem nackten Körper, die eindeutigen, animalischen Laute des Ehegatten aus dem Nebenraum. Frierend, blind, lautlos, halb wider seinen Willen erregt und halb abgestoßen, war er sich sicher gewesen, nie in seinem Leben in einer schlimmeren Bredouille stecken zu können als in dieser.

Auch die jetzige Situation war ein prekäres Versteckspiel. Diesmal saß er hinter einem Vorhang verborgen, mit kaum mehr Komfort als damals und dem Geruch von Staub in der Nase. Die einzige Frau, die im Spiel war, kauerte drei Schritt neben ihm hinter einem Paravan, reglos und ausharrend wie er selbst. Und wieder war es ein Schlafzimmer, allerdings nicht das einer Dame, sondern eines älteren Witwers, der die aktiven Freuden des Liebeslebens schon seit geraumer Zeit zu Gunsten von entsprechender Literatur abgelegt hatte.

Von Porst verzog das Gesicht, als er an den Mann dachte, der jenseits des Vorhanges in einem höchst altmodischen, schweren Himmelbett ruhte und seit geraumer Zeit leise Schnarchlaute von sich gab.

Um in der Hierarchie der Hansestadt aufzusteigen und Karriere zu machen, standen einem Mann drei Wege offen. Harte Arbeit und höchste Aufmerksamkeit gegenüber denen, die bereits Macht und Einfluss besaßen und sich hoffentlich aller Dienstbarkeit erinnern würden, sobald eine Position in den oberen Rängen frei wurde. Geld war der Königsweg. Natürlich, öffnete es doch mühelos Türen, vor denen ein weniger Begüterter jahrelang im Bückling verharren konnte, ohne jemals hindurchgelassen zu werden. Und die dritte Möglichkeit war, ein Netzwerk von Gefallen und Gegengefallen zu schaffen, von der kleinsten Hilfeleistung am Beginn bis hin zu großen, zuweilen fast schon zwielichtig zu nennenden Begünstigungen, die alle Beteiligten immer mehr in die Pflicht nahmen, so dass an jedem Schritt die Karriereleiter hinauf ein kleines Preisschild hing, mit dem Hinweis, wem man nun dieses oder jenes zu verdanken hatte.

Von Porst war zu jung, um den ersten Weg gegangen zu sein – und vor sich selber auch ehrlich genug, um zuzugeben, dass allzu großes Bemühen nie seine Stärke gewesen war. Obschon nicht unvermögend, war seine Familie niemals reich genug gewesen, um ihrem Sohn einen Ratsstuhl zu erkaufen – der bescheidene Luxus seines Hauses war erst mit dem Amt selber gekommen. Demnach hatte von Porst, dessen schwacher Charakter durch angeborene Intelligenz soweit ausgeglichen wurde, dass er erfolgreich sein konnte, den dritten Weg gewählt. Und somit, während er selbst mehr Männern Gefälligkeiten schuldete, als ihm jemals Recht sein konnte, verdankte es der Witwer Lüdersdorf wiederum ihm, dass er jetzt in seinem behaglichen Bett ruhte und nicht wegen gefälschten Zollpapieren in einer kargen Zelle schmachten musste. Es hatte von Porst damals ein paar Federstriche gekostet, den aufgeflogenen Schwindel zu vertuschen – erstaunlich wenig Aufwand! - und er hatte gehofft, die zähneknirschende Dankbarkeit des alten Mannes eines Tages gewinnbringend einlösen zu können, gehörte das Handelshaus der Lüdersdorfs doch zu den wohlhabendsten in der reichen Stadt. Doch stattdessen hatte er sich nun gezwungen gesehen, den Gefallen einzufordern, indem er dem greisen Pfennigfuchser ein Geschenk machte. Ein ganz besonderes sogar.

Für einen alten Freund, hatte er es in dem Anschreiben an die Gräfin formuliert. *Aufgrund der durchweg beglückenden Effekte, die exotische Blütendüfte erzeugen, und dem ungewöhnlich erquickenden Schlaf, der dem Wohlbefinden eines jeden Mannes mehr als zuträglich ist, würde ich es als Freude und geradezu als Verpflichtung ansehen, einem Freunde die gleiche stärkende Wirkung zukommen zu lassen, gerade auch einem, dessen beweglicher Geist in einem in die Jahre gekommenen Körper derlei Tonikum gut vertragen könnte.*

Er hatte die zweite Orchidee aus seiner Privatschatulle und ohne Beteiligung der Gendarmerie bezahlt, doch dagegen mochte er unter den gegebenen Umständen nichts sagen. Gewehrt hatte er sich allerdings, als es hieß, dass Larsens Kollegin sich alleine in Lüdersdorfs Schlafzimmer postieren sollte, während andere das Haus von außen beobachteten.

»Zu gefährlich für eine Frau! Was, wenn der Einbrecher sie entdeckt, wenn es ein … ein Handgemenge gibt!«, hatte er gerufen, selber erstaunt über diesen ungewöhnlichen Anfall von Fürsorge.

»Wissen Sie, Herr von Porst, weswegen ich keine Waffe trage?«, hatte Larsen daraufhin geantwortet und beide Arme gehoben, wie um zu zeigen, dass seine Taschen leer waren. Dann hatte er zu der Beamtin hinübergenickt. »Weil sie es tut.«

Um die Erschütterung seines Weltbildes zu überspielen, hatte von Porst darauf bestanden, mit von der Partie zu sein und die Frau zu begleiten. Zu seiner Überraschung – und seinem jetzigen Leid – hatte Larsen zugestimmt. Deswegen saß er nun im dunklen Schlafgemach eines alten, schnarchenden Mannes, hielt sich gelegentlich ein Taschentuch mit Pfefferminzöl unter die Nase, um den raumfüllenden, berauschend klebrigen Duft der Orchidee besser ignorieren zu können, und wartete, ohne zu wissen, worauf eigentlich. Er hatte Larsens Zusage, dass es bei den anderen Diebstählen – Details hatte der

Beamte diskret verschwiegen – nur die Gemeinsamkeit der exotischen Blume gegeben hatte und jeder Einbruch in der ersten Nacht ihrer Benutzung stattgefunden hatte. Alles andere blieb ein Rätsel.

Als das Flüstern begann, schreckte der Ratsherr aus einem Halbschlaf, in den sich erotische Bilder wie ein dunkelroter Seidenfaden geflochten hatten. Sofort presste er das Taschentuch vor seine Nase und atmete tief ein. Der stechende Geruch des Pfefferminzöls trieb ihm Tränen in die Augen und verscheuchte alle Phantastereien. Dann erstarrte er und lauschte. Es war kein Gespräch, das er da hörte, eher führte jemand einen Monolog. Sprach der alte Mann im Schlaf? Doch das Schnarchen verstummte erst in diesem Moment und von Porst war sich sicher – obwohl er noch nie darüber nachgedacht hatte –, dass es unmöglich sein müsste, gleichzeitig zu schnarchen und zu sprechen.

Mit zwei Fingern schob er behutsam den Vorhang ein wenig zur Seite, gerade genug, um das Bett sehen zu können. Dort war Bewegung; kein Einbrecher, der leise vor sich hin murmelte, sondern Lüdersdorf selber, der sich erhob. Trieb den Alten eine schwache Blase zum Abort? Doch nein, die Gestalt in dem weißen Nachthemd beugte sich zur Kommode hinüber und hob den Topf mit der Orchidee an! Hatte der Mann genug von den wollüstigen Träumen? So hatten sie nicht gewettet – Lüdersdorf würde die Nacht neben der Pflanze durchstehen, und wenn er die nächsten drei Tage vor Schmerzen in den Lenden nicht laufen konnte!

Eine Berührung am Arm verhinderte, dass der Ratsherr erbost aufstand und sein Versteck verließ. Ohne dass er es gehört hatte, war die Beamtin zu ihm herübergekommen und hielt ihn zurück.

»Der Mann ist nicht wach«, wisperte sie.

Von Porst blinzelte, dann sah er es auch. Die Augen Lüdersdorfs waren offen, aber seltsam blicklos, während er jetzt mit dem Topf im Arm auf die Tür seines Schlafzimmers zusteuerte.

Entschlossen erhob sich von Porst, um dem Mann zu folgen. Die Beamtin war so nahe neben ihm, dass er das Leder ihres Mantels riechen konnte – sie war der lautlose Schatten seiner leider gar nicht so lautlosen Person. Zusammen schlichen sie durch den Raum und den Flur, die Treppe hinunter. Das weiße Nachthemd des Handelsherren leuchtete im nächtlichen Dämmerlicht wie ein Gespenst. Von Porst beschleunigte seine Schritte, bis er so dicht hinter dem Mann ging, dass er die Hand ausstrecken und ihm auf die Schulter hätte tippen können.

Das Flüstern schwebte mit ihnen zusammen die Stufen hinunter und es dauerte einen Moment, bis von Porst begriff, dass es aus dem Blumentopf kam. Einen aberwitzigen Augenblick lang konnte er glauben, dass es die exotische Orchidee war, die vor sich hin wisperte, dass es in den Dschungeln Südamerikas mehr Geheimnisse und Zauberei gab, als er es sich mit seinem kühlen nordischen Verstand erträumen konnte. Dann schüttelte er einmal kurz den Kopf und rückte die Welt zurecht. Es war nicht die Blume, die sprach, sondern tatsächlich der Topf. Das mochte auf den ersten Blick nicht weniger sonderbar erscheinen, aber zumindest musste er nicht an redende Vegetation glauben. Zumal die Stimme einen so tiefen Klang hatte, dass sie nie und nimmer zu einer so kleinen Pflanze gepasst hätte, wie von Porst in einem Anfall verdrehter Logik feststellte. Angestrengt lauschend beugte der Ratsherr sich vor, um die Worte des Geflüsters verstehen zu können.

»… sich dann zu dem Ort, an dem Sie Ihr wichtigstes Geheimnis verborgen halten. Nehmen Sie es an sich. Ihr wichtigstes Geheimnis. Etwas, das niemand sonst wissen darf, niemand sonst wissen soll«, murmelte die Stimme und von Porst hatte das höchst sonderbare Gefühl, sich an die Worte zu erinnern, obwohl er gleichzeitig sicher war, sie niemals zuvor gehört zu haben. Das Befremden war so stark, dass er von einer Stufe abglitt, strauchelte und fast gegen den greisen Lüdersdorf gefallen wäre, doch behandschuhte Finger schlossen sich blitzschnell um seine Schulter und gaben ihm mit erstaunlicher Kraft Halt. Von Porst fing sich, schüttelte die Hand ab und ging weiter, als wäre nichts geschehen.

Die Gedanken wirbelten in seinem Kopf und machten ihn schwindelig – oder war es der Duft der Nachtblüte vor ihm, das halb erkannte Geflüster? Beides zusammen, wusste er plötzlich. Der Duft hatte seinen Geist weich gemacht wie einen Käse und die Stimme hatte danach die Kontrolle übernommen. Die erotischen Träume, mit denen das Gewächs angepriesen worden war, traten nur als Nebeneffekt auf. Ein Köder für den Haken. Rasch presste der Ratsherr das Pfefferminztuch wieder auf seinen Mund, atmete ein wie ein Ertrinkender. So also war es ihm auch ergangen. So hatte er sich schlafwandelnd durch sein eigenes Haus bewegt, hin zu seinem Kabinett, hin zu der Kassette darin. Seinem größten Geheimnis. Er hatte sich selbst verraten.

Und Lüdersdorf war im Begriff, es ebenfalls zu tun.

Der alte Mann ging in sein Arbeitszimmer und öffnete, ohne den Topf mit der Pflanze loszulassen, einen schlichten Aktenschrank. Achtlos schob er alle gestapelten Papiere auf den Teppich, griff tiefer in das Möbel und von Porst hörte ein weiches Klicken, als hinten im Schrank ein Geheimfach entriegelt wurde. Blindlings, und in einer seltsam verdrehten Position auf dem Boden hockend, wühlte der Handelsherr kurz im Schrank, zog erst eine Mappe heraus, dann eine zweite und schließlich eine dritte, alle dick gefüllt mit sorgsam abgehefteten Geheimnissen, die niemand außer ihm wissen sollte. Von Porst war verblüfft über die schiere Menge an Unterlagen. Es sah ganz so aus, als hätte der alte Lüdersdorf seine Jahre gut genutzt – und das nicht immer mit den offiziellen Geschäften, denen er vor aller Welt seinen Reichtum verdankte. Es juckte dem Ratsherren in den Fingern, einfach an dem Schlafwandler vorbei nach den Mappen zu greifen und sie aufzublättern. Was würde er darin finden? Was ließe sich mit dem Wissen alles anfangen?

Von Porst warf einen unauffälligen Seitenblick auf die Beamtin und merkte, dass sie ihn mit solcher Intensität *nicht* ansah, dass ihm sofort klar war, dass er genau beobachtet wurde. Für einen Moment war er verärgert und fühlte sich ertappt, wie ein Knabe vor der Keksdose. Aber dann atmete er langsam aus und war froh, dass er nicht Gefahr lief, der

Versuchung zu erliegen. Genau dieses Interesse an den Vergehen anderer hatte ja letztlich zu dem ganzen Schlamassel geführt. Nur weil die Gräfin so dachte, wie er es eben getan hatte, stand er überhaupt nachts im Arbeitszimmer eines anderen Mannes und fand sich verlockt. Nur deswegen hatte die Gräfin vermutlich einen amüsanten Abend beim Betrachten seines eigenen Geheimnisses. Und er würde irgendwann kurz vor einer Ratsentscheidung einen diskreten Brief bekommen, mit dem Vorschlag, gegen sein eigenes Gewissen zu stimmen oder zu riskieren, dass seine erotischen Possen an die Redaktionen verschiedener Zeitungen geschickt wurden.

Von Porst hatte nie das Ziel gehabt, das zu sein, was man einen *guten Menschen* nannte. Aber er bemühte sich zumindest, vor sich selbst irgendwann ein halbwegs passabler Ehrenmann zu werden. Während er also tatenlos zusah, wie Lüdersdorf ungeschickt die Mappen an sich raffte und sich dann schwankend erhob, war er durchaus mit sich zufrieden.

»Begeben Sie sich in Ihr Speisezimmer«, hörte von Porst das Wispern, als Lüdersdorf an ihm vorbei ging. »Öffnen Sie dort die Tür und übergeben Sie Ihr Geheimnis und die Pflanze der Person, die dort auf Sie wartet. Begeben Sie sich in Ihr Speisezimmer …«, wiederholte die Schmeichelstimme wieder und wieder die gleichen Sätze und der Handelsherr gehorchte willenlos.

Die Beamtin hielt von Porst zurück, als Lüdersdorf den geräumigen Essraum betrat.

»Aber wir müssen ihn doch aufhalten!«, widersprach er im heftigsten Flüsterton. Die Frau nickte.

»Er wird aufgehalten werden. Aber von Larsen und seinen Leuten, die draußen warten. Wir wollen doch den Mann, der alles im Empfang nehmen soll. Und der wartet schon jetzt vor der Glastür.«

Von Porst zögerte und nickte dann. Natürlich. Wer immer auf Lüdersdorf wartete, würde fliehen, sobald er jemanden in der Begleitung des alten Mannes sah. Dieser versuchte mittlerweile ungeschickt, die Glastür nach draußen zu entriegeln. Mit einem in der

Stille des Hauses erschreckend lauten Geräusch fielen ihm schließlich die Akten aus dem Arm, aber er hielt an dem Blumentopf fest und wachte auch nicht auf. Schließlich öffnete er die Tür weit dem Nachtwind.

Und dann geschah alles sehr schnell.

Aus der Dunkelheit des Gartens kamen zwei Gestalten auf sie zu, schwarz gekleidete Männer, die Lüdersdorf ignorierten. Einer kniete sich sofort nieder, um die Akten aufzusammeln. Der andere machte Anstalten, ins Haus zu gehen, vermutlich um die Spuren eines normalen Einbruchs zu simulieren. Doch sobald sie damit begannen, wurden die Büsche hinter ihnen lebendig. Larsen und seine Leute! Von Porst wartete darauf, dass sie etwas rufen würden wie »Im Namen der Gendarmerie, heben Sie die Hände!«, aber sie stürmten einfach auf die Männer zu und griffen sie an.

Der Kniende hatte wenig Chancen. Zwei Beamte waren über ihm und warfen ihn unzeremoniell nach vorne, so dass er gegen den Türrahmen schlug und danach nur noch benommen um sich hieb, ziellos und uneffektiv.

Der andere war jedoch ohnehin halb im Haus und entschied sich für die Flucht nach vorne. Im Vorbeigehen riss er dem reglos im Tumult stehenden Lüdersdorf den Blumentopf aus der Hand und stürmte dann zur Tür. Ohne nachzudenken folgte von Porst seinem Instinkt und trat zur Seite, als würde er dem Fliehenden höflich Platz machen, zu verblüfft – und in Gewaltdingen auch zu ungeübt – um etwas anderes zu versuchen. Er musste sich später beschämt eingestehen, dass der Mann ihm entkommen wäre. Doch die Beamtin trat ohne zu zögern in die Lücke, ergriff den überraschten Einbrecher mit einer Hand unter dem Kinn, mit der anderen am Arm, drehte sich geschmeidig in der Hüfte und warf den großen Mann über ihr Bein mühelos zu Boden.

Noch ehe er ganz aufgekommen zu sein schien, saß sie auf ihm, ein Knie an seiner Kehle, das andere auf der Brust, in der Hand eine schimmernde Schusswaffe. Von Porst starrte erst auf die Beamtin, dann auf den Gefangenen und schließlich auf den Blumentopf, der in einem hohen Bogen durch den Raum geflogen war. Die teure Orchidee lag geknickt auf dem Teppich, überall war Erde. Doch der Topf flüsterte noch immer vor sich hin. Von Porst ging hinüber und hob ihn auf, kippte achtlos die Blume aus und spähte hinein.

»Was ist es?«, fragte Larsen, der unvermittelt neben ihm stand. Von Porst sah auf und war dann plötzlich geblendet. Ein Beamter hatte eine Lampe entzündet. Nun hob er sie in die Höhe und tauchte die Szenerie in leicht flackerndes Licht. Von Porst sah, wie zwei Beamte sich um den langsam erwachenden Lüdersdorf kümmerten, während andere die Gefangenen auf die Füße zerrten, um sie abzuführen. Der Ratsherr erkannte am Grunde des Blumentopfes einen Riegel, mit dem er einen doppelten Boden öffnen konnte.

»Ein Magnetophon«, verkündete er. »Es läuft noch immer. Und da ist auch ein Uhrwerk.«

»Eine Zeitschaltung. Damit das Band erst anläuft, wenn es tiefste Nacht ist«, vermutete die Beamtin, die zu ihnen getreten war. »Wenn der Duft der Blume seine Wirkung getan hat.«

»Dann hat meine Pflanze auch so eine Vorrichtung?«

»Nein, nicht mehr. Wir haben draußen einen zweiten Topf gefunden, äußerlich genau wie diesen, aber ohne die Technik. Ich schätze, die Männer hatten den Auftrag, die Töpfe auszutauschen.«

»Und damit alle Spuren zu beseitigen«, ergänzte von Porst. Er atmete tief ein und stand auf.

Es ging ihm besser, sogar regelrecht gut, und es dauerte einen Moment, bis er begriff, warum. Zwar hatte er seine Kassette noch nicht zurück, aber in seiner Hand hielt er, schwer und massiv, einen Beweis für die Machenschaften der Gräfin von Paapen. Ein Lächeln stahl sich auf seine Lippen, keineswegs freundlich, aber mit Sicherheit freudig. Sobald sie hier fertig waren, würde er einen Brief schreiben, kurz und prägnant. Er hatte das Gefühl, dass die Beamten der Sondereinheit durchaus seine Meinung teilen würden, dass Hamburg keinen Skandal brauchen konnte. Dass man die ganze Sache unter Ehrenleuten regeln konnte – so wenig dieser Begriff auch zu dem passte, was er zu tun gedachte.

Von Porsts Lächeln wurde zu einem Grinsen.

Wie auch immer.

Es war an der Zeit, eine Erpresserin zu erpressen.

Kesselchen

Philipp Bobrowski

Paul zog sich den Mantel enger um die Schultern. Es war kalt am Morgen. Die weißen Dampfschwaden, die durch die Gassen zogen, erschwerten die Sicht. Aber viel gab es ohnehin nicht zu sehen. Klaus Beck saß auf seinem Platz vor der Bäckerei und vertrieb sich die Langeweile mit einem Stöckchen, mit dem er im Straßenstaub herumstocherte. Von Max und Gustav war nichts zu sehen. Paul kamen Zweifel. Wenn die anderen wüssten, wie unsicher er sich oft war, wenn es an die Umsetzung eines seiner Pläne ging. Dabei konnte eigentlich nichts schiefgehen. Sie hatten die Bäckerei Wiesling schon eine Weile nicht besucht. Das letzte Mal war Emma der Lockvogel gewesen. Max war hier also noch unbekannt. Jetzt blickte Klaus auf und schaute von seinem Platz aus die Mühlenstraße hinunter. Paul konnte aus seinem Versteck heraus nicht sehen, was ihn dazu veranlasst hatte, aber er war sich sicher, dass es Max sein musste. Und da kam er auch schon. Er blieb stehen und musterte Klaus geringschätzig.

»Hat dich der Meister ausgesperrt, oder was? Hockst vor dem Laden wie ein dummer Köter!«

»Was geht dich das an, du Zwerg?« Der Geselle widmete sich wieder seinen Staubkritzeleien.

»Ich bin vielleicht klein«, antwortete Max, »aber dafür bin ich frei!«

»Frei, dass ich nicht lache!« Klaus blickte kaum auf. »Du bist arm, das ist alles. Ein armes Würstchen.«

»Was weißt du schon von Würstchen? Du kannst doch froh sein, wenn dir der geizige Wiesling ein Stück altes Brot vor die Füße wirft, oder was. Dafür darfst du dann die Drecksarbeit machen und vor seiner Tür herumlungern.«

Klaus blieb unbeeindruckt. Paul wurde unruhig. Hatte dieser behäbige Klaus so wenig Ehre im Leib, dass er sich von einem Winzling beleidigen ließ, ohne den faulen Arsch hochzukriegen? Aber Max ließ nicht nach. Jetzt hob er einen Stein auf, zielte und traf den Bäckergesellen am Oberarm.

»Was soll das, du Idiot?«

»Reicht die Kette nicht, oder was?«, feixte Max und warf einen zweiten Stein.

Klaus sprang auf und lief Max hinterher, der noch eine Grimasse schnitt und in der gegenüberliegenden Gasse verschwand. Paul wartete gar nicht erst, bis auch der Verfolger nicht mehr zu sehen war. Der Duft der nun unbewachten frischen Brote kitzelte ihm schon zu lange die Nase. Er musste sich beherrschen, nicht gleich an Ort und Stelle in einen Laib zu beißen. Stattdessen ließ er drei davon in den weiten Taschen seines Mantels verschwinden und rannte in die Gegenrichtung davon. Um Max musste er sich nicht sorgen. Gustav stand bereit, ihm zu Hilfe zu kommen. Im Notfall würde der Bäckergeselle zweimal Prügel beziehen: einmal von Gustav und später von Meister Wiesling.

Paul war froh, dass Emma ihn begleitete. Zwar hielt sie nicht viel von seinen Ausflügen zum Alsterdorfer Kesselring, doch wenn sie gut gelaunt war, brachte sie ihn ein Stück des Wegs. Schon bald nach dem Frühstück brachen sie auf und schlenderten zunächst zur Außenalster. Sehnsüchtig betrachtete Paul die Passagiere auf den Alsterdampfern und stellte sich vor, er hätte das Geld, um eine Fahrkarte für Emma und sich zu erstehen. Er atmete tief ein. Ihn faszinierte der Geruch nach Fisch, vermischt mit dem Gestank, der mit dunklem Qualm aus den Schornsteinen der Industrieöfen drang.

»Hey, träum nicht!«

»Eines Tages …«, antwortete Paul nur.

»Ich weiß.« Emma schüttelte lächelnd den Kopf. »Und bis dahin starrst du Löcher in die Luft. Lass uns lieber Hirsche jagen.«

Einen Großteil der Strecke bis zum Sierischen Gehölz brachten sie rennend hinter sich. Als sie den Forst erreicht hatten, waren sie ordentlich aus der Puste. Sie trieben sich eine ganze Weile in der Nähe des Zauns herum, hatten aber kein Glück. Sie bekamen keinen Hirsch, kein Reh und nicht einmal ein Wildschwein zu Gesicht.

»Was hältst du davon«, fragte Paul, »wenn wir nächste Woche das Geld beschaffen, um den Eintritt für den Park zu zahlen?«

»Nee, nee, bevor ich dem Sierich noch mehr Geld in den Rachen schiebe, schneide ich lieber ein großes Loch in den Zaun, damit die armen Tierchen nicht vor seine Flinte laufen.«

»Na, ob die sich in der Stadt so viel wohler fühlen würden?« Paul kicherte.

»Hauptsache frei«, sagte Emma trotzig. »Und jetzt musst du los, sonst verpasst du noch den besten Zeitpunkt!«

Tatsächlich hatten sie die Mittagsstunde schon hinter sich gelassen. Paul verabschiedete sich.

»Pass gut auf dich auf.« Emma drückte seine Hand.

»Klaro.«

Paul musste sich beeilen. Kurz nach dem Mittag wurden die Wachen, die um den Ring patrouillierten, verstärkt. Es fanden sich ohnehin nicht viele Stellen außerhalb der Anlage, von denen aus man einen Blick auf die Strecke werfen konnte. Hohe Mauern und Zäune verhinderten das. Aber an der Südseite des Geländes gab es ein Loch im Zaun, das durch eine Hecke verdeckt war.

Paul war sich sicher, dass man es noch nicht entdeckt hatte, denn sonst hätte man es längst verschlossen. Schließlich wurden die Zäune wöchentlich kontrolliert. Sein geheimer Eingang blieb vermutlich nur deshalb geheim, weil sich auf der anderen Seite des Zauns der Müllplatz des Kesselrings befand. Weit weg von den Zuschauertribünen quoll hier aus drei riesigen Müllbehältern ein fauliger Gestank hervor, dem sich niemand freiwillig aussetzte.

Genau das machte sich Paul zunutze. Sobald er sich unbeobachtet fühlte, kroch er unter das Gewirr von Zweigen und Blättern, fand das Loch und schlüpfte hindurch. Damit befand er sich direkt hinter dem mittleren Behälter, der ihn um Kopfeslänge überragte. Er hielt sich die Nase zu, aber es würde nicht lange dauern, bis er sich an die Ausdünstungen gewöhnt hatte. Nur wenige Schritte bis zum alten Stallgebäude. Paul hatte gehört, dass es nach den ursprünglichen Bauplänen für die Arbeitspferde an der Strecke genutzt werden sollte.

Nachdem es aber Änderungen an den Plänen gegeben hatte, war gegenüber den Tribünen, wo sich auch die anderen Wirtschaftsgebäude befanden, ein neues gebaut worden. Paul schlich sich durch den türlosen Eingang und suchte die hinterste Box auf, wo einige alte Pferdedecken sein Lager bildeten. Nun musste er nur noch auf den Beginn der Veranstaltung warten.

Paul erwachte durch das geräuschvolle Treiben an der Rennstrecke. Er sprang auf, griff sich die Decken und lief zu dem hinteren Fenster des Stalls, von dem aus man über eine verrostete Leiter auf das Dach gelangte. Wirklich bequem war es hier nicht, aber man hatte einen guten Überblick über den unteren Teil des Kurses. Während sich die Zuschauer langsam auf den Tribünen einfanden, waren Pauls Sinne einzig auf die Vorgänge in den Boxen gerichtet. Er konnte sie von seiner Position aus nicht vollständig einsehen, aber er stellte sich vor, wie die Mechaniker an den Wagen arbeiteten, hörte die Kesselchen mit ihrem hellen Stampfen und Zischen, roch das Öl, das die Mechanik schmierte. Dann fuhren die ersten Fahrer auf die Piste, um ihre Kesselchen und die Strecke zu testen.

Sofort erkannte Paul die Nummer 27: Peter Welpe, der Jüngste im Feld. Er war gerade zwölf, also noch zwei Jahre jünger als Paul, und dies war erst sein zweites Rennen. Dennoch begrüßten ihn die Zuschauer mit freudigen Rufen, denn er war einer der Fahrer aus Hamburg. Pfiffe ertönten dagegen für Hans, den Pfeil, aus Frankfurt, der sich in der Serie ein Kopf-an-Kopf-Rennen mit dem Lokalmatador lieferte. Sehr gespannt war Paul auch auf John Ford, den Star aus England, der heute sein erstes Gastspiel im Deutschen Kaiserreich gab. Da war auch Friedrich, der Kleine, der zwar nie sonderlich erfolgreich gewesen war, dessen Beiname aber die Begründung lieferte, warum er selbst mit seinen siebzehn Jahren noch immer in ein Kesselchen hineinpasste. Und er gab damit Pauls Traum, selbst einmal in einem Kesselchen zu sitzen, ein wenig mehr Spielraum.

Dann kam er! Der König! Knut von Paapen! Obwohl die Ränge zwei Stunden vor Beginn des Rennens noch nicht einmal zu einem Viertel gefüllt waren, hörte man die Zuschauer weithin grölen. Der Sieger der letzten beiden Serien war auch der diesjährige Titelaspirant. Natürlich aus Hamburg, war dies doch im Gegensatz zu den Stadtkursen die einzige Stadt im Reich, die sich eine separate Kesselchen-Rennstrecke leistete, die zum größten Teil von Knuts Großmutter, der Gräfin, finanziert worden war. Dies und die Tatsache, dass es nur ein paar hundert Meter von hier die wohl erfolgreichste Kesselchen-Schmiede des ganzen Landes gab, ermöglichte es den Sprösslingen der Hamburger Oberschicht, bei der populären Rennserie ganz vorn mitzumischen.

Paul nutzte das wenig. Seine Mutter hatte nach dem Tod des Vaters nicht einmal mehr das Geld gehabt, Paul, ihren Ältesten, zu versorgen. Vor vier Jahren hatte sie ihn schließlich aus dem Haus getrieben. Seitdem lebte er auf der Straße beinahe besser als zu Hause und hatte sich dort nie wieder blicken lassen. Nein, für ihn gab es wahrlich nicht den winzigsten Funken Hoffnung, er könne jemals ein Kesselchen über die kurvigen Pisten steuern. Und er wurde ganz unruhig, als die schnittigen Kisten in die Startaufstellung fuhren und ihre kleinen Dampfantriebe aufstöhnten, die selbst heute noch, über sechs Jahre, nachdem sie in England zum ersten Mal zum Einsatz gekommen waren, ob ihrer geringen Größe und des niedrigen Gewichts als Sensation galten.

In seinen Gedanken saß er statt des Kesselchen-Königs im Wagen und lieferte sich in den Anfangsrunden ein packendes Duell mit dem

Pfeil, bevor er sich an die Verfolgung John Fords machen konnte. Beinahe wäre ihm gar nicht aufgefallen, dass hinter ihm die Leiter quietschende Geräusche von sich gab, als drohe sie unter einer schweren Last zusammenzubrechen.

Paul sprang auf. Ja, es war eindeutig: Da kam jemand die Leiter herauf! Paul schaute über den Rand des Daches. Vor dem Stallgebäude wartete ein Mann, den schwarzen Hut tief ins Gesicht gezogen, und drohte ihm mit der Faust. Nach vorn konnte er also nicht. Er drehte sich um. Dort, wo die Leiter war, erschien nun ein zweiter Hut über dem Rand des Daches. Gleich darauf visierte ihn ein strenges Augenpaar.

»Wir haben ihn!«, rief der Kerl und wandte sich einem Dritten zu, der am Fuße der Leiter warten musste. »Bleib da stehen und pass auf!«

Gehetzt blickte Paul hin und her. Es blieb ihm nur die Flucht zur Seite. Doch dazu müsste er fast drei Meter in die Tiefe springen. Aber was sollte er sonst tun? Einen letzten Blick hinunter, bevor …

»Kuno, Achtung!«

Schon war der Dritte um die Ecke. Er stand zwischen Stall und Müllbehälter, hielt sich die Nase zu. Hinter Paul stieg der andere von der Leiter aufs Dach. Paul änderte seinen Entschluss. Er nahm Anlauf, sprang weit über Kunos Kopf hinweg und hoffte, dass er nicht allzu hart aufkommen würde. Doch seine Hoffnung erfüllte sich nur zum Teil. Er landete wie geplant mitten im Müllbehälter, versackte aber mit dem rechten Bein in einem Morast aus Zeitungen, Essens- und Pflanzenresten. Das linke wurde von einem zerschlissenen Reifen gebremst, sodass Paul einen stechenden Schmerz im Gelenk spürte, als sein Fuß umknickte. Er prallte vornüber mit der Stirn auf einen ausrangierten Kessel.

Einen kurzen Moment kämpfte er gegen den Schwindel, dann raffte er sich auf. Er hatte keine Zeit zu verlieren. Er stöhnte, als er sich über die Behälterwand schwang. Wieder knickte er um. Er hörte das Schnaufen von Kuno, der um den Behälter herumlief. Noch einmal quälte sich Paul auf die Beine. Bis zu dem Loch im Zaun war es nicht mehr weit. Sein Fußgelenk tat höllisch weh, als er sich endlich zu Boden fallen lassen konnte, um unter das Geäst des Gebüschs zu kriechen. Jemand packte ihn ausgerechnet an dem schmerzenden Fußgelenk. Paul schrie auf, strampelte wild um sich, doch er kam nicht los. Das Zischen und Stampfen der Kesselchen war weit weg.

Pauls Erinnerung kehrte nur langsam zurück. Und sie klärte sich so langsam wie seine Sinne. Schneller kamen die Schmerzen. Scharf schnitt es in seine Oberarme, die eng am Körper anlagen. Er bewegte den Kopf, öffnete die Augen, schloss sie wieder, bis der Schwindel nachließ und das Pochen in den Schläfen erträglich wurde. Derweil stellte er fest, dass er auf einem Stuhl saß und offenbar an dessen Lehne gefesselt war. Die Fesselstricke schnitten ihm ins Fleisch. Auch sein Fußgelenk schmerzte.

Ihm fiel ein, wie er damit umgeknickt war. Wie eine Hand danach gegriffen hatte. Dann ein feuchtes Tuch, ein seltsam süßlicher Geruch. Und nun war er hier. Wo immer das auch war. Das spärliche, schmutzig-gelbe Licht spendete eine nackte Lampe an der Decke des niedrigen Raumes. Ein Fenster gab es nicht. Es roch muffig und feucht. Die Wände waren kahl und außer dem Stuhl, auf dem er saß, stand in der Ecke neben der Tür nur ein kleiner Tisch, an dem der dicke Kuno saß, der mit einem Becher stumpfsinnig vor sich hin würfelte.

Paul glaubte, das Klappern der Würfel schon eine ganze Weile gehört zu haben, als habe es sich in seine dunklen Träume geschlichen. Ansonsten war es still im Raum, aber von draußen hörte er das Stampfen von Dampfmaschinen. Das war nichts Besonderes und verriet ihm nicht, wo in etwa er sich befand. Möglicherweise waren es sogar private Turbinen, die die Energie für dieses Haus lieferten.

Aber als er sich anstrengte, hörte er noch etwas, das er zunächst für ein Rauschen gehalten hatte: die Geräusche von der Rennstrecke. Sie waren zwar leise, aber er war sich sicher, dass er sich nicht verhörte. Also waren sie nicht allzu weit vom Kesselring entfernt, vermutlich im Keller eines Hauses in der Nähe. Und selbst wenn auf der Strecke bereits der zweite Durchgang gefahren wurde, konnte er nicht besonders lange bewusstlos gewesen sein. Nicht viel mehr als zwei Stunden.

Die Tür sprang auf. Paul schreckte zusammen. Kuno stand auf. »Alles klar, Boss?«

»Sie kommt gleich. Was ist mit dem Jungen?«

»Kein Mucks! Soll ich ihn wecken?«

Paul schloss schnell die Augen und senkte den Kopf.

»Nein, wir warten auf sie.«

Wer konnte sie sein? Und was wollte sie von ihm? Paul konnte nicht lange darüber nachdenken, denn schon hörte er wieder die Tür. Dann die Stimme von Kuno: »Guten Abend, Fräulein von Paapen.«

Paul riss die Augen auf, doch noch im selben Moment fiel ihm ein, dass dies ein Fehler sein konnte, gerade rechtzeitig, wie ihm klar wurde.

»Hast du dem Trottel nicht gesagt, dass er meinen Namen nicht nennen soll?« Die Stimme klang gleichzeitig hübsch und wütend.

»Aber er schläft doch noch, Herrin.«

»Seid ihr sicher?«

Leichte Schritte näherten sich ihm. Eine kleine Faust stieß ihm gegen den Oberarm.

»Weckt ihn auf!«

Jetzt kamen schwere Schritte auf ihn zu, begleitet von einem Schnaufen: Kuno. Paul ahnte, was kommen würde, dennoch zuckte er zusammen, als ihn das kalte Wasser traf. Er schüttelte sich und öffnete die Augen. Da stand sie vor ihm: Clara von Paapen, die Schwester von Knut, dem König der Kesselchenrennen. Er hatte sie bisher noch nie aus der Nähe gesehen. Allerdings kannte er sie von einem Zeitungsfoto, auf dem sie neben ihrem Bruder und Gräfin von Paapen abgebildet war.

Wenn er sich recht erinnerte, musste sie etwa drei Jahre älter sein als er und sie glich erstaunlicherweise ziemlich genau dem Wunschbild, das er sich oft ausmalte, wenn er sich Emma in ein paar Jahren vorstellte: Die dunklen Haar glänzten und fielen in ordentlich gekämmten Wellen auf ihre Schultern. Die hellen Gesichtszüge wurden durch dezente Schminke hervorgehoben und die schlanke Figur steckte in einem wahrscheinlich sehr teuren Kleid, dessen sauberes Weiß von strahlender Reinheit sprach.

»Kennst du mich?«, fragte Clara.

Paul schüttelte den Kopf.

»Gut. Wie heißt du?«

»Paul.«

»Und du scheinst dich sehr für Kesselchenrennen zu interessieren.«

Er nickte.

»Aber du willst den Eintritt nicht zahlen. Findest du das in Ordnung? Ich meine, du bist nichts als ein gewöhnlicher Dieb.«

»Ich kann nicht anders. Ich habe nichts.« Seltsamerweise schämte er sich vor ihr.

Clara winkte ab. »Weißt du, was ein Fernglas ist?«

Wieder nickte Paul.

»Dann verstehst du sicher auch, wie ich dich entdeckt habe. Ich beobachte dich schon seit den letzten drei Rennen. Ich hätte dir auch die Polizei schicken können. Möchtest du gern ins Gefängnis?«

Er schüttelte heftig den Kopf.

»Dachte ich mir. Ich wüsste allerdings nicht, warum man dich vor dem Gesetz verschonen sollte.« Sie fasste ihn grob am Kinn, hob seinen Kopf an und betrachtete sein Gesicht, als gelte es ein Stück Vieh zu beurteilen. Bei dem kalten Blick aus den dunklen Augen lief Paul ein Schauer über den Rücken. Am liebsten wäre er im Stein des Fußbodens versunken. Sie ließ ihn los, zuckte mit den Schultern und wandte sich ab. »Ein gewöhnlicher Dieb.« Sie ging zum Ausgang. »Ruft die Polizei.«

»Kann ich nicht irgendetwas für Euch tun? Kann ich es nicht wiedergutmachen?« Paul schrie es hinter Clara her. Er fürchtete sich vor dem Gefängnis und er wusste, dass die Strafe hart ausfallen würde. Doch da war noch mehr. Er wollte in Claras Augen nicht der gewöhnliche Dieb bleiben, wollte ihre Enttäuschung in Anerkennung verwandeln. Sie blieb stehen.

»Was könntest du schon tun?«

»Ich könnte für Euch arbeiten und so meine Schuld begleichen.«

Sie drehte sich um. »Für mich arbeiten mehr Leute, als ich beschäftigen kann.« Sie begutachtete ihn ein weiteres Mal mit diesem abschätzigen Blick. Dann schüttelte sie den Kopf, lachte und wandte sich der Tür zu.

Als Paul sah, wie sie hinausging, ließ er alle Hoffnung fahren. Er spürte, wie ihm die Verzweiflung Tränen in die Augen trieb, als sich die Tür hinter Carla schloss. Er wartete darauf, was nun geschehen würde. Lange Minuten vergingen, so schien es ihm zunächst, doch dann öffnete sich die Tür viel zu schnell ein weiteres Mal. Er wagte nicht, aufzublicken. Hatten die Polizisten schon draußen gewartet?

»Es gäbe da vielleicht doch etwas.«

Carla war zurück. Erleichtert hob Paul den Kopf. »Ich tue alles!«

Es ging ihm beinahe zu schnell. Schon am zweiten Tag führte Karl Bauer, den alle nur Kesselchen-Kalle nannten, ihn zum ersten Mal durch seine Werkstatt. Glücklicherweise blieb Paul tagsüber nicht allzu viel Zeit, über das Ziel seiner Bemühungen nachzudenken. Die Botenaufträge, die ihm Kuno übertrug, hielten ihn auf Trab. Und jeden Tag lenkte ihn mindestens einer davon zu Kesselchen-Kalle.

Wie ihm aufgetragen war, zeigte er von Beginn an großes Interesse an dessen Arbeit, was ihm nicht schwerfiel. Für Emma und die anderen erfand er eine Geschichte, die immerhin hinsichtlich seiner Tätigkeit als Botenjunge halbwegs der Wahrheit entsprach. Doch wenn er am Abend in seinen alten Decken lag, konnte er lange nicht einschlafen, bevor er von dunklen Träumen geplagt wurde. Schließlich ging es hier nicht darum, sich mit kleinen Diebereien das Überleben zu sichern. Hier ging es um ein Verbrechen, das selbst in den Augen der Justiz weit schwerer wog. Aber er musste es tun. Seine Schuld begleichen. Clara beweisen, dass er mehr wert war, als sie zunächst geglaubt hatte. Und vor allem hatte sie ihm etwas in Aussicht gestellt, von dem er bisher nur zu träumen gewagt hatte. Etwas, das sein Leben verändern könnte.

»Wenn du mich nicht enttäuschst und diesen Auftrag zu meiner Zufriedenheit erledigst, will ich mehr für dich tun, als deine Schuld als beglichen anzusehen«, hatte sie gesagt. »Würdest du dir nicht wünschen, ein Rennen, statt von einem morschen Dach, hinter dem Steuer eines Kesselchens zu erleben?«

Nichts wünschte er sich mehr. Und seine Leidenschaft kam ihm bei Kesselchen-Kalle zugute.

Es war kaum zu glauben, dass dieser Mann in den letzten Jahren zu jeder Menge Geld gekommen war. Aber tatsächlich betrieb er die erfolgreichste Kesselschmiede des Reichs. Er hatte sich sogar mit seinem Geld am Bau des Kesselrings beteiligt und war neben der Gräfin der zweite Inhaber der Rennstrecke. Dennoch traf ihn Paul immer nur in schmutziger Arbeitskleidung an. Ein Fremder hätte ihn in der Werkstatt zwischen seinen Angestellten nicht als den Chef des Betriebs erkennen können. Ein sympathischer Mann Ende vierzig, der seine Arbeit liebte und der sich durch Pauls Interesse in seiner Begeisterung bestätigt fühlte. So dauerte es nur zwei weitere Tage, bis sich erste Gelegenheiten boten, ihm unbemerkt das Giftpulver in seinen Tee zu geben. Doch Paul war zu Beginn noch unsicher und vertröstete Kuno immer wieder. Aber am folgenden Wochenende nahm er sich fest vor, nicht länger zu warten, um die Geduld seiner wahren Auftraggeberin nicht unnötig zu strapazieren.

Kalle zeigte ihm sein neuestes Kesselchen, das noch am selben Abend nach England verschifft werden sollte. Paul war nicht bei der Sache. Seine Hand spielte mit dem kleinen Tütchen in der Tasche. Jetzt hoffte er, dass Kalle bald in die Küche der Werkstatt ging, um für sich und ihn den Tee zu kochen, wie er es immer tat. Paul musste es endlich hinter sich bringen. Doch Kalle schien an diesem Tag während seiner Erklärungen sogar den Tee zu vergessen. Paul trat von einem Fuß auf den anderen. Irgendwie war es heute in der Werkstatt besonders heiß. Er spürte den Schweiß seine Stirn herunterperlen. Der Redefluss Kalles wollte nicht enden. Ein Nebel legte sich vor Pauls Augen. Heute war kein guter Tag.

»Meister Bauer.«

»Was ist, mein Junge?«

»Ich muss leider wieder los.«

Kalle schaute ihn an. »Du bist ja ganz blass. Und du schwitzt. Bist du krank?«

»Ich weiß nicht … Ja, vielleicht.«

»Na, dann komm mal in die Küche. Ich koch dir einen guten Tee.«

»Nein!« Paul trat einen Schritt zurück. »Ich muss noch einen Auftrag erledigen.«

»In deinem Zustand? Das kann doch einer meiner Jungs übernehmen. Udo!«

Glücklicherweise hatte Paul tatsächlich noch einen Brief bei sich, den er Udo übergeben konnte, bevor er sich von Kalle in die Küche zerren ließ. Der schaute immer wieder besorgt nach ihm, während er den Tee kochte, und goss dann eine große Tasse für Paul auf und eine kleinere für sich selbst.

»Trink, mein Junge, trink.« Er setzte sich Paul gegenüber. »Du zitterst ja. Bleib hier sitzen, ich schicke nach einem Arzt.«

»Nein, bitte nicht.«In den Widerworten steckte kaum noch Kraft.

»Papperlapapp!« Kalle verließ die Küche.

Jetzt war die Gelegenheit. Paul holte das Tütchen aus der Tasche. Einen Moment der Überwindung und sein unerreichbarer Traum würde sich erfüllen. Und er müsste nicht ins Gefängnis. Nur eine kurze Handbewegung und das Pulver wäre in der Tasse. Das Gift wirke langsam, hatte Clara gesagt. Er hätte genug Zeit zu verschwinden. Warum überlegte er so lange? Was ging ihn Karl Bauer an? Der reiche Kerl hatte sich früher auch nicht um ihn gekümmert. Paul zwang die Hand mit dem Tütchen zu Kalles Tasse. Noch einmal zuckte er zurück. Wie viel leichter wäre es, das Gift in die große Tasse zu schütten, einen tiefen Schluck zu nehmen und zu verschwinden. Für immer! Doch er entschied sich anders.

Den Wind in den Haaren schaute Paul zurück auf den Hafen des nächtlichen Hamburgs. Die Lichter der Stadt gaben dem Dampf über den Dächern seltsame Formen. Darüber blinkten die bunten Positionslampen eines Luftschiffs, das von Fuhlsbüttel herankam und sich gemächlich in südwestlicher Richtung bewegte. Paul versuchte sich zu erinnern: Dort mussten irgendwo die Niederlande liegen, bevor man über den Ärmelkanal ins Vereinigte Königreich gelangte. Er ergänzte in Gedanken die Zigarrenform des Zeppelins, als er gestört wurde.

»Du bist doch für manche Überraschung gut.« Emma lachte. »Du bist ein Träumer, das wusste ich schon immer. Aber, dass du es schaffst, deine Träume wahr werden zu lassen … Und auch noch in England! Wer hätte das gedacht?«

Paul schwieg.

Emma boxte ihm in die Seite. »Hey, du hast das Beste rausgeholt. Und nicht nur für dich. Auch für uns.« Sie deutete mit einer Kopfbewegung zu Max und Gustav, die auf der anderen Seite des Schiffes an der Reling standen.

»Nicht ich, Emma. Das haben wir alles Kesselchen-Kalle zu verdanken.«

»So bescheiden.« Emma boxte ihn erneut.

»Viel zu bescheiden. Immerhin hat er mir das Leben gerettet.« Kesselchen-Kalle legte seine Hand auf Pauls Schulter und schüttelte ihn kräftig. »In London werdet ihr alle aber kräftig mit anpacken müssen, wenn wir uns mit der neuen Kesselchen-Schmiede durchsetzen wollen.«

»Ich werde die Jungs schon antreiben«, sagte Emma. »Und aus Paul machen wir den besten Rennfahrer der Welt!«

»So bescheiden, Emma?« Paul boxte ihr in die Seite und lachte.

Die Luft der Freiheit

Chris Schlicht

Vorbei. Aus und Vorbei. Thure starrte auf den Zeitungsausschnitt in seinen ölverschmierten Händen und ließ seinen Tränen erneut freien Lauf. Sie durchnässten das verknitterte Papier und bildeten mit dem Schmieröl, das die Zeilen schon zum Teil unleserlich gemacht hatte, einen schleimigen Film, der über das gestellt wirkende Foto lief. Weitere Tränen tropften an seinen Händen vorbei, über das Geländer des Laufganges unter dem Dach der Luftschiffhalle. Hinunter, auf den weit entfernten Betonfußboden der Drehscheibe, auf der man die Halle entsprechend der Windrichtung drehen konnte.

Thure knüllte den Zeitungsartikel mit einem Schluchzen zusammen und wollte ihn schon seinen Tränen hinterher werfen, doch das brachte er nicht übers Herz. Er starrte nach unten, auf den Beton tief unter seinen Füßen, der von dem Stahlgerippe des Luftschiffes eingerahmt wurde, das sein Denkmal für die Ewigkeit werden sollte. Die Erfüllung seiner Träume …

Vorbei. Er hatte das perfide Spiel verloren, von dem er nicht einmal gewusst hatte, dass er einer der Mitspieler war. Mit wild entschlossener Miene zerrte er die schmale Gittertür des Laufganges auf, die ins Leere führte, und machte einen Schritt nach vorn …

Als er wieder erwachte, dröhnte sein Kopf und die Orientierung fiel ihm schwer. Durch Milchglas gedämpftes Licht erhellte den kleinen, muffigen Raum, in dem er sich befand. Thure erkannte ihn nicht sofort und die Erinnerung kehrte nur tröpfelnd in sein Bewusstsein zurück. Er hatte auf dem Laufgang gestanden und …

Thure fuhr hoch, was ihm sofort tückische Kopfschmerzen einbrachte. Er erschrak, als ihn kräftige Hände auf seinen Schultern gnadenlos wieder zum Liegen brachten. Mit weit aufgerissenen Augen starrte er in das bärtige Gesicht eines kräftigen, schon älteren Mannes und kämpfte um die Erinnerung an den Namen, die ihm wieder entgleiten wollte.

»Karl … was …?«

Ein gütiges Lächeln sträubte den grauen Bart des Mannes, der genau so aussah, wie man sich einen waschechten Hamburger Schiffskapitän vorstellen mochte. Wettergegerbt, vierschrötig, gemütlich. Ein Schiffskapitän war er auch, allerdings für Luftschiffe. Damit war er in seiner Heimat Hamburg ein Exot und nicht besonders angesehen, weil man in der traditionellen Schifffahrt Vergangenheit, Gegenwart und Zukunft sah. Luftschiffe waren für Hamburger nur eine Modeerscheinung ohne Zweck, Vergnügen für Reiche, die bald wieder vom Himmel verschwinden würde. Der Luftschiffhafen in Fuhlsbüttel war daher, als Thure aus Amerika in seine Heimat zurückgekehrt war, kaum mehr als eine verlorene Ansammlung gescheiterter Träume von der Eroberung des Himmels.

Luftkapitän Karl-Hauke Brantrup war der Verwalter dieses Friedhofs der Hoffnungen, bis Thure kam und alles wieder neu belebte. Und auch reiche Geldgeber fand, die mit ihm träumten.

Doch das alles war wie eine Seifenblase geplatzt. Die Erinnerung kehrte in Thures schmerzenden Kopf zurück. »Was …?«

»Ich hab' dich gerade noch packen können, als du Dummheiten machen wolltest, Jungchen!«, polterte Karl los. »Ich hatte es im Urin. Als ich gesehen habe, wie du mit der Zeitung hochgeklettert bist, bin ich dir gefolgt. Haste nicht bemerkt, so weggetreten warste. Bist ein bisschen mit dem Kopf gegen den Steg geknallt. Hast dich nicht mehr gegen deine Rettung wehren können!«

Ein Zwinkern nahm der Standpauke ihre Strenge und Thure musste wider Willen lachen. »Warum hast du mich nicht gehen lassen, Karl? Es ist doch alles vorbei.«

»Isses nicht!«, knurrte Karl, ehrlich erzürnt. »Das ist Verrat, besonders an dem armen Senator Hinrichs. Das kannnste nicht zulassen! Damit hätte die Dame ihr Spiel doch gewonnen.«

Thure schwieg und versuchte die Gedanken in seinem schmerzenden Schädel zu ordnen. *Die Dame …* Karl hatte ihn schon von Anfang an vor der Gräfin von Paapen gewarnt und Zweifel an den Interessen geäußert, die sie an der Förderung des Baues eines neuen, modernen Luftschiffes haben konnte. Seine Bedenken waren noch größer geworden, als herauskam, dass nicht sie selbst Thures Projekt zu fördern gedachte, sondern nur einen Geldgeber für ihn suchte und auch fand. Sie wollte diesen Mäzen ruinieren. Thure bemerkte, dass er den Zeitungsabschnitt noch immer in der Hand hielt und zupfte das Papier vorsichtig auseinander. Wieder schossen ihm Tränen in die Augen, doch dieses Mal waren es Tränen der Wut, nicht der Trauer.

Karl sah neugierig auf das Blatt, von dem er angenommen hatte, es sei die Meldung, dass sich Senator Hinrichs in seinem Haus erschossen hatte. Doch es war etwas anderes und Karl begann zu begreifen. Der Tod seines Geldgebers hatte Thure geschockt und alle seine Pläne zunichte gemacht. Kein Geld, kein Luftschiff mit all den schönen Neuerungen, die Thure erfunden hatte, wie zum Beispiel der neuen Steuerung. Doch den Ansporn zu der Verzweiflungstat hatte eine zur gleichen Zeit erschienene Meldung über eine bald stattfindende Hochzeit gegeben. Das Fräulein Gabriele Nauenburg, Nichte der Gräfin von Paapen, würde den Adeligen Gustav Graf zu Hohenstein-Eresberg ehelichen.

Thure zerknüllte das ohnehin fast unleserliche Blatt erneut und warf es in eine Ecke des Kontrollraumes, von dem aus man die Bewegung der Drehscheibe der Luftschiffhalle steuern konnte. Dann sah er Karl an, der seinen Mund geöffnet hatte, um etwas zu sagen, ihn wegen des Feuers in Thures Augen aber sofort wieder schloss.

»Ich weiß, Karl, ich bin sicher, dass du auch das schon ahntest.

Dass Gabriele kein echtes Interesse an einem dahergelaufenen Luftschiffingenieur haben konnte. Zumal der nur der Sohn eines Dampfschiffheizers ist, unterstes Niveau, normalerweise nicht einmal würdig, den Saum ihres Kleides zu küssen. Es ist nur … es ist so …«

Karl legte ihm den Arm um die Schulter und drückte ihn kräftig, so wie ein Vater seinen Sohn zu trösten versuchen würde. »Es ist ungerecht, natürlich, das ist das Leben immer. Doch wir dürfen nicht vor dem Unrecht davonlaufen, sonst wird es gefestigt. Hinrichs konnte nicht mehr, er stand vor einer Mauer und hat sich der Verantwortung entzogen. Aber du kannst vielleicht diese Mauer durchbrechen.«

»Wenn ich nur wüsste wie!«, seufzte Thure, doch der Blick aus seinen grauen Augen widersprach der Hoffnungslosigkeit in seiner Stimme. »Wir brauchen Geld, Karl, viel Geld. Man hat uns in der letzten Zeit von vielen Seiten Steine in den Weg geworfen. Und nun ist unser einziger Geldgeber, der die vielen Steine von den Behörden aus dem Weg geräumt hat, tot. Ich will ihn rächen, doch ich weiß nicht wie!«

Unschlüssig stand Thure unter dem halb verkleideten Gerippe des Luftschiffes und starrte in die Verstrebungen hoch. »Ein halbes Jahr noch …«, murmelte er traurig. Länger hätte es nicht mehr gedauert, das Schiff fertigzustellen, denn es war alles bereits vorhanden. Material und Gerät. Doch er konnte weder die Arbeiter weiter bezahlen noch die Kosten für die Halle. Wenn er nicht bald einen neuen Geldgeber fand, der Thures eigene Mittel entsprechend aufstockte, bevor er selbst ganz pleite war, dann würde man Fuhlsbüttel schließen und verrotten lassen. Seine einzige Chance, noch an Geld zu kommen, wäre dann, seine Patente zu verkaufen. Aber er war sich sicher, dass man auch das irgendwie verhindern würde, damit keine Konkurrenz zur Seefahrt entstand.

»Ich muss einen Weg finden …«

»THURE?«

Karls Stimme verursachte in der Halle mehrere Echos, so dass Thure zunächst nicht orten konnte, von wo er gerufen hatte. Dann entdeckte er seinen väterlichen Freund auf dem Laufsteg, in halber Höhe der Halle. Hinter ihm stand eine verschleierte, schwarz gewandete Frau, die Thure im Zwielicht kaum erkennen konnte. Sie hatte den Kopf in den Nacken gelegt und schien das halbfertige Luftschiff interessiert zu mustern.

Thure runzelte die Stirn, kam aber dem Winken Karls sofort nach, der die Frau mit einer knappen Verbeugung dazu aufforderte, in das Büro am Ende der Halle zu gehen. Thure folgte ihnen durch das Gewirr von Materialstapeln am Boden der Halle und kletterte eine Leiter hoch. Bevor er das Büro betrat, überprüfte er sein Erscheinungsbild in der spiegelnden Fläche eines kleinen Fensters und erschrak ein wenig vor sich selbst. Aus dem dunklen Glas starrte ihm ein blasser Jüngling mit dunklen Rändern unter den Augen entgegen. Das zu lange nicht geschnittene Haar lockte sich wie störrische Schafwolle um sein scharf geschnittenes Gesicht. Schnell bemühte er sich, wenigstens seine ölverschmierten Hände leidlich sauber zu bekommen, dann betrat er das Büro.

Die Frau stand vor der Wand, an der seine Konstruktionspläne hingen. Sie hatte den Schleier zurückgeworfen und las aufmerksam die Legenden auf den Plänen. Bei seinem Eintreten wandte sie sich langsam um und musterte Thure ohne sichtbare Gefühlsregungen. Sie war eine junge Frau, zierlich und dunkel, von südländischem Äußeren. Die Trauerkleidung gab ihr die Anmutung einer schwarzen Madonna.

»Thure, dass ist Fräulein Marianne Hinrichs, die Tochter des Senators und der Baronesse de Cassard«, stellte Karl die Dame vor. »Mein Fräulein, das ist der leitende Ingenieur, Herr Thure Sorensen, der das Luftschiff entwickelt hat, das Ihr Vater bauen wollte.«

Thure beeilte sich, ihr formvollendet die dargebotene Hand zu küssen. Ihre Blicke kreuzten einander. Thure kam sich vor, als würde er von ihren schwarzen Augen gefangen genommen. Bevor er jedoch etwas sagen konnte, fing sie leise und hastig zu sprechen an.

»Bitte entschuldigen Sie mein unangemeldetes Auftauchen und meine Eile, aber ich kann nicht lange bleiben, ohne dass es zu Schwierigkeiten führen könnte. Ich verlasse mich auf Ihre Loyalität meinem Vater gegenüber. Nach Sichtung aller Unterlagen meines Vaters fand ich einen sehr persönlichen Abschiedsbrief, in dem er alle Gründe für sein Versagen genau darlegte. Der Versuch, gerichtsfeste Belege zu beschaffen, scheiterte allerdings. Aber ich kann und will den Tod meines Vaters nicht ungesühnt lassen. Dabei bin ich auf dieses Projekt hier gestoßen und denke, dass es das Potential hat, diese Rache zu vollziehen. Ich verfüge über ein nicht unbeträchtliches Vermögen seitens der Familie meiner Mutter, das durch den Bankrott meines Vaters unangetastet blieb. Sagen Sie mir, ob das Schiff in der Lage ist, der Dame von Paapen eine empfindliche Niederlage beizufügen, dann werde ich mein Vermögen in die Fertigstellung investieren!«

Thure und Karl wechselten bedeutungsvolle Blicke.

»Oh ja, das ist es!«, fing Thure an und seine Augen sprühten Funken vor Begeisterung. »Doch das ist eine längere Geschichte ...«

Thure sah sich vorsichtig um, bevor er das Haus durch den Hinterhof verließ. Um diese Zeit, mitten in der Nacht, waren die Straßen des herrschaftlichen Viertels Am Rothenbaum menschenleer, daher fiel der Schatten in einer anderen Hofeinfahrt sofort auf. Die Gestalt beobachtete die noch immer beleuchteten Fenster der Wohnung im zweiten Stock, in der Marianne Hinrichs sich eingemietet hatte.

»Die Gräfin überlässt nichts dem Zufall«, grummelte Thure und zog sich in den Schatten des Hofs zurück. »Scheint, als würde sie Fräulein Marianne die Rolle des naiven Töchterleins nicht abkaufen. Damit hat sie auch verdammt Recht.«

Er war über viele Umwege heimlich in die Wohnung gelangt, in die er eingeladen worden war, um Marianne seine Pläne genauer auszuführen. Die Rache an der Frau, die ihrer beider Leben zerstört hatte. Dabei war ihnen aufgefallen, wie viele Unwägbarkeiten es noch gab. Aber Marianne war nicht das naive Kind, als das sie in der Gesellschaft auftrat, sondern eine eiskalte, clevere Geschäftsfrau, die alles in die Hand nahm, was nichts mit Thures Arbeit am Luftschiff zu tun hatte. Thure hatte sich ein ums andere Mal gefragt, ob die junge Dame die gleiche Ausbildung genossen hatte wie die Gräfin. In ihrer Fähigkeit, Intrigen zu spinnen, stand sie ihrer Feindin jedenfalls in nichts nach.

Eilig kehrte Thure nach Fuhlsbüttel zurück, nicht ohne sich mehrfach zu vergewissern, dass er keinen Verfolger an den Hacken hatte. Seine Gedanken rasten weit an seinen Aufgaben vorbei und kehrten zu seiner Auftraggeberin zurück. Dieser faszinierenden, wunderschönen Frau. Er war sich nicht sicher, ob es ihm langfristig schaden konnte, sie derart zu verehren. Ja fast schon, sie zu begehren. Aber in diesem Moment tat es ihm gut, denn es bedeutete, dass er über den Verlust Gabrieles bereits hinweggekommen war.

Als er wieder in der Halle stand und den Stahlkörper seines Luftschiffes betrachtete, fielen alle Sorgen von ihm ab. Als ob in seinem Gehirn ein Schalter umgelegt wurde, begann er, wieder ganz Ingenieur zu sein und krempelte die Ärmel hoch.

Thure fragte nicht nach, wie es Marianne gelungen war, die erforderlichen Genehmigungen für den Weiterbau zu erlangen, die von behördlicher Seite blockiert worden waren. Es war ihm im Grunde egal, auch wenn er natürlich neugierig war. Das Einzige, bei dem er sich nicht heraushalten konnte, waren die Verhandlungen um einen besonderen Auftrag, den ersten, den er mit dem Luftschiff zu erfüllen gedachte und der die Rache vollenden würde, weil der Auftrag eigentlich das Prestige der Gräfin von Paapen mehren sollte. Zwar hatte Marianne durchaus das technische Verständnis, den Kunden erklären zu können, was an der Alternative Luftschiff so viel besser sein sollte, als an der traditionellen Transportmethode, aber ihre Verhandlungspartner waren ausschließlich männlich und trauten der Frau in dieser Hinsicht nicht besonders.

Abgesehen davon ließen sich solche Gespräche nicht geheim halten. Thure ging davon aus, dass die Gräfin inzwischen sehr genau wusste, was in Fuhlsbüttel geschah, und dieser Gedanke war dazu geeignet, allen Mut zu verlieren.

Wenn du nicht mehr kämpfen kannst, dann kannst du auch gleich ins Wasser gehen!, hatte sein Vater gesagt, als sie einmal gemeinsam am Heck des Schiffes gestanden hatten, auf dem sich sein Vater als Heizer verdingte und auf dem er Thure als Schiffsjungen eingeführt hatte. Nach dem Tod von Thures Mutter und der kleinen Schwester hatte Hans Sorensen nichts mehr in Hamburg gehalten. Ihm blieb nur das Auswandern. Damit hatte er den Grundstein zu Thures typisch amerikanischer Karriere gelegt.

»Keine Bange, ich vergesse nicht, wie man kämpft!«, murmelte Thure und kletterte zum Leitwerk des Luftschiffes hoch, um die letzten Feinjustierungen vorzunehmen. Nachdem er das erledigt hatte, wandte er sich unscheinbaren Haken zu, die in einer Vertiefung in dem Gerippe des Luftschiffes an der Unterseite des Hecks angebracht waren. Die Arbeiter hatten sie korrekt installiert und Thures Lippen umspielte ein hinterhältiges Lächeln. Diese Aufhängung war eine Art Lebensversicherung für ihn. Ganz sicher würde die Gräfin von Paapen nicht zulassen, dass sein Luftschiff den Auftrag erfüllen konnte, sollte Marianne es schaffen, ihn zu bekommen. Sie würde versuchen, das Luftschiff vom Himmel zu holen. Doch das würde er ihr so schwer machen wie nur irgend möglich.

Eine großartige Schiffstaufe, wie sie für Wasser- und auch Luftfahrzeuge üblich war, musste für die Rübe von Fuhlsbüttel, wie sie von den Arbeitern fast zärtlich genannt wurde, entfallen. Doch das Fest, das Marianne Hinrichs für die Belegschaft ihres kleinen Familienbetriebes organisierte, entschädigte die Arbeiter für den entgangenen großen Bahnhof. Und ein kleines bisschen trauerten sie alle darum, dass mit der Rübe wohl auch die Ära der Luftschiffe in Fuhlsbüttel ein Ende haben würde. Keiner war so naiv zu glauben, dass es noch mehr von ihrer Sorte geben würde. Jedenfalls nicht in Hamburg.

Während die Männer in der Halle unter ihrem Werkstück feierten, nahm Marianne Thure beiseite. »Wir haben den Auftrag, aber nur wenig Zeit. Zwar habe ich die Auftraggeber davon überzeugen können, dass es mit dem Luftschiff schneller und effektiver ist, das sperrige Gut an seinen Bestimmungsort zu bekommen, aber sie misstrauen der neuen Technik. Es sind bodenständige Leute. Und von Paapen wird versuchen, uns daran zu hindern. Der Jungfernflug muss also der Flug zur Übernahme der Last sein. Keine Tests mehr. Trauen Sie sich das zu? Und dem Schiff?«

Ihre Stimme hatte geschäftsmäßig geklungen, doch Thure war das leichte Zittern in ihrer Stimme nicht entgangen. Er ahnte, warum. Wenn der Auftrag ausgeführt wurde, würde sie ihren finanziellen Einsatz wieder herausbekommen. Wenn nicht, und wenn auch die Last verloren ginge, dann würden die Konventionalstrafen und die Ersatzleistungen ihr Vermögen auffressen.

»Das Schiff schafft das. Die Unwägbarkeiten liegen woanders. Aber auch dafür habe ich vorgesorgt!«

Auch wenn er ihn schon oft erlebt hatte, so war der Moment des ersten Verlassens der Halle ein großartiger Moment. Ergriffen stand Thure auf dem Vorfeld und beobachtete, wie sich die *Stolz von Fuhlsbüttel*, wie Marianne das Schiff letztendlich getauft hatte, langsam aus dem engen Korsett der Halle bewegte. Neben ihm stand Marianne und knetete nervös die Hände. In dem kleinen Führerstand kurz hinter der Spitze des leicht gebogenen, zigarrenförmigen Schiffes winkte ihnen Karl entgegen. Das Schiff benötigte keine Unterstützung durch die Männer auf dem Boden, keine Seile verhinderten ungewollte Bewegungen. Das Schiff steuerte mit Hilfe von Thures Neuerungen am Leitwerk sicher aus der Halle und blieb davor in der Luft stehen. Die Arbeiter jubelten und warfen ihre Mützen und Hüte in die Luft.

Das Schiff sank tiefer und eine Leiter wurde ausgeklappt. Thure half Marianne, die sich zweckmäßig in Reitkleidung statt in einem Kleid eingefunden hatte, in den Führerstand und kam hinterher.

»Auf nach Rotterdam, Kapitän Brantrup«, kommandierte Marianne mit bebender Stimme. »Jetzt zählt alles.«

»Das hat es schon die ganze Zeit – nur jetzt werden die Karten neu gemischt!«, murmelte Karl in seinen Bart und ließ das Schiff steigen.

Zu einfach.

Das Ganze war viel zu einfach!

Je weiter sie mit ihrer Last unter dem Bauch ins deutsche Binnenland in Richtung Hamm-Uentrop vorrückten, wohin sie eine unförmige, schwere Turbine schaffen sollten, desto nervöser wurde Thure. Trotz seiner Müdigkeit ließ seine Aufmerksamkeit nicht nach. Auch Karl und Marianne waren alarmiert und ließen keinen Millimeter Luftraum um das Schiff unbeobachtet. Thure sah auf den Boden unter ihnen und entdeckte einen kleinen Schatten, der dem massigen Schatten des Luftschiffes folgte. Er rannte los wie ein aufgestörter Sperling, bevor irgendjemand etwas anderes tun konnte. Er kletterte in die Stahlverstrebungen der tragenden Hülle und hastete auf einem schmalen Laufsteg weiter nach hinten, in die Mulde, die er nach außen hin mit dünnen Stoffbahnen verkleidet hatte. Nun war die Mulde nicht mehr leer, sondern von ihm und Karl mit einer weiteren Erfindung gefüllt. Einem kleinen Bastard aus Jagdflugzeug und Luftschiff. Das Ding, wie er es selbst nannte, in Ermangelung einer anderen, zutreffenderen Bezeichnung, besaß eine tragende Luftblase, aber Antrieb und Flügel wie ein Flugzeug. Er schwang sich in die schmale, offene Kanzel und löste eine Verriegelung. Die Haken, an denen das Fluggerät hing, lösten sich und es fiel nach unten durch die Stoffbahnen in den freien Himmel.

Thure sprach ein Stoßgebet, da er das Gerät noch nie getestet hatte, um die Geheimhaltung zu wahren. Doch es verhielt sich genau so, wie er es sich vorgestellt hatte. Die Heliumblase fing den Sturz ab, das Gerät stand in der Luft wie eine Wolke bei Windstille, während das große Luftschiff weiter zog. Ein Jagdflugzeug, ein Modell, das man gerade erst in Berlin entwickelt hatte, flog an ihm vorbei und Thure bemerkte mit Befriedigung den hektischen Schlenker, den der andere ziehen musste, um nicht mit dem plötzlich aufgetauchten Hindernis zu kollidieren. Thure erkannte, dass das Flugzeug eine Druckluftkanone besaß. Er kannte die Durchschlagskraft dieses Kalibers. Thure war sofort klar, was der Pilot der Maschine ohne Kennung vorhatte: Den Kessel des Luftschiffes zur Explosion zu bringen.

Der Jäger flog einen Bogen, während sich Thures unförmiges Luftobjekt an der Stelle drehte, an der es sich befand. Ihm war klar, dass es albern aussah, aber darin lag seine größte Chance: unterschätzt und ausgelacht zu werden. Er selbst hatte keine Bewaffnung an Bord, denn das war für die zivile Nutzung von Luftschiffen verboten, doch niemand konnte ihm die Druckluftharpune verbieten, wie Walfänger sie benutzten.

Tatsächlich schien ihn der Pilot zu ignorieren und flog auf das sich entfernende Luftschiff zu, dabei kam er so dicht an Thures Flugzeug vorbei, dass Thure das hämische Grinsen des Jägers erkennen konnte. In diesem Moment schoss Thure seine Harpune ab. Im Gegensatz zu Walfängerharpunen hatte sie kein Rückholseil und zielen konnte er auch nicht. Das war auch nicht nötig, denn der andere war überheblich genug, ihm sehr nahe zu kommen.

Die Wucht des geschmiedeten Stahls durchschlug den Kessel des Dampfflugzeugs und nahm ihm schlagartig alle Flugfähigkeit. Wie ein Stein stürzte die Maschine mit einem dicken Kondensstreifen ab und schlug im Wald ein. Thure zuckte die Schultern und lenkte sein Fluggerät zum Luftschiff, nicht ohne alles, was er vorher nicht hatte testen können, auszuprobieren. Ein kindliches Lachen entrang sich seiner Kehle und das erhebende Gefühl, einmal im Leben der Größte zu sein, füllte sein Herz.

Unschlüssig stand Thure neben dem Pfeiler, an dem man das Luftschiff wie einen Hund angebunden hatte, und beobachtete den Trubel von weitem. Die Auftraggeber feierten die schnelle und unproblematische Abwicklung des Schwertransportes, der sie unter anderen Bedingungen um Wochen im Bau des neuen Dampfkraftwerkes zurückgeworfen hätte. Über den kleinen Fluss Lippe hätte man kein entsprechendes Frachtschiff leiten können, es wäre erforderlich geworden, die Last über Land vom Rhein oder der Weser aus zu transportieren. Doch das wäre ein extrem kostspieliges bis unmögliches Unterfangen gewesen, selbst wenn man die Turbine vollständig auseinandergenommen hätte. Thures Luftschiff war ein Geschenk des Himmels gewesen, doch er hatte keine Lust, sich auf einen Sockel heben zu lassen. Zumal der Erfolg ihm die Rückkehr nach Hamburg verwehren würde, dafür war sicher schon gesorgt. Er konnte nur hoffen, dass die zufriedenen Auftraggeber ihm andere Möglichkeiten eröffneten.

Etwas wehmütig strich er über die Fluke des Leitwerkes, die so dicht über dem Boden schwebte, dass er sie gerade noch berühren konnte.

»Was hast du denn, Kleiner?«, fragte ihn unvermittelt jemand von hinten und Thure zuckte zusammen, obwohl er Karls Stimme erkannte.

»Wir sind heimatlos, Karl, ein Zurück nach Hamburg gibt es nicht. Macht dich das nicht traurig? Du bist doch mit der Stadt noch viel verbundener als ich!«

Karl zuckte die Schultern und wies auf Marianne, die sich mit raschen Schritten näherte. »Auf zu neuen Ufern, Thure, dafür bin ich immer zu haben. Ich bin schließlich Kapitän!«

Verwirrt sah Thure von Karl, der sich mit einem Augenzwinkern entfernte, zu Marianne. »Was machen Sie denn für ein Gesicht, Herr Ingenieur, es ist ein Feiertag! Ich habe eben per Telegramm erfahren, dass die Gräfin einen Tobsuchtsanfall bekommen hat. Wir haben gewonnen: Ich habe Vaters Ehre wiederhergestellt, Sie haben das

Luftschiff gebaut, an dem Ihr Herz hing.«

»Aber wir können nicht nach Hamburg zurück und die Gräfin wird nichts unversucht lassen, uns doch am Ende in den Orkus zu treten. Wir haben sie lächerlich gemacht«, seufzte Thure. Er konnte wieder nicht den Blick von Mariannes Gesicht abwenden, denn die fast kindliche Freude über ihren Triumph ließ ihre ganze Gestalt strahlen. Sie kam ihm immer mehr wie ein Engel vor und er musste sich eingestehen, dass er diesem Engel hörig und verfallen war. Mehr als jemals zuvor einer anderen Frau.

In Mariannes Augen blitzte der Schalk und er ahnte, dass sie ganz genau wusste, welche Wirkung sie auf den in Liebesdingen unbedarften Ingenieur hatte.

»Auf zu neuen Ufern!«, wiederholte sie Karls Worte. »Ich habe mit einem Freund meiner Mutter aus Wien, meiner zweiten Heimat, gesprochen. Er ist begeistert von Luftschiffen, weil sie auch in den engen Gebirgstälern ohne Lande-bahn Menschen und Material transportieren können. Er ist ganz begierig darauf, die ganzen Neuerungen kennen zu lernen, die ein gewisser junger Deutscher erfunden hat, und träumt bereits von einer ganzen Flotte kleiner Luftschiffe, die helfen, die Alpen für Mensch und Technik zu erobern. Was halten Sie davon?«

Marianne baute sich vor Thure auf, so nah, dass sie einander fast berührten. Diese Nähe ließ jeden Widerstand in Thure zusammenbrechen, er konnte gar nicht anders, als ein Ja zu hauchen. Umso mehr überraschte es ihn, als ihm Marianne den Arm um den Hals schlang und ihm einen Kuss auf den Mund drückte. »Na, dann lass uns die Luftblase starten! Ab nach Wien, auf in ein neues Leben.«

Fast ein bisschen Hilfe suchend sah sich Thure nach Karl um, der unter seinem Bart breit grinste. »Ich sorge schon mal dafür, dass Dampf im Kessel ist. Kurs Wien, allerdings mit einem kleinen Umweg, in den Nachrichten war was von einem Anschlag in München zu hören, oder war es ein Aufstand? Einfach großräumig umfliegen.«

München

Minimale Chancen

Michael Wozonig

Erneut zählte ich die Münzen in meiner Hand. Es war nicht das erste Mal, dass ich an diesem Abend enttäuscht auf mein bescheidenes Vermögen starrte und wahrscheinlich würde es auch nicht das letzte Mal bleiben. Irgendwie hoffte ich einfach, wenn ich nur oft genug nachzählte, würde sich mein Geld plötzlich auf magische Weise vermehren. Hätte ich nur ein bisschen mehr, dann könnte ich mir wenigstens eine Flasche Fusel kaufen oder auch eine Fahrkarte zu den Fabrikarbeiterbaracken vor der Stadt. Verärgert schob ich diesen Gedanken beiseite. In die Baracken würde ich auf keinen Fall zurückkehren, lieber würde ich mich weiterhin als Tagelöhner und Bettler durchschlagen. Entschlossen stopfte ich das Geld in die Tasche meiner Jacke und schlenderte weiter durch die Straßen Münchens. In wenigen Tagen würde das Oktoberfest stattfinden. Es wäre doch gelacht, wenn es dort für einen kräftigen jungen Mann keine lohnende Arbeit gäbe!

Ich schlenderte noch eine Weile ziellos durch die Stadt. Es war zwar schon recht spät geworden, doch das machte mir nichts aus. Ich spazierte gerne nachts durch München, alles war ruhig und friedlich. Außerdem musste ich mir so wenigstens eine Weile keine Gedanken darüber machen, wie ich eine Unterkunft finden sollte. Natürlich war es nicht ganz ungefährlich, so ganz allein durch dunkle Gassen zu wandern, doch ich machte mir keine Sorgen. Mich auszurauben wäre der Mühe nicht wert und die halbstarken Schläger, die nachts aus ihren Löchern krochen, ließen mich auch meistens in Ruhe. Ich war immer schon kräftig, vermutlich lag das an der jahrelangen, harten Arbeit in der Fabrik. Mein Bruder aber sagte immer, ich hätte die Statur unseres Vaters geerbt. Das war möglich, ich wusste es nicht, schließlich hatte ich meinen Vater nie kennengelernt. Wie dem auch sei, für die Raubtiere der Straße gab es genug leichtere Opfer als mich, also ließen sie die Finger von mir. Seit ein paar Wochen waren die Straßen ohnehin so sicher wie das ganze übrige Jahr nicht. Während des Oktoberfestes sollte es keinen Ärger geben, schließlich ging es um das Ansehen der Stadt. Die Polizei hatte der Unterwelt schnell klar gemacht, dass sie es ernst meinte. Selbst der dümmste Unruhestifter verstand eine Botschaft, wenn sie ihm nur lang genug mit dem Schlagstock eingehämmert wurde.

Plötzlich erweckte ein schriller Schrei meine Aufmerksamkeit. So viel zum Thema sichere Straßen. Ein weiteres Kreischen erklang. Es war eine Frauenstimme, die um Hilfe rief. Diesmal glaubte ich zu erkennen, aus welcher Richtung die Geräusche kamen und lief los. Gleich in der nächsten Quergasse sah ich ein junges Paar, feine Pinkel. Er in Anzug und Zylinder gekleidet, sie trug ein gerüschtes helles Kleid und ein albernes kleines Käppchen. Die beiden Snobs hatten in dieser Gegend eindeutig nichts verloren.

Die Frau brüllte hysterisch herum, während der Mann mit seinem niedlichen Spazierstock auf eine Gestalt vor ihm einschlug. Der Angreifer stand im Schatten, sodass ich ihn nicht gut erkennen konnte. Mit ein paar schnellen Schritten war ich bei dem Angreifer, packte ihn an seinem Umhang, holte zum Schlag aus … und erstarrte. Ich blickte in dämonisch rote Augen, die mir gespenstisch aus einem leichenblassen Gesicht entgegen leuchteten.

Erschrocken stieß ich das Monster von mir. Gerade noch rechzeitig, denn es hieb mit einer metallisch funkelnden Klaue nach mir, die den Stoff meiner Jacke mühelos in Streifen schnitt. Mit einem gewaltigen Satz sprang die Gestalt mehrere Meter weit, bis ans andere Ende der Gasse. Nun bekam ich es endgültig mit der Angst zu tun. Mit gackerndem Gelächter zog die angsteinflößende Gestalt einen klobigen Apparat hinter dem Rücken hervor und hielt ihn in meine Richtung. Ich wusste nicht genau, was es war, aber ich hatte kein gutes Gefühl, als das auf mich gerichtete Rohr zu vibrieren begann. Ich warf mich zu Boden.

Eine weiße Dampffontäne schoss über mich hinweg und verbrühte meinen Rücken. Ich biss die Zähne zusammen und versuchte, die Schmerzen zu verdrängen. Ich krabbelte los, so schnell ich konnte, wollte nur noch weg. Ein weiterer Dampfstrahl schnitt mir den Weg ab. Fluchend rollte ich zu Seite. Mein Atem wurde immer schneller, ich geriet langsam in Panik. Das Ende der Gasse schien endlos weit weg, viel zu weit, um es lebend zu erreichen. Ich konnte nicht fliehen, lag als lebende Zielscheibe auf der Straße, war am Ende. Ich schob diesen Gedanken beiseite und verdrängte meine Furcht.

Irgendeine eine Chance zu gewinnen, egal wie klein oder unwahrscheinlich sie auch war, gab es immer. Ich sprang auf die Beine und stürmte zornig brüllend auf meinen Gegner zu. Er richtete wieder seine Waffe auf mich. Ich packte den Lauf, riss ihn mit einem Ruck nach oben und eine Dampfsäule schoss in den Himmel. Mit schmerzerfülltem Schrei ließ ich den glühend heißen Lauf los.

Ich glaubte meinen Augen kaum zu trauen, als die Kreatur blitzschnell und aus dem Stand auf ein nahes Hausdach sprang, und nach einer spöttischen Verbeugung in die Dunkelheit entschwand. Geistesabwesend ließ ich mich erschöpft gegen eine Wand sinken. Sofort zuckte ich zurück. Mein verbrühter Rücken schmerzte bei der Berührung mit der kühlen Mauer höllisch. Das sollte mir eine Lehre sein, mich in Zukunft nicht mehr kopflos in fremde Angelegenheiten einzumischen.

Ein paar Stunden später hatte ich meine Meinung geändert. Mein beherztes Eingreifen hatte sich gelohnt. Frank Cunningham, der reiche Gockel, dem ich zu Hilfe gekommen war, wusste, wie er sich für meine Hilfe erkenntlich zeigen konnte. Nicht dass er sich dazu herabgelassen hätte, mir zu danken, das hätte ich von einem reichen

Industriellensöhnchen auch nicht erwartet. Aber stattdessen hatte er ein bisschen mit seinem Geldbeutel geklimpert. Eine Schar dienstbeflissener Lakaien war erschienen und um mich herumgewuselt.

Meine Wunden wurden bandagiert, ich wurde neu eingekleidet und zuvor sogar gebadet. Nun gut, das stimmt nicht ganz, das Baden hatte ich schon selbst erledigt. Aber wer weiß, was passiert wäre, hätte ich die Tür des Badezimmers nicht mit einem Stuhl verkeilt. Schließlich, nachdem die ganze Aufregung sich etwas gelegt hatte, lehnte ich mich sauber, satt und zufrieden in einem Sessel zurück, entzündete mir eine feine Zigarre, ließ mir genüsslich einen Schluck Brandy die Kehle hinunterrinnen, schloss die Augen und legte die Füße hoch.

Ein pikiertes Räuspern ließ mich hochblicken. Herr Cunningham, der mir gegenübersaß, blickte bedeutsam auf meine auf dem Tisch liegenden Schuhe. »Herr Hartmann, ich sagte zwar, Sie sollten sich hier wie zu Hause fühlen, aber man kann es auch übertreiben.«

Sein britischer Akzent hörte sich für mich sehr ungewohnt an, ich hatte mich zuvor noch nie mit einem Engländer unterhalten. Verlegen stellte ich meine Füße zurück auf den Boden.

»Entschuldigung, Herr Cunningham, ich wollte Ihren schönen Tisch nicht dreckig machen. Bitte nennen Sie mich Bruno.«

»Kein Problem Bruno, der Tisch gehört ohnehin nur dem Hotel. Sie können mich gerne Frank nennen.«

Cunningham und ich rauchten gemütlich unsere Zigarren fertig. Schließlich stand ich auf.

»Ich denk, ich werd dann mal. Danke für das leckere Essen und die neuen Klamotten und so.«

»Warten Sie Bruno, ich habe eine Idee. Sie suchen doch Arbeit. Wie wäre es, wenn ich Sie dafür bezahle, sich Spring Heeled Jack zu schnappen?«

»Wen?«

»Spring Heeled Jack, scheußliche Maske, Sprungfedern unter den Stiefeln, hat versucht mich umzubringen, Sie wissen schon.«

»Oh, der Kerl. Was hat der eigentlich für ein Problem mit Ihnen?«

»Sehen Sie Bruno, ich leite eine kleine aber äußert fähige Schauspielgruppe. Nicht des Geldes wegen, versteht sich. Die regelmäßigen Überweisungen meines Vaters erlauben mir glücklicherweise Ärgernisse wie Arbeit zu vermeiden. Die Tätigkeit auf der Bühne macht mir Spaß, ich entscheide, welche Stücke aufgeführt werden und spiele die Rollen, die mir gefallen. Hier liegt das Problem. Während des Oktoberfestes führen wir auf unserer Wanderbühne ein neues Stück auf, ich schlüpfe dafür in die Rolle des Spring Heeled Jack.«

Er sah mich erwartungsvoll an.

»Was ist so interessant an dem Irren?«

Frank seufzte. »Er ist nur der bekannteste maskierte Schurke Englands. Offensichtlich fühlt er sich durch meinen geplanten Auftritt beleidigt und versucht nun, mir Schaden zuzufügen. Werden Sie mir helfen?«

»Ich denk nicht dran. Soll sich doch die Polizei darum kümmern.«

»Jack gilt als modernes Märchen. Sie haben ja gesehen, wie ungläubig der Wachtmeister mich angesehen hat, als ich ihm erzählt habe, wer mich angegriffen hat.«

»Schön, Sie haben doch genug Kohle, leisten Sie sich ein paar echte Leibwächter.«

»Ich will aber Sie.«

»Warum?«

»Zum einen wissen Sie, dass Jack existiert, Sie haben ihn schließlich selbst gesehen. Und außerdem hatten Sie die Nerven, ihn anzugreifen.«

»Trotzdem gibt es sicher Leute, die besser auf Sie aufpassen können als ich.«

»Sie haben etwas falsch verstanden. Es geht nicht darum, mich zu schützen, sondern darum, Jack das Leben etwas schwerer zu machen. Sehen Sie, ich fürchte den Tod nicht, ohne ihn wäre unser Dasein ewig.«

»Das klingt doch gut.«

»Nein, der Meinung bin ich nicht. Sie fühlen sich momentan sichtlich wohl, Bruno. Sie haben gut gegessen, Sie genießen Ihren Drink und Ihre Zigarre, es geht Ihnen gut. Würden Sie aber ewig leben, würden Sie das dann noch zu schätzen wissen? Hätten Sie eine solche Situation schon tausende Male erlebt und wüssten, dass unzählige vergleichbare Abende folgen würden, hätten Sie dann noch Freude daran?«

»Ja aber klar, da können Sie Gift drauf nehmen.«

Frank seufzte.

»Ich erwarte nicht, dass Sie das verstehen Bruno, aber wenn man stets alles, was man begehrt, erhält, wird der Geschmack schnell schal. Es nimmt einem jeden Antrieb, nichts mehr zu haben, nach dem es sich zu streben lohnt. Selbst während der kurzen Lebensspanne eines Menschen kann die Langweile ein furchtbarer Feind sein.«

Frank lächelte mir verschwörerisch zu.

»So gesehen müsste ich Jack eigentlich dankbar sein. Mit seinem Mordversuch hat er mir zumindest etwas Ablenkung verschafft.«

»Wie auch immer, ich werde mich von dem Wahnsinnigen fernhalten.«

»Kluge Entscheidung, Bruno. Ich hätte Sie zwar großzügig bezahlt, aber es wäre zu gefährlich gewesen. Gegen Jack hätten Sie keine Chance.«

»Es gibt immer eine Chance, Frank.«

»Das werden wir wohl nie herausfinden, schließlich möchten Sie sich nicht mit ihm messen.«

»Ich könnte, wenn ich wollte.«

»Sie wollen aber nicht. Ich schätze, jeder an Ihrer Stelle hätte Angst.«

»Versuchen Sie mich zu manipulieren, Frank?«

»Funktioniert es?«

»Sie erwähnten eine großzügige Bezahlung …?«

Frank nannte eine obszön hohe Zahl und schon waren wir im Geschäft.

Die nächsten Tage verbrachte ich damit, auf dem Festgelände bei den Bühnenaufbauten für Cunninghams Truppe zu helfen, Frank so gut wie möglich im Auge zu behalten und mich nach Spring Heeled Jack zu erkundigen. Die englischen Schauspieler und Bühnenarbeiter wussten einige Geschichten über ihn zu erzählen. Ließ man die ganzen märchenhaften Ausschmückungen beiseite, war es immer das Gleiche: Ein maskierter Mann erschien aus dem Nichts, erschreckte gut betuchte Bürger, bevorzugt Frauen, und flüchtete mit gewaltigen Sprüngen in die Nacht. Ich glaube, er war schon eine ganze Weile hinter Frank her, zumindest schien er immer in der Nähe von Franks Wanderbühne zuzuschlagen. Ich fand aber keinen Hinweis darauf, warum er hinter Cunningham her war.

Zum Teil waren die Geschichten widersprüchlich, immer öfter war Jack angeblich an zwei Orten gleichzeitig gesichtet worden. So wie ich das sah, war der Kerl nichts weiter als ein echt krankes Arschloch. Aber er hatte noch nie jemanden umgebracht, zumindest bis jetzt. Und er würde auch keine Gelegenheit mehr dazu bekommen, wenn ich ihn in die Finger bekam, was aber nicht ganz einfach war.

Jack war zwar irre, aber auch irre gefährlich mit seiner Dampfkanone und den Sprungfedern. Ich musste mir auch ein paar von diesen netten Spielzeugen zulegen, mit dem Vorschuss von Frank sollte das doch machbar sein. Frank hatte nichts dagegen, dass ich tagsüber allein blieb, Jack griff ohnehin nur bei Nacht an.

Meine Suche gestaltete sich schwieriger als gedacht. Ich hatte zwar ein paar Leute getroffen, von denen man mir versichert hatte, sie verstünden etwas von Technik, aber die konnten oder wollten mir nicht weiterhelfen. Schließlich war ich verzweifelt genug auf einem Schrottplatz nach einem Bastler, nein noch schlimmer, nach einer Bastlerin zu suchen. Ihr Name war Lotti, und man hatte mir gesagt, sie wäre ein ziemlich guter Mechaniker, zumindest für eine Frau.

Schnell hatte ich sie gefunden und nachdem ich mich vorgestellt hatte, kam ich gleich zum Punkt.

»Lotti, ich möchte, dass du etwas für mich baust.«

»Und was?«

Ich legte eine zerfledderte Zeitschrift, die ich einem der englischen Schauspieler abgekauft hatte, auf den Tisch und deutete auf die Zeichnung auf dem Titelbild.

»So etwas.«

Lotti las die Überschrift und schmunzelte. »Ich soll dir also einen Spring Heeled Jack bauen?«

Ich winkte ab.

»Ach Quatsch, ich hätte gerne solche Sprungfedern und die Metallkrallen und solches Zeug.«

Lotti zückte einen Notizblock und kritzelte darauf herum.

»In Ordnung, Bruno, was noch?«

»Das ist zwar nicht auf dem Bild, aber ich hätte gerne so ein beeindruckendes Teil, das mit Dampf schießt.«

Lotti notierte das mit betont ernster Miene.

»Also gut, Sprungfeder, Metallkrallen und eine Dampfkanone. Möchtest du auch hydraulische Panzerrüstung und ein paar Brandbomben?«

»Du machst dich über mich lustig, stimmts?«

Lotti schmunzelte.

»Stimmt.«

»Keine Dampfkanone?«, fragte ich enttäuscht.

Sie schüttelte lachend den Kopf. »Keine Dampfkanone.«

»Keine Metallkrallen?«

»Die könnte dir selbst ein Affe bauen, aber ich werde dir nicht dabei helfen, Leute aufzuschlitzen.«

»Keine Sorge, das hatte ich nicht vor. Was ist mit den Sprungfedern?«

»Die könnte ich natürlich konstruieren, aber das würde dir nichts bringen.«

»Wieso nicht?«

»Simple mechanische Federn würden dich mit so viel Wucht in die Höhe schleudern, dass deine Beine brechen würden.«

»Mir haben heute schon ein paar Leute gesagt, dass die Dinger nicht funktionieren würden, aber du bist die Erste, die es mir so erklärt hat, dass ich es kapiert habe.«

»Natürlich könnte man Stoßdämpfer austüfteln, aber ohne Muster würde es lange dauern, so etwas zu entwickeln und ich habe dafür leider keine Zeit. Ich bin gerade mit einem anderen Projekt beschäftigt.«

»Aber die Beinbrecherfedern kriegst du hin?«

»Die sind zwar nutzlos, aber wenn du unbedingt willst, habe ich sie bis heute Abend fertig.«

Lotti hatte sich richtig Mühe mit den Federn gegeben, und mir die Dinger so unter die Schuhe montiert, dass man sie fast nicht sehen konnte. Ohne Stoßdämpfer waren das natürlich ziemlich nutzlose Spielzeuge, aber so hatte ich wenigstens nicht das Gefühl, mit leeren Händen in meine Unterkunft zurückzukehren.

Selbstverstümmelungs-Sprungfedern, das war das ganze Ergebnis von zwei Tagen harter Arbeit. Darüber hinaus hatte ich nichts, vor allem keine Ahnung, wo ich Jack finden konnte. Also würde mir nichts anderes übrig bleiben als auf Jacks nächsten Angriff zu warten. Jeder Mann mit nur ein bisschen Grips hätte diesen Auftrag vermutlich in den Wind geschossen. Aber kluges Handeln war ein Luxus, den ich mir nicht leisten konnte.

Es war dumm gewesen, die Fabrik zu verlassen, es war dumm gewesen, ohne Erspartes in die Stadt zu gehen, und es war genauso dumm gewesen, in einer dunklen Gasse auf einen Hilferuf zu reagieren. Es gibt keine klugen, raffinierten Chancen für Malocher wie mich.

Nur, wenn man zu dämlich war, um seinen Platz in der Welt zu akzeptieren, wenn man nicht begreifen wollte, dass es nahezu unmöglich war, sein Schicksal zu ändern, dann bekam man vielleicht eine klitzekleine Chance auf einen Neuanfang. An diesem Abend erreichte das Oktoberfest seinen Höhepunkt. Frank würde sein Stück aufführen, Jack würde also auf jeden Fall zuschlagen.

Die Aufführung nahm ihren Gang. Ich konnte vor Aufregung kaum stillstehen. Das Publikum war von der Darbietung begeistert. Von Jack war nichts zu sehen und ich wurde immer nervöser. Das Stück würde nicht mehr lange dauern. In der letzten Szene würden drei Mönche Spring Heeled Jack stellen. Ich weiß nicht genau, wieso. Ich schätze, das sollte irgendwie symbolisch sein: der Glaube bezwingt den bösen Geist oder etwas in der Art. Ich fand das Stück reichlich absurd, wahrscheinlich hatte ich es nicht ganz verstanden, doch die weiten Kutten der Mönch brachten mich auf eine Idee. Ich ging hinter die Bühne hielt einen kleinen Plausch mit den Schauspielern. Es kostete mich ziemlich viel Überredungskunst, doch ich bekam, worauf ich aus war.

Einer der Darsteller überließ mir seinen Platz und so stand ich kurz darauf auf der Bühne vor einem Haufen begeistert klatschender Zuschauer. Ich fühlte etwas Lampenfieber, das lenkte mich wenigstens etwas vor meiner Angst vor Jack ab. Wo war er denn nur? Das Stück dauerte nur noch wenige Minuten und von ihm war immer noch nichts zu sehen. Warum? Daran, dass ich auf ihn lauerte, konnte es nicht liegen. In meiner Mönchsverkleidung mit der weiten Kapuze konnte er mich unmöglich erkennen. Außerdem glaube ich nicht, dass ich Jack bei unserem letzten Zusammentreffen besonders beeindruckt hatte.

Ich war als erster Mönch auf die Bühne getreten. Zum Glück hatte ich keine Sprechrolle. Ich musste nichts weiter tun als schweigend vor Frank zu stehen, während dieser einen Monolog hielt. Der zweite Mönch betrat die Bühne und stellte sich links neben mich. Cunninghams schier endloser Monolog ging immer weiter, keine Ahnung, warum dem Publikum das gefiel. Schließlich gesellte sich der dritte Mönch zu uns. Als er sich rechts neben mich stellte, trat er auf den Saum seiner Kutte und wäre fast gestolpert, doch ich stützte ihn rechzeitig ab und er fand sein Gleichgewicht wieder. Mit etwas Glück hatten die Zuschauer das kurze Straucheln nicht bemerkt.

Der scheinbar endlose Monolog dauerte weiter an. Irgendetwas stimmte nicht, doch ich kam nicht gleich darauf, was. Ich ließ meinen Blick über das Publikum schweifen, suchte nach einer dämonischen Maske in der Menschenmenge, doch es war nichts zu erkennen. Also blieb mir wieder nichts anderes übrig, als abzuwarten. Ich überprüfte unauffällig die Länge meiner Kutte, aber es bestand keine Gefahr, dass mir das gleiche Missgeschick passieren könnte, wie meinem Kollegen, meine Verkleidung war nämlich etwas zu kurz. Kein Wunder ich war ja auch ein Stückchen größer als der Schauspieler, der das Gewand eigentlich tragen sollte.

Plötzlich war mir klar, was mich vorher gestört hatte. Ich wirbelte zu dem Darsteller zu meiner Rechten herum und stieß ihn mit aller Kraft von der Bühne. Es war nicht seine Kutte zu lang, sondern es war eine kleinere Person hineingeschlüpft. Der vermeintliche Schauspieler landete direkt vor den Zuschauern. Er rollte elegant ab und sprang, entledigte sich im Sprung seiner Kutte und landete auf der Bühne. Das Publikum jubelte und klatschte Beifall. Diese Idioten hielten das doch tatsächlich für einen Teil der Show!

Jack verneigte sich mit ausladenden Gesten vor den Zuschauern, mich schien er gar nicht mehr zu beachten. Gut, je sicherer er sich fühlte, desto eher würde er einen Fehler machen. Er sprang erneut, führte einen eleganten Salto aus, landete diesmal auf einem hohen Bühenaufbau über mir. Ganz langsam und höhnisch lachend zog Jack seine Dampfkanone hinter dem Rücken hervor und richtete sie auf Frank.

In der Ferne war plötzlich ein lauter Knall zu hören, am Rande des Festgeländes begannen kreischende Menschen verängstigt umherzulaufen. Jack sah sich verwirrt um, ließ seine Waffe ein Stück sinken. Jetzt war er abgelenkt, das war meine Chance. Ich verlagerte mein Gewicht so, wie Lotti es mir am Tag zuvor gezeigt hatte, und sprang.

Die Schmerzen, als die Sprungfedern mir die Beine brachen, waren noch viel schlimmer, als ich befürchtet hatte, doch verzweifelte Situationen erfordern nunmal verzweifelte Maßnahmen. Jack war völlig überrascht, als ich plötzlich zu ihm emporschoss. Ich schlang meine Arme um ihn und riss ihn mit mir in die Tiefe, wir prallten auf die Holzplanken der Bühne. Jack befreite sich schnell aus meinem Griff und verpasste mir einen schmerzhaften Tritt in die Seite.

Fluchend warf er seine verbeulte Kanone weg und stürzte sich auf Frank, hieb immer wieder mit seiner Metallklaue nach ihm. Doch dieser wusste sich zu helfen. Schlag um Schlag wehrte er mit seiner eigenen Klaue ab. Jack geriet langsam außer Atem, seine Bewegungen wurden langsamer, ungenauer. Ich robbte an Jack heran und schlang meine Arme um seine Beine. Frank stieß ihn zu Boden und kniete sich auf seine Brust. Ich konnte die Schmerzen meiner gebrochenen Beine nicht länger ertragen, mir wurde langsam schwarz vor Augen. Bevor ich das Bewusstsein verlor, hörte ich noch leise Franks Stimme: »Du warst nicht wirklich schlecht als Herausforderer …«

Jack röchelte, schnappte verzweifelt nach Luft, doch Cunningham fuhr ungerührt fort. »… aber auch nicht gut genug, um dich weiterleben zu lassen.«

»Herr Hartmann?«

Ich versuchte, die Augen zu öffnen, doch grelles Licht blendete mich.

»Sind Sie wach, Herr Hartmann?«

Ich brummte zustimmend und versuchte erneut, die Augen zu öffnen. Diesmal gelang es mir, auch wenn das Licht mir immer noch zu hell schien. Ein älterer Mann, in einem weißen Arztkittel gekleidet, musterte mich mit ernstem Gesichtsausdruck.

»Wie fühlen Sie sich, Herr Hartmann?«

»Ganz toll, Herr Doktor.«

Eigentlich meinte ich das ironisch, doch kaum, dass ich es gesagt hatte, wurde mir bewusst, dass es stimmte. Ich war merkwürdig zufrieden, ich fühlte mich leicht und unbeschwert, als würde ich nicht in einem Krankenhausbett liegen, sondern in der Luft schweben, wie ein Vogel, wie ein hübscher Vogel, wie ein hübscher bunter Vogel, wie ein …

»Ich habe Ihnen ein starkes Schmerzmittel verabreicht, möglicherweise fühlen Sie sich also etwas benommen.«

»Schmerzmittel, so, so.«Ich schätze, das erklärte einiges.

»Ja, ich hielt das für angebracht. Sie haben bei Ihrem Unfall zahlreiche Prellungen erlitten und ich muss Ihnen leider mitteilen, dass Sie mehrere Frakturen in Ihren unteren Extremitäten erlitten haben. Keine Sorge, Sie werden wieder ganz der Alte, doch die Heilung wird natürlich dauern.«

»Was ist eigentlich passiert?«

»Das weiß ich nicht genau, ein britischer Gentleman namens Cunningham hat Sie einliefern lassen und die Krankenhausrechnung im Voraus bezahlt. Er schien nicht gewillt, irgendwelche Fragen unsererseits zu beantworten. Er ließ Ihnen übrigens ausrichten, es täte ihm leid, dass er sich vor seiner Abreise nicht persönlich verabschieden konnte. Aber er war sicher, sein Abschiedsgeschenk würde Sie für diese Unhöflichkeit mehr als entschädigen.«

»Geschenk klingt schon mal gut.«

»Am Kopfende Ihres Bettes liegt eine Tasche, die Herr Cunningham für Sie hiergelassen hat. Ich lasse Sie nun erst einmal allein, Sie sollten sich etwas Ruhe gönnen. Am Abend werde ich wieder nach Ihnen sehen.«

Nachdem der Arzt gegangen war, fischte ich die große Tasche vom Boden. Das war nicht ganz einfach, da meine Beine mit merkwürdigen Metallgestellen am Bett fixiert waren. Ich öffnete das größere Fach zuerst, der Inhalt überraschte mich. Es enthielt eine weiße

Maske mit roten Augen, eine Metallklaue und ein paar Stiefeln an denen Sprungfedern montiert waren. Diese Modelle sahen weit raffinerter aus als die, die Lotti für mich gebaut hatte. An einem der Stiefel war ein Zettel befestigt, den ich sofort neugierig las:

Geschätzter Bruno,

vielen Dank für Ihre Hilfe.
Sollten Sie das Gefühl haben, für Ihre Mühen nicht ausreichend entschädigt worden zu sein, steht es Ihnen frei, mich in England aufzusuchen.

Hochachtungsvoll,
Spring Heeled Jack

Meine Verärgerung über diesen Fund verflüchtigte sich schnell, als ich den restlichen Inhalt der Tasche fand. Breit grinsend ließ ich die dicken Geldbündel, die ich gefunden hatte, durch meine Finger gleiten, lauschte dem Rascheln der Scheine. Frank, oder Jack, je nachdem, schien zu glauben, ich würde jetzt hinter ihm herjagen, aus Wut von ihm getäuscht worden zu sein. Er schien es regelrecht zu hoffen.

Nun ergab es Sinn. Er hatte mir ja bereits erklärt, dass er nahezu alles tun würde, um der Langweile zu entfliehen. Mittlerweile war ich sicher, dass der Jackimitator gute Gründe hatte, Frank zu jagen, wahrscheinlich hatte Cunningham ihn dazu angestiftet, so wie er das jetzt mit mir versuchte. Da würde er eine Enttäuschung hinnehmen müssen. Kleine Egospielchen verrückter gelangweilter Snobs interessierten mich nicht, wenigstens im Moment. Ich hatte nun genug Geld, um nicht mehr in die Fabrik zurück zu müssen, zumindest für einige Jahre.

Was ich machen würde, wenn das Geld zu Neige gehen sollte? Vielleicht würde ich Jack dann doch noch einen Besuch abstatten.

Spring Heeled Jack in seiner vertrauten Umgebung herauszufordern, würde natürlich sehr gefährlich werden, aber was solls? Mit schlechten Karten zu spielen war ich schließlich gewohnt. Wenn es sein musste, würde ich es einfach darauf ankommen lassen. Bis jetzt hatte das doch ganz gut geklappt.

Raketen und Revoluzzer

Damian Wolfe

Draußen war es stockdunkel, als Lotti die fertig reparierte Taschenuhr zuklappte und ihr Werk im Schein der Petroleumlampen begutachtete. Sie liebte die Zeit zwischen Mitternacht und dem Beginn der Frühschicht, wenn auf dem Gelände der Bayerischen Mechanisierungswerke die Dampfhämmer schwiegen und das Zischen der Leitungen verstummt war. Viel lieber hätte sie zwar bei den Werken gearbeitet, doch auf dem Gelände zu wohnen war besser als gar nichts. Plötzlich hörte sie schwere Schritte, die sich dem Versteck, das sie sich aus Schrott und Holz gebaut hatte, näherten.

»Kommen S' doch rein, Alois«, begrüßte Lotti den Mann, der sozusagen ihr Vermieter war, weil er sie nicht vom Hof jagte.

»Aber Fräulein Lotti, Sie wissen doch, dass ich durch das schmale Loch nicht durchpass'.«

Lotti gesellte sich nach draußen zu Alois, der wie immer nach Pfeifentabak roch.

»Ihre Uhr funktioniert wieder«, sagte sie lächelnd, froh darüber, dass Alois seine Nachtwächterlaterne dabei hatte.

»Wirklich? Das ist ja fast nicht möglich, wo ich alter Trampel doch draufgetreten bin.«

»So arg war es nicht«, log Lotti und präsentierte dem Nachtwächter das kleine Schmuckstück, der es behutsam aus Lottis schwieligen Händen nahm. »Und das hier nehmen Sie und machen es an der Uhr fest, damit sie nicht wieder runterfällt«, fügte sie an und übergab ihm das Kettchen, das sie am Morgen beim Rundgang über die menschenleere Wiesn entdeckt hatte.

»Jo mei, Fräulein Lotti, jetzt verwöhnen S' mich aber«, sagte Alois und kratzte sich verlegen am Bismarck-Schnäuzer.

»Immerhin lassen Sie mich hier wohnen. Sonst müsste ich wohl unter einer Isarbrücke hausen.«

»Fangen S' halt bei den Werken an.«

»Ach, Alois, Sie wissen doch, dass Frauen bei den Werken nur zum Putzen eingestellt werden«

Wie überall, fügte sie in Gedanken an und erinnerte sich an diese Marie, die ihr Geld damit verdiente, die Trambahnritzen zu reinigen.

»Vielleicht würde ja jemand Ihr Talent entdecken.«

»Wenn die Wiesn und Weihnachten auf denselben Tag fallen.« Lotti zog einen Schmollmund. »Oder wenn der Kaiser von Österreich auf einem goldenen Fahrrad daherkommt.«

»Das grad nicht, aber mit dem Zeppelin«, erwiderte Alois. Als Lotti ihn fragend anblickte, zog er eine Zeitung aus der Uniform. »Da stehts, im Abendblatt: Der Kaiser von Österreich kommt zum Staatsbesuch auf die Wiesn.«

Lotti stockte der Atem. Ein Zeppelin! In München!

»Darf ich die Zeitung haben?«, quiekte sie vor Aufregung.

»Ja, freilich«, antwortete Alois. »Ich muss eh auf meine Runde. Danke für die Uhr, Fräulein Lotti, und schlafen S' gut.«

Lotti winkte dem Nachtwächter hinterher, viel zu aufgeregt, um ihm dasselbe zu wünschen.

»Ach, es hat keinen Zweck«, seufzte Lotti.

Sie schlug die grobe Wolldecke zurück, setzte sich auf und rieb sich die Augen. Seit sie den Artikel über den Zeppelin gelesen hatte, war an Einschlafen nicht mehr zu denken. Sie beschloss, an die frische Luft zu gehen, zog sich den Kittel über und kroch ins Freie.

Gerade stellte sie sich vor, wie es wohl wäre, in einem Zeppelin zu fliegen, als sie ein Scheppern hörte. Unwillkürlich hielt sie den Atem an und duckte sich. Ein Blick auf ihre Taschenuhr verriet ihr, dass das nicht Alois gewesen sein konnte, denn der saß um diese Uhrzeit im Wachhäuschen.

Sie schlüpfte zurück in ihr Versteck, steckte das selbstgebaute Fernglas ein und machte sich auf die Pirsch. Wenn sie sich nicht irrte, war das Geräusch aus der Richtung gekommen, wo sich die Lagerhallen befanden.

Lotti schlich geduckt um einige Schrottberge herum, bis sie die größte der Hallen im Mondlicht sah. Sie hoffte, dass es hell genug war, um mit dem Fernglas etwas zu erkennen, denn näher heran als unbedingt nötig wollte sie wirklich nicht. Mit zitternden Fingern hob sie das Gerät vor die Augen und spähte hindurch: nichts. Nur die Halle, Schrott und schweres Gerät.

Allerdings sah es so aus, als stünde eine der Türen offen. Noch bevor sie sich fragen konnte, weshalb Alois das nicht bemerkt hatte, erschienen auch schon fünf Gestalten, die versuchten, zwei voll beladene Karren so leise wie möglich über das Gelände zu ziehen.

Lotti wusste, dass sie Alois holen sollte. Doch als sie sich den übergewichtigen Wachmann vorstellte … Außerdem, wenn sie den Kerlen folgte und ihr Versteck fand, könnte sie gleich zur Polizei gehen. Vielleicht gab es ja sogar eine Belohnung! Sie sah einen blau glänzenden, randvoll gefüllten Werkzeugkasten vor sich und wusste, was sie zu tun hatte.

Aus sicherem Abstand beobachtete sie, wie die Diebe die Karren an den Bretterzaun zogen, der das Gelände umgab, und durch ein Loch verschwanden, das Lotti bisher nie aufgefallen war.

Mit zusammengepressten Lippen schlich sie hinterher und sah durch das Loch, wie einer der Diebe, ein bulliger Kerl, das Diebesgut auf einen Pferdewagen wuchtete und mit einer Plane abdeckte. Dann fuhren sie in aller Seelenruhe davon.

Lotti wartete zwanzig Herzschläge, bis sie den Dieben am Zaun entlang hinterherschlich. Sie gab sich Mühe, dem kränklich gelben Schein der Straßenlaternen auszuweichen, und presste sich wenn immer möglich dicht an die rußgeschwärzten Backsteinwände der

Häuser. Längst hatte sie beschlossen, den ersten Polizisten, den sie entdeckte, einzuweihen. Doch die Diebe fuhren bald nur noch durch menschenleere Straßen, die Lotti nicht kannte und in denen weit und breit kein Polizist zu sehen war.

Deine Neugier wird dich noch in Deibels Küche bringen, schalt sie sich selbst.

Lotti war heilfroh, als der Wagen vor einem Haus anhielt und die Diebe sich ans Abladen machten. Schließlich dämmerte schon der Morgen, und die Schatten, in denen sie sich verstecken konnte, wurden immer kürzer.

Sie kauerte sich in einen Hauseingang und wartete, bis die Kerle im Haus verschwunden waren. Es war bereits hell genug, um zu erkennen, was auf dem rostigen Straßenschild gegenüber stand: Säbener Straße. Keine Gegend, in der man freiwillig wohnen wollte. Selbst die sonst allgegenwärtigen Pferdekutschen und Fahrräder schienen sie zu meiden.

Lotti schloss die Augen und atmete tief durch. Jetzt zur Polizei zu gehen, wäre vermutlich das Vernünftigste gewesen. Aber was sollte sie erzählen? Sicher konnte sie nicht sagen, dass sie den Diebstahl beobachtet hatte, denn dann würde sie auch erklären müssen, was sie selbst auf dem Gelände zu suchen gehabt hatte. Es half nichts, sie brauchte Beweise. Und das bedeutete, den Dieben weiter zu folgen.

Lotti versuchte, sich die zitternden Knie nicht anmerken zu lassen, als sie die Straße überquerte und durch die Eingangstür ins Haus schlüpfte. Da sie nirgends Licht gesehen hatte, stieg sie die Treppe in den Keller hinab. Schon nach wenigen Schritten hörte sie gedämpfte Stimmen, die verständlicher wurden, als sie eine Stahltür erreichte, die schief in den Angeln hing.

»… hast doch keine Ahnung!«, blaffte einer.

»Was sagst du, Xaver?«, fragte ein anderer.

»Nix, ich bin nur Blechbieger«, antwortete dieser Xaver, der sich im Gegensatz zu den anderen wie ein Einheimischer anhörte.

»Also weiß keiner, wie man einen Uhrzünder baut. Na wunderbar!«

»Das ist doch ganz einfach«, murmelte Lotti, hockte sich hin und begann, mit dem Finger ein Schema auf den staubigen Boden zu zeichnen. »Uhrwerk, Draht, Zündstein, Pulver …«

»… Frühstück holen.«

Kaum hatte Lotti die Worte gehört, traf sie auch schon die Tür und warf sie um. Winzige Sternchen zerplatzten vor ihren Augen, dann spürte sie, wie jemand sie am Arm packte und auf die Füße zog. Sie schrie und strampelte, doch der Kerl hatte sie so fest im Griff, dass sie den Widerstand bald schwer atmend aufgab.

»Sieh einer an, eine Spionin«, zischte der junge Mann, der Lotti um einen halben Kopf überragte.

»Ich bin keine Spionin!«, protestierte sie.

Der Kerl zerrte sie in den Raum, wo vier weitere Männer auf Kisten um einen Stadtplan herum saßen, den einer von ihnen – ein Dürrer mit Hakennase – eilig wegräumte.

»Jemand hat uns belauscht«, sagte der Lange, während er Lotti vor sich her schob.

»Hab ich nicht!«

»Ach, und was hast du dann draußen gemacht?«, fragte einer, der einen kleinen Bierbauch hatte. Er war ebenso wie die anderen adrett gekleidet. Nur einer, der bullige Kerl, trug eine Lederhose und ein kariertes Hemd.

»Ich hab … Ich meine …« Verzweifelt suchte Lotti nach einer halbwegs glaubwürdigen Ausrede, doch ein Talent im Lügen hatte sie noch nie besessen.

»Gelauscht hast du«, wiederholte der Dürre, was Lotti die Schamesröte ins Gesicht trieb.

»Wir können keine Zeugen gebrauchen«, raunte der Lange und verstärkte seinen Griff, bis Lottis Arm ebenso sehr pochte begann wie ihr Herz es schon längst tat.

Sie zuckte zusammen, als der, der bisher noch kein Wort gesagt hatte, eine Pistole aus der Hosentasche zog. Der Bulle hob die Augenbrauen und schob seine Kiste ein Stück zurück.

»Das … Das könnt ihr aber nicht!«, rief Lotti verzweifelt. Mit einem Mal war ihr speiübel.

»Und weshalb nicht?«, fragte der Lange.

»Weil ich weiß, wie man einen Uhrzünder baut«, platzte Lotti heraus, biss sich sogleich auf die Unterlippe und wartete mit angehaltenem Atem, ob ihr letzter und einziger Trumpf stechen würde.

Der Dürre und der Schweiger sahen einander an und begannen zu lachen, während der Dicke nur mitleidig den Kopf schüttelte.

»Ja, genau, eine Frau kann das«, feixte der Lange. »Der Frau Ingenieur ist nichts zu schwör.«

Jetzt lachten alle außer dem Bullen. Er musterte Lotti von oben bis unten, bevor er die Stirn in Falten legte.

»Des kann scho sein, dass die das kann«, brummelte er und brachte damit die anderen zum Schweigen. »Die hab ich schon mal im Werk gesehen, die schafft in der Abendschicht, glaub ich.«

Die vier Fremden – Preußen, wie Lotti wegen des Dialekts und ihrer arroganten Art vermutete – sahen einander der Reihe nach an. Dann seufzte der Lange.

»Wir scheinen ja keine andere Wahl zu haben«, stellte er fest. »Aber wenn du gelogen hast oder uns bescheißt, machen wir dich kalt, verstanden?«

Lotti war klar, dass auch sie keine andere Wahl hatte. Also nickte sie und fasste sich an den Arm, als der Lange sie endlich losließ.

»Ich bin übrigens die Lotti«, sagte sie und versuchte zu lächeln – was ihr allerdings gründlich misslang.

»Das Arbeiten haben die aber nicht erfunden«, flüsterte Lotti Xaver zu.

»Drum haben s' auch mich geholt«, erwiderte Xaver grinsend, streckte die Zungenspitze vor und schraubte mit seinen Pranken eine Kappe auf eine der Röhren, dass Lotti befürchtete, er würde sie zerquetschen.

Zwei Tage saßen sie nun schon in diesem Kellerloch und bastelten Raketen und einen dazu gehörigen Uhrzünder. Vielmehr: Lotti bastelte und Xaver hämmerte und sägte, während die Preußen vor allem die Köpfe zusammensteckten und tuschelten.

»Wie hast du die überhaupt kennen gelernt?«, fragte Lotti und schnitt mit einer Zange ein Stück Draht ab.

»Im Siegelhuber haben s' mich angesprochen«, erzählte Xaver. »Ein paar Bier haben s' ausgegeben und mir davon erzählt, dass die Werke im Geheimen Waffen bauen und sie Pazi ... Pazifi ...«

»...fisten?«, half Lotti lächelnd.

»Jo, genau das, und dass sie drum das Waffenlager in den Werken in die Luft sprengen wollen oder so. Na ja, weißt, Lotti, ich bin zwar ein grobgestrickter Kerl, aber den Krieg kann ich nicht leiden, und drum hab ich mitgespielt. Ich arbeite ja bei den Werken, ich weiß, wo das ganze Glump, das die Preußen gebraucht haben, liegt.«

»Aber wenn das Pazifisten sind, warum fuchteln s' dann mit einer Pistole rum?«

»Weil man nie weiß, wer einen daran hindern will, eine gute Sache zu tun«, erklärte der Lange, der plötzlich neben ihnen stand. »Seid ihr bald fertig? Wir müssen es heute Abend über die Bühne bringen, unbedingt. Das wisst ihr doch.«

»Ist scho recht«, murmelte Lotti. »Wir müssen nur noch die Zünder eindrehen.«

Innerlich seufzte sie. Ausgerechnet heute wollten die Preußen das Werk beschießen, um die geheimen Waffen zu zerstören. Und das, wo doch am Abend der Zeppelin kam!

»Beeilt euch«, knurrte der Lange, bevor er sich wieder zu seinen Kumpanen setzte.

»Funktioniert das überhaupt?«, riss Xaver Lotti aus ihren Gedanken.

Sie betrachtete die zehn kleinen Raketen aus Metallrohren, das Holzgestell, das Xaver gezimmert hatte, um sie abzuschießen, und den Uhrzünder. Sie zuckte mit den Schultern.

»Zünden tun s' schon, explodieren tun s' auch, aber ob sie dahin fliegen, wo sie sollen, weiß ich nicht«, antwortete sie. »Ich hätte

Bomben gebaut, die explodieren wenigstens, wo sie sollen. Aber ich bin ja nur eine Frau, was weiß ich denn schon?«

Ihr Augenzwinkern beantwortete Xaver mit einem Grinsen.

Am späten Nachmittag schleppte Xaver die Kiste mit den Raketen aus dem Keller und hievte sie auf den Pferdewagen. Der Lange hatte zuvor »Feuerwerk« mit weißer Farbe draufgepinselt, begnügte sich ansonsten aber wie die anderen damit, dabei zuzusehen, wie Lotti und Xaver auch das Gestell verluden.

»Ich hole noch den Uhrzünder«, verkündete Lotti und stieg wieder in den Keller hinab.

Noch bevor sie das umgebaute Uhrwerk einpacken konnte, hörte sie Schritte. Sie drehte sich um, sah den Schweiger, der mit der Pistole auf sie zielte, und schrie auf. Es dauerte nicht lange, bis sich der Lange dazugesellte.

»Wir haben gerade festgestellt, dass wir nicht alle auf dem Wagen Platz haben«, erklärte er. »Deshalb bleibst du hier. Du würdest sowieso nur stören, wenn wir mit einem großen Knall in die Geschichte eingehen.«

»Wie meinst du das?«, fragte Lotti mit zitternder Stimme, um Zeit zu gewinnen und weil sie sich wirklich wunderte, weshalb diese Aktion in die Geschichte eingehen sollte.

»Das kannst du morgen in der Zeitung lesen – du kannst doch lesen?«

Lotti streckte dem Langen die Zunge raus, doch er ließ sich nicht provozieren. Stattdessen fesselte er sie an Händen und Füßen, während der Schweiger sie mit seiner Pistole in Schach hielt. Sie versuchte, den Langen wenigstens in den Arm zu beißen, doch der grinste nur hämisch, knebelte sie mit Lappen, die nach altem Schmieröl schmeckten, und drückte sie zu Boden. Dann blickte er auf seine Taschenuhr, zog die Augenbrauen hoch und bedeutete dem Schweiger, nach oben zu gehen.

»Es war schön mit dir, aber wir müssen uns leider beeilen, sonst verpassen wir ihn«, sagte er und ging.

Mit viel Mühe zog er die Tür hinter sich zu, dann hörte Lotti, wie eine Kette angebracht wurde. Kurze Zeit später verriet das Klappern von Hufen, dass Xaver und die Preußen verschwunden waren.

Ohne den Knebel hätte sie ihre Wut laut herausgeschrien. Von den Preußen hatte sie nichts anderes erwartet, aber dass Xaver sie anschmieren würde ... Und das, wo sie ihn richtig lieb gewonnen hatte! Wie wild strampelte sie und zerrte an den Fesseln, doch sie saßen zu fest. Sie musste etwas anderes versuchen, und zwar schnell, denn jetzt war sie wild entschlossen, den Saukerlen die Tour zu vermasseln.

Atemlos und schweißgebadet sah sie sich um: Kisten, Reste des Diebesguts, jede Menge Staub – und die Werkzeuge, die achtlos auf dem Boden lagen. Lotti hatte schon immer gewusst, dass nichts über gutes Werkzeug geht.

Mühsam robbte sie dorthin, wo sie die letzten beiden Tage mit Xaver – diesem Saukerl! – die Raketen gebastelt hatte. Es gelang ihr, sich zur Seite zu legen, mit den Fingerspitzen eine Feile zu greifen und sie zwischen den Hanf an ihren Handgelenken zu schieben. Sie biss auf den stinkenden Knebel, als die Feile mit jeder kleinen Bewegung nicht nur am Seil, sondern auch über ihre Haut raspelte. Tränen schossen ihr in die Augen, und als ihre blutigen Hände endlich frei waren, schlug sie vor Wut und Schmerz auf den schmutzigen Boden, bevor sie sich auch vom Knebel und den Fußfesseln befreite.

Lotti versuchte, den Schmerz zu ignorieren, als sie zur Tür ging und daran zog: nichts. Das schiefe Ding bewegte sich nicht einen Millimeter. Xaver hätte es vielleicht geschafft, die Kette aufzureißen ... Wütend trat Lotti gegen die Tür. Was dieser Xaver schaffte, konnte sie schon längst!

Sie stemmte die Hände in die Hüften und sah sich um, und als ihr Blick auf ein Rohr fiel, das sie nicht zu einer Rakete verarbeitet hatte, huschte ein Lächeln über ihre Lippen. Sie nahm das Rohr und schob es in den Schlitz zwischen Tür und Rahmen, setzte sich hin, stemmte die Füße gegen die Wand und zog. Vergeblich. Auch der zweite Versuch blieb erfolglos – ihr fehlte einfach die Kraft. Frustriert begann sie, am Rohr zu rütteln und zu reißen, bis sie einen Knall hörte. Plötzlich war da kein Widerstand mehr. Lotti verlor den Halt, rutschte aus und schrie auf, als direkt auf den Rücken stürzte. Ihr Kreuz pochte, als hätte sie ein Pferd getreten, doch sie hatte es geschafft.

Sie stemmte sich hoch, schlüpfte durch die Tür nach draußen und rannte die Stufen hinauf auf die Straße. Die diebischen Preußen waren nicht mehr zu sehen. Wie viel Vorsprung sie hatten, konnte Lotti nicht abschätzen, aber da die Sonne schon tief am Horizont stand und die Preußen das Werk heute Abend beschießen wollten …

Plötzlich erinnerte sich Lotti an die Worte des Langen: Wenn wir mit einem großen Knall in die Geschichte eingehen … Sonst verpassen wir ihn … Ihn! Natürlich, jetzt ergab alles einen Sinn! Lotti schlug sich mit der flachen Hand an die Stirn. Die Kerle hatten gelogen – sie wollten gar nicht die Werke angreifen, sondern den Zeppelin. Mit diesem Knall würden sie bestimmt in die Geschichte eingehen. Lotti drehte sich in die Richtung, in der die Wiesn lag und wünschte, dass sie die Sprungfedern, die sie neulich für diesen seltsamen Kerl gebaut hatte, zur Verfügung hätte.

»Weg da!«

Vor Schreck schrie Lotti auf, sprang zur Seite, drehte sich um und schlug mit dem Arm gegen einen Mann, den sie auf seinem Fahrrad im Halbdunkel nicht bemerkt hatte. Er fluchte, als er scheppernd zu Boden ging.

»Oh weh! Tut mir leid! Wirklich, tut mir leid!«, stammelte Lotti, während der Mann, der unter dem Fahrrad lag, wie ein getretener Hund winselte. »Warten S', ich helf Ihnen.«

Doch als sie sich vorbeugte und den Lenker des Drahtesels packte, kam ihr eine Idee. Hastig blickte sie sich um. Es war niemand zu sehen. Dann schickte sie in Gedanken eine Entschuldigung an die Muttergottes, stellte den Drahtesel auf, sprang auf den harten Sattel und fuhr los.

»Tut mir leid!«, rief sie dem Gestürzten über die Schulter zu.

Als sie endlich atemlos und mit brennenden Schenkeln die Wiesn erreichte, war die Sonne bereits fast verschwunden. Die Buden und Bierzelte strahlten im Licht farbiger Lampen und Laternen, und die unzähligen Besucher erinnerten Lotti an Ameisen. Seufzend stellte sie den Drahtesel an einen Laternenpfahl. Wie sollte sie es nur rechtzeitig schaffen, den Anschlag zu verhindern? Um zur Polizeiinspektion zu gehen und die Tat zu melden, blieb jedenfalls keine Zeit.

Also mischte sie sich kurzentschlossen unter die Wiesnbesucher. Der Lärm der Menschen, von Blasorchestern und dampfbetriebenen Drehorgeln war ohrenbetäubend. Überall standen die Besucher Schlange, sogar vor einem Imbiss mit dem hell erleuchteten Namen *Lises Brezen-Bude*, der so sehr aus allen Nähten dampfte, dass man befürchten musste, er explodiere gleich. Hier die Preußen zu finden, war schier unmöglich.

Lotti hatte soeben eine Gruppe angetrunkener Gesellen umrundet, als ein Raunen durch die Menge ging.

»Da! Da ist er! Seht nur!«, riefen einige, und als Lottis Blick den unzähligen Fingern folgte, die in den Himmel zeigten, erkannte sie die schlanke, zigarrenartige Form des Zeppelins im Dämmerlicht.

Wie auf Kommando hörten sämtliche Orchester auf zu spielen, und selbst die lärmigen Fahrgeschäfte wurden abgeschaltet. Nur das Zischen des Imbisses störte die Stille, bis irgendwo auf dem Gelände eine Kapelle die Nationalhymne Österreichs zu spielen begann.

Lotti stockte der Atem. Bald würde das Begrüßungsfeuerwerk gezündet und … Natürlich! Der Lange hatte doch *Feuerwerk* auf die Raketenkiste gepinselt!

Wie besessen drehte sich Lotti im Kreis und versuchte, den Platz zu finden, wo das Feuerwerk aufgebaut war. Plötzlich ertönte ein scharfes Zischen. Die ersten Raketen stiegen in den Abendhimmel, zerplatzten und malten farbige Blumen ans Firmament. Der Zeppelin schwebte inzwischen in sicherer Entfernung über der Stadt, als hätte der Pilot gewusst, was ihn erwartet. Es folgten donnerartige Böller, noch mehr farbige Raketen – und dann entdeckte Lotti die hagere Gestalt des Langen, wie sie hinter einem Bierzelt hervor kam und in der staunenden Menge verschwand.

»Saukerl!«, zischte Lotti und zwängte sich zwischen unzähligen Leibern hindurch. Als sie schließlich das Bierzelt erreichte, war der Lange längst von der jubelnden Menschenmasse verschluckt worden. Doch die Raketen waren wichtiger. Lotti umrundete das Zelt und stand plötzlich vor einer wahren Wand aus zwei Dutzend oder mehr sorgsam aufeinander gestapelten Bierfässern. Ganz oben erblickte sie Xavers Abschussgestell und die Raketen.

Der Zünder konnte überall versteckt sein, und da Lotti nirgends eine Zündschnur erkennen konnte, entschloss sie sich, nach oben zu klettern und die Raketen einzeln zu entschärfen. Sie spuckte in die Hände und versuchte, zwischen den Fässern Halt zu finden, doch Hände und Füße rutschten auf dem von Bier glitschigen Holz immer wieder ab.

Plötzlich hörte sie den gedämpften Knall des Zünders. Jetzt hatte sie noch genau einen Versuch, um hochzuklettern und die Raketen wenigstens hinunterzustoßen, sonst …

»Schleich di!«

Lotti wirbelte herum. Wie ein Racheengel hatte sich Xaver neben dem Bierzelt aufgebaut und starrte sie an.

»Sei doch gscheit, Xaver!«, rief sie verzweifelt, denn sie wusste, dass sie gerade wertvolle Zeit verlor.

»Weg!«, schrie Xaver, dann rannte er wie ein Berserker los.

Lotti erstarrte, sah mit aufgerissenen Augen, wie Xaver immer schneller wurde, erwartete den Aufprall – und kreischte, als Xaver an ihr vorbei sprang und sich mit voller Wucht gegen die Fässerwand warf. Er schrie auf vor Schmerzen, doch die Wand wackelte – ebenso wie das Abschussgestell.

»Lauf, Lotti!«, stöhnte er und warf sich erneut mit aller Kraft gegen die Fässerwand. »Jetzt lauf endlich!«

Noch immer war Lotti wie versteinert, konnte nicht begreifen, dass Xaver sie nicht angegriffen hatte, sondern noch immer wie wild gegen die Fässer trat.

»Ja, seid ihr narrisch?«, schrie jemand. »Was macht ihr da? Polizei! He, Polizei!«

Plötzlich zündeten die Raketen. Lotti warf sich zu Boden und beobachtete mit zusammengebissenen Zähnen, wie das Chaos losbrach. Die meisten Raketen stiegen steil in den Himmel und explodierten zusammen mit anderen Böllern des echten Feuerwerks. Eine zischte dicht über die Köpfe der Wiesngänger und rauschte klirrend ins Spiegelkabinett, ohne zu explodieren. Eine weitere schlängelte sich zwischen Buden und Ständen hindurch, bis sie irgendwo explodierte.

»Polizei! Polizei!«

Eine riesige Pranke packte Lotti am Kragen und zog sie hoch. Sie wollte sich wehren, doch dann blickte sie in Xavers blutüberströmtes Gesicht und hielt inne.

»Weg hier«, keuchte der Hüne.

Lotti nickte und ließ es zu, dass Xaver sie bei der Hand nahm und hinter sich her schleifte. Trillerpfeifen mischten sich unter das Zischen und Knallen des Feuerwerks und das hysterische Schreien der Besucher, aber Lotti blickte nicht zurück. Sie wollte nur noch hier weg.

Lotti war froh, endlich wieder in ihrem Versteck auf dem Werksgelände zu sein. Waffen, von wegen! Wütend über ihre Naivität packte sie den Holzschaber noch fester und kratzte den Dreck von ihren Schuhen. Es tat gut, als würde sie damit auch die vergangenen beiden Tage abkratzen.

Immer wieder dachte sie an Xaver, fragte sich, wo er wohl hingerannt war, nachdem sie sich getrennt hatten. Ob sie ihn geschnappt hatten und er jetzt im Gefängnis saß, oder ob er morgen wieder zur Arbeit kommen würde, als sei nichts geschehen. Sie hoffte auf letzteres, denn sie mochte den Kerl wirklich – jetzt, wo sie wusste, dass die Preußen ihn ebenso benutzt hatten wie sie. Außerdem hatte er den Anschlag fast allein verhindert und sie vor den Polizisten gerettet.

Als sie draußen knirschende Schritte hörte, seufzte sie. Das letzte, wonach ihr jetzt war, war mit Alois zu plaudern. Doch da sie kaum eine andere Wahl hatte, kroch sie ins Freie.

»Dass Sie noch auf sind, Fräulein Lotti?«, begrüßte Alois sie mit einem breiten Grinsen. »Waren S' etwa auf der Wiesn, beim Zeppelin?«

Lotti nickte nur, denn wie hätte sie dem Wachmann auch erklären sollen, was sie alles erlebt hatte?

»Ich hab' nur das Feuerwerk gesehen. Ich hab ja immer Dienst, wenn in der Stadt was los ist. Nur hier im Werk ist nie was los«, bedauerte Alois. »Aber schön war's, das Feuerwerk, gell?«

Lotti nickte wieder. Sie kämpfte mit den Tränen, weil sie beinahe dafür verantwortlich gewesen wäre, dass die Wiesn in einer Katastrophe endete.

»Was ist denn los, Fräulein Lotti? Haben S' was auf dem Herzen?«

Seufzend sah sie Alois an. Ja!, wollte sie herausschreien und gestehen, dass sie einen Anschlag mitgeplant hatte, dass sie sich in einen Werksarbeiter verguckt hatte, dass sie ein naives Huhn war, dass die halbe Polizeimannschaft Münchens jetzt vermutlich hinter ihr her war, dass ihr jeder Knochen im Leib wehtat und dass sie zum ersten Mal seit Ewigkeiten nicht wusste, was morgen sein würde. Doch sie schüttelte nur den Kopf.

»Nicht wirklich. Nur eine Geschichte von Raketen und Revoluzzern.«

Der Automaten-Imbiss

Marco Ansing

Mit einem lauten Zischen entwich der Dampf aus den Ventilen. Die Feuerwehrleute rollten die Schläuche zusammen und befestigten sie an der Karosserie der roten Dampfmaschine, die für den Wasserdruck zuständig war. Ihre Aufgabe war getan. Franziska Dremer ließ die glühende Kippe in den Schlammboden fallen und trat sie aus. Nun begann ihre Arbeit.

»Kommen Sie, Niedermeyer«, seufzte sie und strich sich durch das graue Haar. Übermorgen würde das Oktoberfest wieder eröffnen und neben Kaiser Franz Joseph I. von Österreich würden auch Größen der Münchner Gesellschaft kommen, wie etwa Alouis Sedlmayer, der wichtigste Aktionär der Münchener Trambahn-Aktiengesellschaft. Die Order des Bürgermeisters: Sicherheit für seine Majestät. Das war keine Kommissarsarbeit. Mit einem Tritt ließ Franziska ihren Frust an einem Bratrost aus.

»Riecht komisch hier«, meinte Sepp Niedermeyer. Der Blonde stocherte mit einem Stock in den Überresten eines Schrankes herum. Er hatte Recht. Franziska schnupperte.

»Petroleum, Niedermeyer.«

»Also Brandstiftung«, entschied der junge Mann.

Franziska schüttelte den Kopf. Noch konnte es nur ein Unfall sein. Mit spitzen Fingern fischte sie die Überreste einer Lampe vom Boden der Bude, der nur noch aus aufgequollenem Holz bestand. Sie hasste die Übereifrigkeit der Feuerwehrleute. Die Kommissarin stutzte und tippte an die kupferne Einfassung ihres Okulars. Das Objektiv verschob sich. Ein Wunderwerk der Technik. Es wurde von einem Lederriemen gehalten, der hinter dem Kopf mit einer Schnalle festgezogen wurde. Man musste das Okular zwar immer wieder aufziehen, hatte aber dafür an jedem Tatort eine recht handliche Lupe dabei.

Ja, sie hatte richtig gesehen. Zwischen einigen völlig ausgebrannten Abfalleimern lag etwas. Ein Körper? Er war nicht viel größer als eine Faust.

Niedermeyer bemerkte ihren Blick und hievte die Metallbehälter zur Seite.

Franziska beugte sich herab und betrachtete den Fund.

»Ein Affe, Frau Kommissarin«, sagte Niedermeyer.

Tatsächlich. Sein Fell war fast vollständig verbrannt und an vielen Stellen war die Haut kohlschwarz. Hatte das Tier etwa die Petroleumlampe umgeworfen und für den Brand gesorgt?

»Merkwürdig. Niedermeyer, sagen Sie den Kollegen, dass wir das Tier mitnehmen.«

»Wieso? Sieht doch so aus, als wäre der Affe für den Brand verantwortlich.«

»Schon mal ein Tier gesehen, dass sich neben ein Feuer legt und verbrennt?«

»Also post mortem verbrannt?«

»Ungewöhnlich, oder?«

Niedermeyer zuckte mit den Schultern. Die Kommissarin war daran gewöhnt, dass man ihre Schlussfolgerungen nicht gleich verstand. Aber das war ihr egal, solange man tat, was sie sagte. Sie hatte lange gebraucht, bis ihre Kollegen ihr diesen Respekt und das Vertrauen entgegenbrachten. Eine Frau im Kommissariat, dazu auch noch in der Mordkommission, war ein absolutes Unikat.

»Haben Sie etwas gefunden?«, erklang eine männliche Stimme.

Franziska trat aus der Bude. Ein untersetzter Mann mit Glatze stand neben Hubert Rindmüller, dem organisatorischen Leiter der Wiesn. Rindmüller zupfte nervös an seinem Schnauzer und strich mit seinen Fingern immer wieder über den feinen Anzug.

»Sie sind der Besitzer des Imbisses?« Franziska musterte den Glatzköpfigen abschätzig. Der Geruch von Bratfett hatte ihn verraten.

Der Mann nickte.

»Josef Blam. Wie konnte das alles nur passieren? Ich bin erledigt! Wie soll ich nun meine Schulden bezahlen?«

Franziska entzündete in aller Seelenruhe die nächste Zigarette und musterte die Bude. Die Feuerwehrleute hatten die Eingangstür fein säuberlich neben den Imbiss gelehnt. Ein kurzes Surren des Okulars sagte der Kommissarin alles. Die Tür war – von dem Übermut der Feuerwehr einmal abgesehen – vollständig und selbst das Schloss war unversehrt. Entweder der Affe war doch für das Feuer verantwortlich oder der Brandstifter hatte sich per Schlüssel Zugang verschafft.

»Sagen Sie mal, Herr Blam, wo waren Sie die letzten Stunden?«

Der Mann schaute die Kommissarin verbissen an:

»Im Siegelhuber in Untergiesing, wieso?«

»Wir haben neben einer umgefallenen Petroleumlampe einen Affen gefunden. Nicht sehr groß. Sagt Ihnen das etwas?«

Blam verzog das Gesicht und Rindmüller nickte.

»Es gibt auf der Wiesn eigentlich nur einen Affen. Bobo wird er genannt. Er gehört Lisa Jakobus. Sie führt die Brezenbude.«

»Ah, so eine ältere Frau?«Niedermeyer war herangetreten, unter dem Arm trug er mehrere angesengte Blätter. »Die Brezenlise, oder? Die Backwaren und ihr Affe sorgen immer für eine Mordsgaudi.«

Franziska verdrehte die Augen. Ihr Tatortspezialist ging eindeutig zu oft auf Volksfeste. Sie sah solche Orte der Geselligkeit als Zeitverschwendung an.

»Also war der verdammte Affe schuld?« Blam hatte sich der Bude genähert und blickte suchend.

»Dieses Mistvieh stibitzt mir andauernd die Würste vom Grill!«

Franziska wandte sich an Rindmüller.

»Wie viele Personen haben einen Schlüssel zu dieser Bude?«

»Nun, da wäre Herr Blam und Moritz Gröning. Er ist der Aufseher und hat Schlüssel zu allen Buden und Wagen.«

»Mit dem würde ich gerne einmal sprechen und zu dieser Frau Jakobus möchte ich auch.« Es war keine Bitte, das merkte man sofort.

Rindmüller wies in die Richtung des Wagens von Frau Jakobus und eilte davon, um den Aufseher zu holen. Franziska marschierte los, ohne sich umzuschauen. Am schweren Atmen an ihrer Seite bemerkte sie, dass Niedermeyer ihr gefolgt war.

»Was haben Sie da eigentlich noch gefunden?«

»Dokumente. Sie waren in einer Schublade. Das hat sie wohl vor dem Feuer geschützt. Sehen aus wie Baupläne oder so etwas. Ungewöhnlich für eine einfache Imbissbude.«

Franziska nickte. Niedermeyer war Ingenieur und würde technische Pläne schon erkennen. Blam hingegen hatte auf sie nicht so gewirkt, als wäre er in irgendeiner Weise technisch versiert. Aber wenn sie eines während ihrer Zeit als Polizistin gelernt hatte, dann dass man niemanden unterschätzen durfte.

»HILFE!«

Franziskas und Niedermeyers Blicke schnellten zu einem Budenwagen, aus dem der Schrei erklungen war, und zueinander. Dann spurteten sie los.

»Hilfe! Wir brauchen einen Arzt. Hilfe!« Es war die Stimme eines Mannes. In goldenen Lettern stand über den Eingang des Wagens Lises Brezen-Bude. Franziska riss die Tür auf und stolperte beinahe über die am Boden liegenden Zahnräder, Kupferplatten, Rohre und Metallfedern. Als wäre eine Bombe eingeschlagen, lag alles wild im Raum verteilt. Das Innere des Wagens war halbmondförmig aufgeteilt. Allem Anschein nach konnte man die eine Seite des Fahrzeuges öffnen und so aus der Bude heraus verkaufen. Die Hilferufe aber drangen hinter einem Vorhang hervor, der sich noch ein Stückchen weiter hinten im Wagen befand. Franziska schlug das Tuch zur Seite. Auf einem Bett lag eine ältere Frau. Daneben kniete ein junger Mann. Keuchend kam Niedermeyer neben seiner Vorgesetzen zum Stehen, eilte aber sofort weiter zum Bett und untersuchte die Frau.

»Was ist hier geschehen?« Franziska blickte sich um. Auch hier lagen überall Geräte verteilt. Mehrere Schläuche waren an einen Tisch gelehnt. Selbst auf dem Nachttisch stapelten sich Schraubenschlüssel und Lötkolben, sowie ein angebissenes Wurstbrot und eine Tasse.

»Ich fand sie hier im Bett und sie wachte einfach nicht auf.« Der junge Mann war kreidebleich und blickte immer wieder zum Tatortspezialisten.

Die Kommissarin ging in aller Seelenruhe zur Tasse und schnupperte daran. Kräutertee. Sie sah zu Niedermeyer, der dabei war, die Frau zu beatmen. Der Mann blickte zu Franziska und hob den Daumen. Die Kommissarin nickte zufrieden und steckte sich erneut eine Zigarette an. Was für ein Tag. Ein verbrannter Affe und eine halbtote Bäckerin. Das fing ja gut an.

Sepp hob einen Bratenspieß auf und betrachtete ihn argwöhnisch. Sofort kam ihn der Gedanke an ein mariniertes Hendl. Sein Magen knurrte. Er hatte den gesamten Tag nur ein Frühstück gehabt. Viel zu wenig, wie er fand.

Seit der Notarzt Frau Jakobus mitgenommen hatte, saß der Mann mit den Pickeln, die sein Gesicht wie eine getupfte Berglandschaft wirken ließen, zusammengesunken auf einem Hocker und starrte vor sich her. Sein Name war Hans Nien und er war Gehilfe der Brezenlise. Er wollte wie jeden Morgen die Backstube vorheizen, als er seine Chefin vorfand. Nach einer kurzen Befragung hatte die Kommissarin etwas von Rindmüller und dem Wachmann gemurmelt und war gegangen. Der Tatortspezialist betrachtete die verschiedenen Leckereien, die auf einer Tafel angeschrieben waren. Die Handschrift schien mit jener der gefundenen Dokumente identisch zu sein.

»Eine Ahnung, was die ganzen Geräte hier zu bedeuten haben?« Sepp deutete auf ein paar Zahnräder.

Nien zuckte zusammen: »Meine Chefin war Gastronomin. Sie wollte unbedingt etwas ganz Besonderes für den Besuch des Kaisers präsentieren. Sie wurde aber nie wirklich konkret. Sprach immer nur vom Imbiss der Zukunft.«

Sepp zog eine Plane zur Seite und ein zwei Kubikmeter großer Metallkasten kam in der Mitte des Raumes zu Vorschein. Er war reich mit kupfernen Blumenornamenten verziert. Mehrere Rohre ragten aus ihm heraus und Sepp brauchte nicht lange, um zu erkennen, dass es sich um eine Dampfmaschine handelte. An der Seite war ein Ofen, in den man Kohlen schieben konnte. Er zog die Plane weiter herab und plötzlich fielen ihm krachend und scheppernd mehrere Rohre und Kupferkessel entgegen. Verwirrt betrachtete er die Ansammlung von Geräten und einem Fass, auf dem in großen Buchstaben Münchner Markenbratwürste stand.

»Eine Ahnung, was das ist?« Der Tatortspezialist zeigte auf den Metallhaufen. Nien schüttelte den Kopf.

Sepps Neugier war geweckt und er begann sich umzusehen. Neben dem Bett befand sich eine kleine Küche mit allerlei Küchengeräten. Sepp hob eine Blechschachtel aus dem Schrank, öffnete sie und schnupperte: Tee.

»Sie trank jeden Abend eine Tasse Kräutertee vor dem zu Bett gehen. Ihr Affe war immer dabei und machte sich über den Zucker her.« Nien war dem Tatortspezialisten gefolgt und stand im Türrahmen.

Sepp schmunzelte. Er konnte sich gut vorstellen, wie der kleine Affe durch den Wagen tollte. Frau Jakobus' Tier war immer für einen Lacher gut gewesen, wenn er den Besuchern des Bierzeltes über die Hüte turnte oder auf der Schulter seiner Besitzerin tanzte.

»Hat Ihre Chefin eigentlich öfters solche Schwächeanfälle?«

»Eigentlich nicht. Nun, sie hat die letzte Zeit recht viel gearbeitet und seit einer Woche ging es ihr nicht sehr gut.«

Sepp ging wieder hinüber in Budenteil und sammelte die Geräte und Zahnräder zusammen.

»Was haben Sie vor?«, fragte Nien verwirrt.

»Eine Bäckerin baut ein Meisterwerk. Kurz darauf stirbt ihr Affe und dann erleidet sie einen Schwächeanfall, der sie beinahe das

Leben kostet. Wenn ich etwas herausfinden möchte, sollte ich mir diese Maschine genauer ansehen.«

Mit diesen Worten ließ sich Sepp zu Boden und breitete die angesengten Pläne aus. Er hatte zwar damals ein Ingenieursstudium absolviert, aber diese Kritzeleien schienen seinen Intellekt bei Weitem zu überfordern. Entweder war Frau Jakobus ein Genie gewesen – oder einfach eine Verrückte. Vorsichtig schob er ein Zahnrad an den Dampfapparat und spannte einen Lederriemen von diesem zu einer Kurbel.

»Wer hat Ihnen gesagt, dass Sie hier puzzeln dürfen, Niedermeyer?« Die Kommissarin stand hinter ihm mit einer Zigarette im Mund und blickte Sepp von oben herab an.

»Wir müssen zum Revier. Ich brauche schnellstens die Ergebnisse.«

»Haben Sie einen Verdacht?« Sepp war stolz, dass Dremer ihre Ideen mit ihm besprach. Eine Ehre, die nicht jedem zuteil wurde.

Die Kommissarin deutete mit einer Kopfbewegung gen Nien.

»Sagen Sie mal, Herr Nien, wo waren Sie gestern denn?«

»Ich war mit Freunden einen trinken. Bin von dort direkt ins Bett.« Nien kaute nervös auf seiner Unterlippe.

Die Kommissarin baute sich vor dem Mann auf.

»Wo war das?«

»In Untergiesing.«

»Freunde, soso? Können die das bestätigen?«

»Klar, sprechen Sie mit dem Vorsitzenden der Gesellschaft der Gastronomen, Alfons Brenner.«

»Sie können verschwinden.«

Nien nickte und verließ den Wagen. Die Kommissarin schnippte ihre Kippe davon.

»Vom Wächter war nichts zu erfahren. Wie es aussieht, hatte er eine Liaison mit Frau Jakobus. Er war gestern Abend bei ihr Teetrinken. Er ist jetzt bei ihr im Krankenhaus. So kommen wir nicht weiter. Wir haben Pläne und einen toten Affen in einer Imbissbude.«

Sepp lief das Wasser im Mund zusammen, als er über die Imbissbude nachdachte. Es war höchste Zeit für ein ordentliches Mittagessen.

»Die Baupläne haben etwas mit dem Fall zu tun! Diese Maschine hier …«, platzte er heraus.

Dremers Okular surrte.

»Dann untersuchen Sie die Maschine. Na los!«

»Jawohl, Frau Kommissarin!« Eilfertig wandte Sepp sich der Dampfmaschine zu.

»Und vergessen Sie nicht: Nien ist ein Verdächtiger. Ich will Sie nicht erwischen, wie Sie mit ihm plauschen.«

»Aber natürlich, Frau Kommissarin.«

»Jakobus hat etwas mit der Sache zu tun. Der Affe …«

»Ich glaube, dass sie vergiftet wurde.«

»Habe ich Sie gebeten, mich zu unterbrechen?«, fiel Dremer ihm ins Wort.

Sepp sackte in sich zusammen.

»Natürlich wurde sie vergiftet. Nur von wem? Und finden Sie es eigentlich nicht komisch, dass Blam und Nien im gleichen Stadtteil unterwegs waren. Ich wette, die waren beide im Siegelhuber.«

»Und?« Sepp war dabei mehrere Rohre hintereinander in die Dampfmaschine zu stecken, so dass ein Fließband aus Rollen entstand.

»Machen Sie Ihren Job, ich mache meinen.« Damit verließ die Kommissarin den Ort und ließ Sepp allein.

Er war darüber nicht traurig, sondern zog als Erstes ein Butterbrot aus der Jackentasche und machte sich mit großem Appetit darüber her. Was hatte es mit dem Gerät auf sich? Er schaute sich um und sein Blick fiel auf ein Fass mit den Bratwürsten. Vielleicht … Sepp grinste.

Das Brummen der Bogenstablampe hallte in dem Kellerraum wider. Der Boden war wie die Wände gekachelt. Auf einfachen Holzpritschen lagen Körper, die mit weißen Laken bedeckt waren. Der Geruch von Tod und Verwesung lag in der Luft. Dremer wusste, dass hier die fünf Frauen lagen, die bei einem Feuer des Trambahnbetriebshofes ums Leben gekommen waren. Die Untersuchungen liefen noch.

Doktor Georg Koch reinigte das kleine Tier fachmännisch.

»Ein Totenkopfaffe – so etwas hatte ich hier noch nie.« Koch hustete als sich Franziska interessiert vorbeugte und dem Pathologen der Rauch der Zigarette in die Nase zog.

»Hier ist Rauchen verboten«, grunzte er und deutete auf ein Schild in der Ecke, als wäre es der Prophet einer unumstößlichen Wahrheit.

Die Kommissarin ließ die Kippe fallen und trat sie aus. Ohne auf Kochs Schnauben einzugehen, beugte sie sich erneut vor, das Okular surrte:

»Sieht aus, als hatte das Tier sich stark verkrampft.«

»Zumindest ist das Äffchen gut durch.« Der Pathologe lachte. Franziska verdrehte die Augen. Vielleicht wurde man hier in der Leichenkammer des Reviers ja nach einiger Zeit so sarkastisch. Koch schnitt ein Stück des Affen heraus und legte es mit einem Zinkstückchen in ein Reagenzglas. Dann fügte er Salzsäure hinzu. Nach kurzer Zeit kondensierte etwas auf dem Porzellanschälchen, das der Pathologe über das Reagenzglas hielt.

»Arsen, wenn Sie mich fragen. Jede Menge. Der Affe war sofort tot.«

Franziska nickte. Das war die einzige passende Erklärung. Also hatte doch jemand den Affen in die Bude gelegt. Aber warum? Den Affen hätte man doch sicher unkomplizierter verschwinden lassen können. Zumindest war das Tier ein Beweis für ein Gift. Nur wo hatte er das Zeug her? Womöglich aus dem Wagen von Frau Jakobus. Ihre Schwächeanfälle und das Koma am Morgen ließen auf eine Vergiftung schließen. Franziska wandte sich ab und ging zur Tür.

»He, und was mache ich mit dem Tier?«

»Es ist ein Beweisstück, behandeln Sie es gefälligst wie eines.« Damit war die Kommissarin auch schon im Treppenhaus und achtete nicht weiter auf Kochs Flüche.

Im Büro, das sie sich aus Platzmangel mit Niedermeyer teilte, stand Wachtmeister Schneider. Er betrachtete gerade das Fahndungsbild von Spring Heeled Jack, einem Verbrecher, dem die Polizei nicht habhaft werden konnte und der sich neuester Technik, etwa einer Dampfstrahlkanone, für seine Untaten bediente.

»Melde gehorsam: Restaurant Siegelhuber wurde untersucht und Wirt befragt! Besagte Verdächtige, Blam und Nien, waren dort mit der Gesellschaft der Gastronomen.«

Franziska liebte den zackigen Stil des Wachtmeisters. Er war im letzten Krieg Gefreiter gewesen. Seine Untersuchungsergebnisse wurden wie Frontberichte vorgetragen.

»Weiter, Wachtmeister.«

»Streit hat es gegeben zwischen Nien und der Gesellschaft. Er hat die Lokalität am Abend gegen 21 Uhr verlassen. Um Punkt 22 Uhr erschien Blam. Die Personen haben die Köpfe zusammengesteckt und – verzeihen Sie den saloppen Ausdruck – getuschelt. Dem Verdächtigen Blam wurde ein Zettel geben und er ist gegangen.«

»Vielen Dank, Wachtmeister, Sie können gehen.«

»Jawohl, Frau Kommissarin.« Schneider schlug die Hacken zusammen und verließ den Raum.

Franziska grinste, öffnete den Lederriemen und nahm das Okular ab. Sie rieb sich das Auge und trat an eine Tafel. Geistesabwesend steckte sie sich eine Zigarette in den Mund.

»Zwei Verdächtige: Blam und Nien. Wer hatte einen Grund, Jakobus zu vergiften? Wer hat einen Vorteil von dem Brand?« Franziska tippte mit der Kreide gegen die Tafel. Was nutzte der Mord an einer Budenbesitzerin? Irgendein Puzzleteil fehlte noch. Warum wurde der Affe auch vergiftet?

»Aber natürlich! Der Affe muss selbst von dem Gift gegessen haben. Womöglich hat der Mörder das Zeug gerade im Wagen deponiert.« Sie entzündete die Zigarette und saugte daran. Wenn der Affe einfach so von etwas aß, das jemand mitbrachte, dann musste er ein gewisses Vertrauen haben. Franziska unterstrich Nien. Was der junge Mann aber an dem Tod seiner Chefin gewann, wusste Franziska nicht zu sagen. Vielleicht hatte Niedermeyer Recht und es hatte etwas mit Frau Jakobus' Meisterwerk zu tun. Irgendjemand log doch!

Es brachte nichts, hier weitere Schlussfolgerungen ziehen zu wollen. Sie musste raus. Hier im Büro kam sie nicht weiter. Seufzend legte sie das Okular wieder an und verließ das Zimmer. Dem nächsten Kollegen befahl sie, ihr eine Nachricht zukommen zu lassen, sobald die Ärzte wussten, was genau Frau Jakobus hatte. Sie brauchte Gewissheit.

Mit Begeisterung ergriff Sepp den Schraubenschlüssel und hantierte an der Dampfmaschine herum. Im Grunde war es ganz einfach. Man musste nur den Anweisungen auf den Papieren folgen und seine Fantasie etwas anstrengen. Es war warm im Raum und Sepp ergriff die Schaufel. Wieder musste er Kohle in die Dampfmaschine schippen. Ein Blick auf die Druckanzeige ließ ihn grinsen. Er betätigte den Hebel und die metallenen Rollen begannen sich zu drehen. Testweise legte er eine Bratwurst auf das Förderband. Langsam wurde die Wurst über das Rollband befördert, kam am Kessel vorbei und erhitzte sich. Sofort war der Raum erfüllt vom Geruch gebratenen Fleisches. Am Ende stieß sie gegen einen Kontakt und fiel auf einen Teller. Zischend bewegte sich ein Kupfertrichter und kleckste etwas Senf hinab. Sepp stürzte sich auf die Mahlzeit.

Dann stutzte er. War da nicht ein Geräusch gewesen? Er lauschte. Ja tatsächlich. Im Schlafzimmer. War etwa jemand während seiner Wurstpause an ihm vorbeigeschlichen?

Sepp lugte um den Türrahmen. Eine Gestalt in einfachen Kleidern und einem Kopftuch; es war unmöglich, das Gesicht zu erkennen. Sie hantierte an den Blechkästen im Küchenregal herum. Zögernd zog der Tatortspezialist seine Waffe. Er hatte sie noch nie zuvor gebraucht.

»Hände hoch!«

Doch die Gestalt dachte nicht daran. Blitzschnell schleuderte sie Sepp ein Dutzend Teller entgegen. Sepp duckte sich – da sprang ihn der Unbekannte auch schon an. Sie wälzten sich über den Teppich. Klappernd rutschte die Pistole über den Boden. Sepp keuchte, als der Unbekannte ihm mehrere Schläge in den Bauch verpasste. Er versuchte sich zu wehren, boxte um sich, doch sein Gegner war stärker. Die Gestalt zerrte ihn auf die Beine und schleuderte ihn gegen die Dampfmaschine. Ein heftiger Schmerz durchzuckte Sepp und Sterne tanzten vor seinen Augen. Er rappelte sich auf, suchte Halt und griff nach der Ofentür.

Mit einem Schmerzensschrei ließ er das glühende Eisen los. Erneut versuchte er aufzustehen, doch er kam einfach nicht vom Boden hoch. Er sah, wie die Gestalt in das Schlafzimmer stürmte und mit einem kastenförmigen Gegenstand zurückkehrte. Ohne ein Wort warf er ihn in den Ofen und begann die herumliegenden Dokumente aufzusammeln. Sepp wollte etwas sagen, aber ihm war schlecht. Er berührte die feuchte Stelle an seinem Kopf.

»Hilfe«, keuchte er. Der Unbekannte reagierte nicht, sondern warf das Papier in den Ofen. Mit letzter Kraft trat Sepp gegen die Außenwand. Jemand musste das doch hören! Draußen standen doch noch Beamte.

»Hilfe!«, rief er, doch er war mittlerweile sicher, dass niemand ihn im Lärm der Dampfmaschine vernehmen konnte. Doch der Angreifer blickte auf und stürmte dann aus dem Raum.

Sepp wälzte sich auf den Rücken und versuchte sich rollend zur Tür bewegen. Da wurde der Vorhang zur Seite gerissen. Rettung! Doch es trat nicht der erwartete Beamte ein, sondern Nien. Sofort stürmte der junge Mann zu Sepp und half ihm auf.

»Oh mein Gott, was ist hier passiert?«

Sepp betrachtete den Mann argwöhnisch. Dieser ging verunsichert einen Schritt zurück:

»Das war doch nicht etwa … Ich muss Ihnen etwas gestehen …«

Stirnrunzelnd betrachtete Franziska den Imbisswagen von Lisa Jakobus. Auf der einen Seite war er aufgeklappt und ein blau-weiß-kariertes Tuch straffte sich über die Essensausgabe. Aus dem Schornstein paffte dunkler Rauch und ein Zischen und Rattern drang aus der Bude. Die Kommissarin eilte in das infernalische Getöse und riss die Augen auf, als sie eine Dampfmaschine erkannte, deren Zylinder sich mit solcher Geschwindigkeit bewegten, dass man ihnen mit bloßem Auge kaum folgen konnte. Sie gaben Kraft an die Zahnräder weiter, die wiederum ein Rollband bewegten, auf den sich brutzelnde Würstchen drehten. Im Raum stapelten sich Teller mit Senf und verkohlten Fleischstücken. Ein Pfeifen erklang und aus einem Kasten über der Dampfmaschine schob sich ein Rost mit duftenden Brezeln.

Der Wagen von Frau Jakobus war erfüllt von Dampf und einer Kakophonie verschiedenster Töne. Und in der Mitte stand Niedermeyer, den Kopf verbunden und grinste überglücklich. Nien stand nur im Unterhemd bekleidet neben ihm und warf Kohle in den Ofen.

»Fantastisch«, rief Sepp über den Lärm hinweg und beobachtete fasziniert, wie sich ein glitzerndes Hendl über einem Grill drehte.

»STELLEN SIE ES AUS!«, brüllte Franziska. Hinter ihr hatte sich eine Ansammlung von Leuten gebildet, die neugierig ins Wageninnere blickten.

»Das geht nicht so einfach!«, schrie Sepp zurück.

Das Okular der Kommissarin stellte sich auf den Tatortspezialisten scharf. Zufrieden bemerkte sie, dass er anfing, zu zittern. Er winkte Nien zu, der an einer Kurbel drehte, womit der Dampf umgeleitet wurde. Ein Zischen erklang und das Tohuwabohu endete. Niedermeyer wagte einen Schritt auf seine Vorgesetzte:

»Toll, oder? Jakobus hat einen vollautomatischen Imbiss erfunden. Das wird die Welt revolutionieren. Dampfmaschinen werden bald vollständige Gerichte kreieren können! Ich kann es kaum erwarten, diese geniale Erfinderin persönlich kennenzulernen, wenn sie das Krankenhaus verlässt.«

Die Kommissarin deutete auf Nien.

»Er hat mir geholfen. Ich wurde überfallen und er verband mich und …«, stotterte Niedermeyer.

»Der Mann ist ein Verdächtiger!«, polterte die Kommissarin und Niedermeyer zog den Kopf ein.

»Hat Ihr neuer Freund auch von der Gesellschaft der Gastronomen gesprochen?«

Niedermeyer nickte.

»Sie haben ihn gebeten, die Maschine zu zerstören. Die Leute hatten Angst, dass dieser Automat eines Tages den menschlichen Koch ersetzen würde.«

»Und dass er den Auftrag bekommen hat, Jakobus umzubringen, daran haben Sie wohl nicht gedacht?«

Niedermeyer wurde kreidebleich. Franziska knirschte mit den Zähnen.

»Ich habe Jakobus nicht ermordet«, stotterte Nien verzweifelt.

»Sie haben Recht«, sagte die Kommissarin trocken und warf dem Tatortspezialisten einen Zettel zu.

»Ein Kontoauszug von Blam. Er hat gestern noch 10.000 Reichsmark überwiesen bekommen. Ich wette, er hat über eine Woche versucht, Jakobus zu vergiften. Dann dauerte es der Gesellschaft zu lange und er hat die Dosis erhöht. Als er in dem Wagen eingedrungen war, hat ihn wohl der Affe überrascht.«

»Aber natürlich! Die Zuckerdose! Der Angreifer, nein, Blam, hat die Zuckerdose in den Ofen geworfen und …«

»Unterbrechen Sie mich nicht! Also: Der Affe muss wohl eine Überdosis bekommen haben. Blam nahm die Pläne, das tote Tier und zündete seine Bude an. Die Schuld an dem Brand konnte er dem streunenden Affen anhängen. Alle Beweise für seine Giftmischerei wurden von den Flammen vernichtet. Alle bis auf den Affen.«

Sepp stürmte zur Tür:

»Dann sollten wir den Kerl sofort fassen.«

»Das ist bereits geschehen. Spielen Sie nur weiter mit Ihrem Automaten-Imbiss. Wir sehen uns dann später auf dem Revier – unter vier Augen.«

Niedermeyer ließ die Schultern hängen. Die Kommissarin drehte um und ging davon.

»Soll ich die Maschine wieder anmachen?«, stammelte Nien und versuchte aufmunternd zu lächeln. Dann begann auch wieder das Getöse und der Geruch von frischen Brezeln und gebratenem Fleisch zog über die Wiesn.

Das Trambahnritzenreinigungsweiberl

Simone Edelberg

Marie strich sich die Haare aus dem Gesicht und blickte auf ihre Messing-Taschensanduhr. Es würde noch eine ganze Weile dauern, bis Alouis Sedlmayer, der Direktor der Trambahn AG, erscheinen würde. Ihre Hand, die die Dampfdruckblitzbombe an ihre Brust presste, zitterte vor Aufregung. Prinzregent Luitpold hatte die oberen Einhundert von München eingeladen, die erlesensten Kleinode seiner Sammlung zu bewundern. Er zeigte die Glanzstücke technologischer Erfindungen in einem eigens auf der Wiesn aufgestellten Festzelt. Gerüchten zufolge, die seit Wochen in der Stadt brodelten, sollte auch Kaiser Franz Joseph I. von Österreich erscheinen. Nach einem ausgedehnten Rundflug mit der Fürst Metternich über die Theresienhöhe würde er vor den Toren der Wiesn landen und mit vergoldeten Gasturbinendreirädern zum Festzelt fahren. Doch Sedlmayer würde das Bankett nicht genießen. Dafür würde Marie sorgen.

Es zahlte sich aus, dass sie als Trambahnritzenreinigungsweiberl halb München kannte: Lotti vom Schrottplatz hatte ihr nicht nur verraten, wie sie sich unbemerkt ins Zelt schleichen konnte, sondern sie auch mit den nötigen Utensilien versorgt. Allerdings hatte sie die friedliebende Lotti anlügen und den Bauplan für die Bombe von einem gewissen Sepp Blam kaufen müssen, einem zwielichtigen Mensch, der sich regelmäßig im Siegelhuber in Untergiesing herumdrückte. Sobald Sedlmayr das Festzelt betrat, wollte Marie die Acetonsäurekapsel einsetzen. Und dann … dann würde sie sich rächen. Würde all ihre Freundinnen rächen.

Jetzt nur ruhig Blut! Doch ihre Gedanken ließen sich nicht besänftigen. Sie wirbelten wild durcheinander und landeten schließlich bei dem Telefonat, das sie in der Früh vom Postamt aus mit ihrer Mutter geführt hatte: Maxl, ihr fünfjähriger Sohn, den sie auf dem elterlichen Hof zurückgelassen hatte, stellte Fragen nach seinem Vater. Die Kinder im Dorf schimpften ihn Bastard und prügelten ihn fast täglich grün und blau. Marie biss sich auf die Lippen. Pack! In den Augen der Dorfbewohner war Maxl ein Bastard, nicht mehr wert als ein Wechselbalg. Aber in Wirklichkeit ist sein Vater der Bastard!

Marie ballte die Fäuste, als sie an den Abend vor ihrem 14. Geburtstag dachte. Noch heute träumte sie jede Nacht davon – von dem Lachen ihres Dienstherrn, der plötzlich vor ihrem Bett gestanden hatte, als seine Frau verreist war. Von ihren Schreien, ihrer Angst und dem Schmerz, der ihre Seele zerriss ... An seinen klebrigen Schweiß auf ihrem Körper würde sie sich ewig erinnern. Einige Tage später war die Hausherrin zurückgekehrt und der Lump hatte sie in Ruhe gelassen. Doch als sich nach einigen Monaten ihr Bauch rundete, setzte er sie ohne Lohn vor die Tür.

Marie sah durch einen Zeltspalt in den Septemberhimmel und wünschte ihrem ehemaligen Dienstherrn die Pest an den Hals. Zu schade, dass er heute Abend nicht unter den Ehrengästen war!

Gemeinsam mit ihrer Freundin Fritzi war sie kurz nach der Geburt von Maxl nach München gegangen, um in der Stadt ihr Glück zu suchen. Binnen drei Tagen fanden sie eine Anstellung als Trambahnritzenreinigungsdamen bei der Münchner Trambahn AG. Dort verdienten sie zwar nicht die Welt, aber es reichte für ein bescheidenes Zimmerchen in Giesing, die tägliche Brezn, Kas, Kraut, Schweinswürschtl am Sonntag und ab und an ein Bier in der Boazn am Eck.

Ach, Fritzi ... Marie seufzte. *Wenn ich dir doch nur alles erzählen könnte!* Doch Fritzi war tot. Marie schlang die Arme um die Bombe, wiegte sie wie ein Kind. Grimmig biss sie die Zähne zusammen.

Fritzi starb am 16. Juli, an dem Tag, an dem die Trambahnlinie vom Ostbahnhof nach Nymphenburg auf Dampfbetrieb umgestellt worden war. Sie hatten sich so auf diesen Tag gefreut! Bei der Eröffnungsfeier standen sie Seite an Seite in ihren Sonntagskleidern vor dem Hoftheater. Blaskapellen spielten auf, Böllerschüsse krachten. Schaffner und Fahrer trugen Rosenblüten an ihren schmucken Uniformen. Hoch-Rufe schallten über die Straße. Und dann kam sie, die neue Dampflok, ein in Kupfer, Messing und Holz gebändigtes Urtier ...

Die Hitze der Maschine, das Zischen des Dampfes und das Grollen des Feuers in ihrem Bauch! Genauso fühle sie sich jetzt. Marie erinnerte sich an den Geruch nach Kohle, Öl und heißem Metall. Dampf schoss aus dem Schornstein, Rauch quoll über die Straße, machte das Atmen schwer. Die Erde bebte unter ihren Füßen. Fritzi und Marie hatten sich aneinander geklammert, ängstlich und fasziniert auf den Koloss gestarrt, der sich schnaubend und fauchend wie ein Drache in Bewegung setzte.

Der Schaffner ließ die Dampfpfeife ihr schrilles Lied singen. Was für eine Gaudi! Doch dann scheuten die Gespannpferde eines Bierkutschers vor dem Lärm. Sie gingen durch, rasten in die Menge. Menschen schrien in Panik. Hufe donnerten, schlugen Funken auf dem Pflaster. Marie flüchtete, zog Fritzi mit sich. Die Freundin strauchelte über eines der zahlreichen Löcher in der Straße, fiel - und schon war das Gespann über ihr. Marie rettete sich aufs Trottoir. *Verzeih mir! Ich war wie gelähmt, konnte dir nicht helfen.* Nachdem der Staub sich legte, war Fritzis Gesicht eine zerstampfte Masse. Noch immer schüttelte sich Marie vor Entsetzen, wenn sie daran dachte.

Sie hatte versucht, mit dem Leiter der Münchener Trambahn AG in Kontakt zu treten. Aber ein hoher Herr wie Alouis Sedlmayr war für ein einfaches Trambahnritzenreinigungsweiberl nicht zu sprechen. Marie schnaubte. Was hatte sie von Sedlmayr erwartet? Eine Entschuldigung? Spürte er denn überhaupt kein Bedauern? War Fritzis Tod für ihn nur ein Ärgernis, eine unwillkommene Schlagzeile in den ›Münchner Neuesten Nachrichten‹? Marie schnaubte vor Wut und streichelte den Zylinder in ihren Armen.

Kaum hatte sie ihre Fassung nach Fritzis Tod halbwegs wiedergefunden, erhielt sie den nächsten Tiefschlag. Als Marie nach ihrer Schicht auf den Hof trat, stürmten ihr die Kolleginnen entgegen. Wie eine Herde aufgescheuchter Kühe, dachte Marie. Wusste der Himmibabba, was dieser Aufruhr bedeutet! Zwei Schritte vor ihr blieben sie stehen.

»Servus beianand! Was gibt's denn?«

Die dicke Magda schob die anderen Frauen energisch mit den Ellbogen zurück.

»Griaß di, Marie. Geh, hör amoi zua: Der Sedlmayr hod heid scho wieder zwoa von uns vor die Tür g'setzt, der hintafotzige Hirsch, der! Die Sylvie und die Traudl hat's derwischt.«

Die dicke Magda schnaufte vor Empörung. Schweiß perlte über ihr von puterroten Flecken übersätes Gesicht.

Hintafotziger Hirsch! Das Bild passte zum gewichtig einherstapfenden Sedlmayr, der seine breite Krawatte so stolz trug wie ein Rehbock sein Geweih.

»Sei lieber still, sonst bist' die Nächste, die geht«, warnte Marie. »Was hat er denn für an Grund genannt?«

»Grund, Grund … Was braucht der Großkopferte scho für an Grund! Koa Arbeit mehr gibt's, des hat er g'sogt.«

»Er braucht nimmer so viele Trambahnritzenreinigungsweiberl, zwengs der neuen selbstreinigenden Schnelldampftrambahn«, mischte sich Zenzi ins Gespräch. »Wo des hinführt, könnt's ihr euch ja ausmalen.«

»Dann ist's also so weit: Wir müssen uns wehren, auf die Barrikaden steigen«, sagte Marie. Sie kochte vor Wut. Aber sie riss sich zusammen. Sie musste den anderen mit gutem Beispiel vorangehen und blickte den Kolleginnen fest in die Augen. Das war der Augenblick, auf den sie gewartet hatte. *Ob sie mir folgen werden?*

»Wie stellst'n dir des vor? Mia san Frauen, koa Straßenkämpfer ned!«, schrie Magda.

»Vielleicht sollten wir's so machen wie die Kellnerinnen und einen Verein gründen?«, schlug die stets besonnene Rosa vor. Ihre Wangen waren so süß gerötet, dass sie wie ein draller Engel aussah. Aufgeregt sprach sie weiter. »Kürzlich gab's in der Schrannenhalle eine Zusammenkunft. Da haben sich ned nur über 200 Kellnerinnen und Stellenvermittlerinnen getroffen, sondern auch zahlreiche Damen der Gesellschaft, die sich für Frauenrechte stark machen. Den Brenner Alfons von der Gastronomengesellschaft hat's fast vom Stangerl gehauen.« Sie kicherte. »Jetzt ist bald Schluss mit 19-stündigen Arbeitstagen ohne Lohn, nur für die mickrigen Trinkgelder.«

Keine schlechte Idee, dachte Marie.

»Ah geh, die feinen Herrschaften interessieren sich doch ned für unsereins«, schimpfte Zenzi. »Wen kümmert's denn, ob mia in Lohn und Brot stehen, so lang die Tram weiterfährt? Und wo willst'n überhaupt 200 Trambahnritzenreinigungsweiberl herbekommen? So viele gibt's ja in ganz Minga ned!«

»Auf jeden Fall können wir's uns ned gefallen lassen, dass die Münchner Trambahn AG uns rausschmeißt. Wenn sie keine Trambahnritzenreinigungsdamen mehr braucht, gut. Die Zeiten ändern sich und daran kommen auch wir ned vorbei. Aber dann sollen's uns gefälligst a andere Arbeit geben!«, antwortete Marie und streckte die geballte Faust kämpferisch in die Höhe.

»Willst vielleicht Tramfahrerin werden?«, höhnte Magda. »Des glaubst ja wohl selbst ned, dass die uns ihre kostbaren Bahnen steuern lassen!«

Marie funkelte sie an.

»Warum eigentlich ned? Des würd mir wohl taugen! Jung genug bin ich, um was Neues zu wagen.«

»I daad viel lieber Fahrkarten verkaufen und kontrollieren«, sagte Zenzi verträumt. »Schaffnerin, des wär's!«

»Schmarrn! Mia brauchen an Plan, an richtigen Plan, der uns d' Arbeitsplätz dahoit«, forderte die dicke Magda. »Schnelldampftrambahn hin oder her!«

»Ich hab"!«, rief Marie. »Wir treten in den Streik.«

»Streik?«, echote es von allen Seiten.

»Ja, wir streiken.«

»Wie soll denn des ausschaun?

»Was ham mia denn in der Hand?«

»Was ist, wenn sie uns alle entlassen?«

»Beruhigt euch! Die können uns ned alle entlassen. Noch ist unsere Arbeit gefragt. Die neue Schnelldampftrambahn wird erst zum Wiesnanstich eingeweiht. Bis dahin können wir der Münchner Trambahn AG ordentlich Dampf unter dem Hintern machen. Geben wir ihnen etwas von ihrer eigenen Speis' zu schmecken!«

»A bäriger Plan«, stimmte Magda zu und grinste. »Mia legen ganz Minga lahm! Trambahnen, die in verdreckten Schienen stecken bleiben, Pferdeäpfel überall, Rauch und Rußflocken, verärgerte Bürgersfrauen, knurrige Geschäftsleute, die zu spät zu ihren Terminen kommen …«

»Und denkt dran, wie es auf die in- und ausländischen Wiesn-Gäste wirkt, wenn der Münchner Verkehr kalt gestellt ist«, schlug Rosa in dieselbe Kerbe. »Des macht koan guten Eindruck. Stellt euch vor, sogar Kaiser Franz Joseph I. von Österreich hat sich angesagt. Da muss der Verkehr fließen, ned stehen!«

»Ha! Wenn nachad koana zur Wiesn nauskimmt, kann die gamsige Lisa von der Brezn-Bude ihre Backwaren selbst fressen«, schrie die dicke Magda begeistert und schlug sich auf die prallen Schenkel. »Des is aa so a Fortschrittsgläubige. Recht geschieht's dem zahnradverliebten Flittscherl!«

Die Frauen nickten. Jede wusste, dass die Brezenlise Magda auch ihren Moritz ausgespannt hatte. Da konnte man gleich zwei Fliegen mit einer Klappe schlagen.

»Kein Streik ohne Forderung«, sagte Marie und fuchtelte mit erhobenem Finger in der Luft, um die Aufmerksamkeit der Frauen auf sich zu lenken. »Es ist zwar schön, wenn wir etwas bewirken können, aber im Grunde wollen wir der Münchner Trambahn AG nicht schaden. Das bringt uns nix, wenn wir unsere Arbeitsplätze erhalten wollen. Irgendwelche Vorschläge?«

Auffordernd blickte sie in die Runde. Die Frauen schwiegen. Nach einer Weile meldete Rosa sich leise zu Wort.

»Wie wäre es, wenn wir a Umschulung erbitten? Frauen können vielleicht auch Trambahn fahren oder Fahrkarten verkaufen wie Männer. Wer technisch versierter ist, mag sich sogar zur Technikerin ausbilden lassen. Ich hab gehört, bei den Bayerischen Mechanisierungswerken arbeiten schon ein paar Frauen.«

Die Frauen steckten die Köpfe zusammen. Schnell war ein Plan entworfen. Die Trambahnritzenreinigungsweiberl wollten am kommenden Samstag in den Streik treten. Der Tag war ideal: Die Sozialdemokraten hatten zu einer großen Kundgebung in Nymphenburg eingeladen; 40 000 Teilnehmer wurden erwartet. Die Frauen würden Schilder malen, auf denen ihre Forderungen prangten und sich damit vor den Betriebshof an der Nymphenburger Straße aufbauen.

Am Samstagmorgen versammelten sich die ganz in Grün gewandeten Trambahnritzenreinigungsweiberl mit ihren Plakaten vor der dampfbetriebenen Stechuhr des Betriebshofes. Für den Fall, dass sich die Protestaktion bis in die Abendstunden erstrecken würde, hatte Marie ein Dutzend Kerosinlampen mitgebracht, die sie nun an die Frauen verteilte.

»Keine Kündigung!«

»Wir fordern Umschulung!«

»Auch Frauen können Trambahn fahren!«

Lauthals skandierend marschierten sie vor dem Gelände auf und ab. Doch die meisten der Passanten grinsten nur abfällig und zogen gehstockwirbelnd ihrer Wege. Einige lachten auch lauthals und verhöhnten die Frauen. Selbst die eingefleischtesten Sozialdemokraten hatten für die Demonstrantinnen lediglich ein müdes Lächeln übrig. Kurz: Es war ein mühseliges Unterfangen. Rosa war anzusehen, dass sie kurz vor einem Tränenausbruch stand, aber Marie packte sie an den Schultern.

»Durchhalten, Rosa! Wir müssen zusammenhalten.«

Da ging plötzlich ein Ruck durch die Menge – Alouis Sedlmayer war im Anmarsch. Mit hochrotem Kopf und schnaubend wie ein wilder Stier stapfte er auf die versammelten Frauen zu; hinter ihm bemühte sich eine Horde Werkspolizisten, mit ihm Schritt zu halten.

»Seid's ihr narrisch!«, brüllte Sedlmayer schon von Weitem und sein Kopf wurde noch röter. »Spinnt's denn ihr jetzt ganz? Werdt's ihr wohl an'd Arbeit geh'n! Aber zackig! Stehbliebn is die Trambahn, und des heid! Na los, wird's bald!«

Dann war er nahe genug heran, um die Plakate lesen zu können. Sedlmayer begann schallend zu lachen. Er blieb stehen, hielt sich den dicken Bauch und wieherte, bis ihm die Tränen aus den kleinen Schweinsäuglein strömten.

»A ... a ... a Umschulung wollen's! Trambahnfahren wollen's!«, grölte er.

Die Polizisten fielen in sein Gelächter ein, klopften einander johlend auf die Schultern.

Plötzlich wurde Sedlmayer wieder ernst. Eine unheilverkündende Stille trat ein. Dann brüllte Sedlmayer: »Rausschmeiß'n werd ich euch! Ihr seid's alle gekündigt! Ab sofort!« Er holte tief Luft. »Und jetzt schleicht's euch«, zischte er drohend.

Marie platzte der Kragen. Hintafotziger Hirsch! Kampflustig baute sie sich vor Alouis Sedlmayr auf, stemmte ihre Hände in die Hüften, die Füße fest auf den Boden.

»Wir werden alles verbrennen, wenn die Münchner Trambahn AG ned auf unsere Forderungen hört. Wir wollen unsere Arbeitsplätze zurück. Sonst knallt's! Spring Heeled Jack ist ned der Einzige, der Dampf im Blut hat.« Drohend schwenkte sie ihre Kerosinlampe.

Anscheinend war das die richtige Taktik. Sedlmayer straffte die Schultern und zwang sein Gesicht zu einer freundlichen Miene. Die anderen Frauen hätten sich wohl von seinem Ausbruch einschüchtern lassen, aber Marie wollte nicht nachgeben. Den berüchtigten Kriminellen, der seit Wochen die Münchner Gendarmerie an der Nase herumführte, hatte sie absichtlich erwähnt. Vielleicht dachte Sedlmayer sogar, sie kannte den Rebellen mit seinen Sprungfedern und der Dampfstrahlkanone persönlich?

»Aber junge Frau, bitte beruhigen Sie sich! So hat das doch koa Sinn ned. Sie können ned einfach die Gebäude der Münchner Trambahn AG in Brand setzen. Wollen's im Gefängnis landen?«

»Was sollen wir denn sonst tun? Die Entlassenen sind alles Frauen ohne Ausbildung. Wie sollen's a neue Arbeit finden? Und morgen sind wir anderen gefeuert? Entweder gewähren Sie uns a Umschulung oder wir brennen den Betriebshof nieder.«

Marie zitterten die Knie, trotzdem trat sie zwei Schritte vor.

»Bitte, verstehen's mi doch! Frauen können koa Trambahn fahren. Es ist wissenschaftlich erwiesen, dass Frauen ned richtig rechnen können. Ned so wie Männer. Es ist also unmöglich, eine von Ihnen als Fahrerin oder Schaffnerin arbeiten zu lassen.«

Sedlmayrs Stimme klang flehend, Verständnis heischend. Doch Marie durchschaute ihn. Vor ihr stand der Feind. Sie musste ihn besiegen. Wenn nicht mit Worten, dann mit Taten. Entschlossen schob sie Sedlmayr beiseite, drückte auf den Zünder ihrer Kerosinlampe und setzte sie in Brand. Sedlmayr schrie. Trillerpfeifen ertönten, gellten den Frauen schmerzhaft in den Ohren.

Ein Schlagstock knallte hart gegen Maries Arm und die Lampe wurde ihr in hohem Bogen aus der Hand geschleudert. Sie schrie. Ihr Arm fiel nutzlos herab, ihre jetzt leere Hand baumelte kraftlos hin und her. Kerosin lief aus, Flammen leckten über den Boden, fraßen sich knisternd in die Mauer des Betriebshofes.

Mit Gewalt trieben die Werkspolizisten die Frauen zusammen, drängten sie zu einer Baracke. Marie fluchte, trat und schlug nach den Uniformierten, konnte sich aber gegen die Übermacht nicht wehren. Gummiknüppel prasselten auf ihren Kopf und Rücken. Laut schreiend sprang sie einen der Angreifer an und biss ihm ins Ohr. Der Mann schüttelte sie ab. Blut spritzte. Marie wurde flau im Magen. Angstschweiß strömte über ihren Rücken. Sie stolperte, schürfte sich die Hände auf und stemmte sich mühsam wieder in die Höhe. Ihr Körper schmerzte. Einer der Polizisten – ein grobschlächtiger, unrasierter Kerl – lud seine Waffe durch und richtete sie auf Marie. Sie sprach ein Gebet für Maxl und schloss mit dem Leben ab.

Mit einer einzigen blitzschnellen Bewegung ließ der Werkspolizist die Waffe herumwirbeln und schlug Marie im selben Augenblick den hölzernen Griff gegen die Schläfe. Immer und immer wieder drosch er mit der Pistole in ihr Gesicht.

Maries Schreie brachen sich an den Ziegelwänden des Betriebshofes. Laut, gellend, verzweifelt. Die Wunde an ihrer Schläfe pochte. Blut tropfte in ihre Augen, trübte ihre Sicht. Sie spürte, wie ihre Knie unter ihr nachgaben.

»Aufhören«, wimmerte sie. »Bitte aufhören!« Doch niemand erhörte ihr Flehen. Ihre Proteste riefen nur Gelächter bei den Werkspolizisten hervor. Hinten sah sie Rosa mit einer Wache ringen und wünschte, sie könnte sich zu ihr durchschlagen. Schon war der grobschlächtige Uniformierte über ihr, griff nach ihrem Nacken und riss sie brutal in die Höhe. Sie kämpfte verzweifelt, versuchte sich loszureißen. Doch sie war zu schwach, besiegt von ihrer Angst, ihrem Entsetzen und dem Blutverlust. Sie trat nach dem Bullen – dafür bekam sie eine behaarte Faust ins Gesicht und fiel zu Boden.

Wie Schafe wurden die Frauen in die Baracke gepfercht. Jeder Versuch zu entkommen, wurde mitleidslos niedergeschlagen. Jemand zerrte Marie in die Höhe und stieß sie zu ihren Kolleginnen in die Baracke. Ein süßer, metallischer Geruch stieg ihr in die Nase und bereitete ihr Übelkeit. Die Stahltür knallte mit einem dumpfen

Schlag hinter ihr ins Schloss. Während Marie zu Boden sank, hörte sie, wie sich der Schlüssel knirschend im Schloss drehte.

Laute Schreie holten Marie ins Bewusstsein zurück. Sie hustete qualvoll. Die Luft war dick von Rauch. Die Baracke brannte!

Die eingeschlossenen Frauen schrien wie Schweine im Schlachthof, weinten, bettelten, flehten. Marie war ohne Tränen. Hass brannte in ihrem Herzen, Rauch brannte in ihrer Lunge. Mit beiden Fäusten hämmerte sie an die Stahltür. Die Haut an den Knöcheln platzte auf, Blut quoll über ihre Finger. Vergeblich. Nach und nach erstarben die Stimmen. Marie brach zusammen. Dunkelheit umfasste sie.

Wie durch Watte hörte sie eine Sirene. Hektische Stimmen riefen Worte, die sie nicht verstand. Marie schlug die Augen auf. Rosa war da. Sie saß neben ihr und hielt ihre Hand.

»Bleib ganz still liegen«, flüsterte Rosa. »'S kommt alles wieder in Ordnung. Ich bin bei dir.«

Beruhigt glitt Marie zurück in die wohltuende Dunkelheit.

Das nächste Mal kam sie in ihrer Kammer zu sich. Ihr Arm war in einen Verband gewickelt, ihr Schädel dröhnte. Panisch sah sie sich um.

»Ich bin da«, hörte sie Rosas Stimme.

Marie wandte den Kopf und blickte in Rosas rußgeschwärztes Gesicht. « Die anderen …?«, fragte sie zaghaft.

»Die Feuerwehr hat die Flammen gelöscht. Aber leider ned früh genug.«

»Wie viele?«

»Fünf«, sagte Rosa leise. Eine Träne kullerte langsam aus ihrem Augenwinkel und zog eine weiße Spur durch ihr verrußtes Gesicht. Ob sie wusste, dass sie auch mit schwarzem Gesicht wunderschön war?

Maries Selbstbeherrschung löste sich in Luft auf. Tränen schossen ihr in die Augen, Tränen der Trauer, des Verlusts. Dann folgten Tränen des Zorns. Sie schluchzte haltlos. Ihr Körper bebte. Rosa trat zu ihr ans Bett und nahm sie in die Arme. Lange Zeit hielten die Frauen einander eng umschlungen und weinten.

Die Beerdigung der Kolleginnen war schrecklich. Da die Gendarmerie die Schuld für den Brand bei den Streikenden sah, war die Trambahn AG nicht verpflichtet, für ein ordentliches Begräbnis zu sorgen.

»Die Angehörigen können froh sein, dass wir sie nicht auf den Wiederaufbau des Betriebshofes verklagen«, ließ Alouis Sedlmayer sich in den ›Münchner Neuesten Nachrichten‹ zitieren.

»Dem werd ich's zeigen«, fauchte Marie. »Ich spreng ihn in die Luft!«

»Des meinst ned ernst …?«, fragte Rosa erschrocken.

»Und ob! Ich werd' meine Freundinnen rächen!«

»Mach dich ned unglücklich«, bat Rosa. »Und mach mich ned unglücklich. Du könntest dabei umkommen. Und sonst landest' im Gefängnis. Wir haben schon so viel verloren. Ich will dich ned aa noch verlieren.«

»Aber was sollen wir denn nun anfangen? Wir haben koa Stellung mehr, koa Geld ned …«

»Ich hab gehört, dass des städtische Krankenhaus Dampfdruckbettensterilisator-Reinigungsdamen sucht. Und der ›Münchner Anzeiger‹ sucht Arbeiterinnen zum Papiereinlegen in die Dampfpresse. Vielleicht können wir dort unterkommen. Lass es uns doch versuchen. Und des Vergangene vergangen sein.«

Marie hatte eingelenkt, um Rosa nicht zu ängstigen. Doch der Dorn des Hasses saß zu tief in ihrem Herzen, hatte sich mit jedem Tiefschlag stärker hineingebohrt. Sie wollte Rache. Für all die Ungerechtigkeit, die die feine Herrschaft ihr angetan hatte. Für all das Leid, das den anderen zugefügt worden war.

Und jetzt stand sie hier – als Schankmaid verkleidet – im Festzelt des Prinzregenten, und wartete auf Alouis Sedlmayr. Die Säurekapsel saß in ihrem kupfernen Nest. Draußen schob sich allmählich die Dämmerung durch die Schatten. In der Ferne hörte Marie ein langsam lauter werdendes Zischen und Rattern – die Gasturbinendreiräder der kaiserlichen Entourage! Erste Hochrufe erklangen. Aus der fahrbaren Garküche nebenan zogen Schwaden von Gebratenem und Gesottenem und mischten sich mit dem Bierdunst, der schwer über der Wiesn hing. Marie fieberte den letzten Sekunden vor ihrer großen Tat entgegen. Es wurde Zeit. Sie wollte die Dampfdruckblitzbombe unter der Sitzbank befestigen und sich mit dem Zeitzünder hinter einem Paravent verbergen. Kein gutes Versteck, aber ein besseres war in diesem feinen Zelt nicht zu finden. Es konnte nicht mehr lange dauern, bis die Festgäste eintrafen …

Schon ging die Tür auf. Der Zünder glitt aus Maries schweißnassen Händen. Der Kaiser trat ein, flankiert vom Prinzregenten und seiner Frau. Hinter ihnen folgten Dutzende von Adligen und die Honoratioren der Stadt und suchten nach ihren Platzkarten. Auch Sedlmayer setzte sich. In seinem Rücken stand Marie hinter dem Paravent. Verzweifelt suchte sie nach dem Zünder. Als sie ihn endlich fand, war ihr Magen verknotet und der Kaffee, den sie zu Hause noch getrunken hatte, fraß sich gleich Säure durch seine Wände. Gedanken tobten wie ein Wirbelsturm durch ihren Kopf. Maxls Gesicht tauchte vor ihrem inneren Auge auf, dann Rosas. Energisch schüttelte Marie den Kopf. Jetzt oder nie! Hektisch pfriemelte sie an der Konstruktion.

»Ich will dich nicht verlieren«, wanderte es in einer enger werdenden Spirale durch ihr Gehirn. »… nicht verlieren … nicht verlieren.« Sie lauschte dem Nachhall von Rosas Stimme. Im Zelt ertönten die ersten Klänge der Bayernhymne. Die Festgäste erhoben sich und legten die Hand aufs Herz:

Gott mit dir, du Land der Bayern,
Deutsche Erde, Vaterland …

Eilig packte Marie ihre Sachen zusammen und schlüpfte unter der Zeltplane hindurch ins Freie. Vorsichtig spähte sie nach rechts und nach links. Niemand zu sehen! Sie huschte über einen unbeleuchteten Kiespfad und verließ die Wiesn.

Vor dem Festgelände verharrte Marie und sah in den Himmel hinauf. Am Horizont verschwand der Zeppelin hinter einigen Wolken. Sie wandte sich ab und machte sich auf den langen Heimweg nach Giesing. Erschöpft setzte sie einen Fuß vor den anderen. Unterwegs warf sie die Dampfdruckblitzbombe in die Isar und sah zu, wie sie in den Fluten versank. Sie brauchte eine neue Stellung. Vielleicht suchte das städtische Krankenhaus ja noch immer Personal. Oder eine Dampfpresse des ›Münchner Anzeigers‹ druckte mal einen Artikel, den nicht der Setzer gesetzt hatte. Aber darum würde sie sich morgen kümmern. Jetzt wartete Rosa.

Epilog

Epilog

Torsten Sträter

Wir wandeln durch eine Welt der Wunder, viele von uns blind für die Magie. So sehr ich mich selbst auch umsehe und zu begreifen versuche … manches entgeht mir doch.

Könnte man das Leben wie ein Buch ein zweites Mal lesen, wären viele Dinge klarer, aber noch im Moment der Lektüre zerfallen die Seiten und verschleiern, was war.

Ich habe nie begriffen, wie mein Vater die Münze verschwinden ließ.

Möglicherweise war er selbst in Gegenwart des Todes geschickt genug, sie zu schlucken, und irgendwann wird sie zwischen den Knochen in der Dunkelheit wieder zum Vorschein kommen.

Vielleicht verschwand sie zusammen mit seinem Leben, löste sich auf, verblasste.

Wer weiß schon, wohin wir gehen, was wir mit uns nehmen … und was bleibt.

Manche Fragen sind müßig, vor allem jene nach dem »Was wäre, wenn …?«

Es kann gut sein, dass es einen immer funktionierenden Plan gibt, eine hohe Karte im Ärmel des Schicksals, ein Trick, der stets gelingt.

Es wäre möglich. Ich habe gelernt, dass alles möglich ist.

Ich für meinen Teil aber denke, wir gehen ins große weiße Nichts – in etwas, das nicht greifbar ist, zerfasert und substanzlos, und doch voller Macht.

Wie Dampf.

Die Autoren

Steampunk-Lebensläufe

Marco Ansing wurde 81 geboren, studierte Historie und Politik Europas an der Universität der kaiserlichen Marinestadt Kiel. Während seiner Spaziergänge am Kaiser-Wilhelm-Kanal entwickelte er erste belletristische Werke, darunter Visionen von kohlelosen Automaten. Mit Hilfe seines dampfgetriebenen Kalkulators sprach er seine zweite Leidenschaft auf silberne Schallplatten: Hörspiele. Als Regisseur und Autor hat er mehrere Grammophonstücke produziert. Zurzeit lebt Marco Ansing in der Freien und Hansestadt Hamburg.

Philipp Bobrowski war immer ein Hans Dampf in vielen Gassen. Von denen hat er inzwischen drei zu seinem Beruf gemacht: Er schreibt für Presse und Buchhändler, hilft der schreibenden Zunft, Texte für die Pressen der Drucker aufzubereiten, und bedient eine Musikmaschine, die die Tanzflächen zum Qualmen bringt. Der Mann aus Rostock präsentierte im Jahr 2008 sein erstes größeres Werk, das vom Lächeln der Kriegerin berichtet. Zur Zeit gilt es, in seiner Heimatstadt ein geheimnisvolles Verbrechen aufzuklären.

Sylke Brandt wurde in der Kaiserstadt Wilhelmshaven am Meer geboren, arbeitete als Technologieassistentin für ein großes Wissenskontor in Hamburg und lebt seit der Jahrhundertwende auf einem Landgut, wo sie Worte, Bilder und Phantastereien zu einer Hommage an mögliche Welten verbindet.
Neuerdings schlägt das künstlerische Ingenieursherz für Bronze und Dampfkraft und setzt dies in Erzählungen (die erste Military-Steampunk-Story war »Grünes Feuer«), Malereien und der Konstruktion abstruser Handfeuerwaffen um.

Stefan Cernohuby wurde in Wien geboren und befasste sich bis vor Kurzem mit der Weiterentwicklung von Dampffahrzeugmotoren in München. Doch neben seinen Forschungs- und Entwicklungstätigkeiten hatte er schon immer eine Vorliebe für die Erzeugnisse lärmender und dampfender Druckpressen. Er war als Chefredakteur und leitender Redakteur für unterschiedliche Medien tätig. Nun, da er wieder in Wien ansässig ist, widmet er sich neben dem Fortschritt der digitalen Dampftechnologie auch verstärkt seinem literarischen Schaffen.

Simone Edelberg entdeckte als gebürtige Dortmunderin schon als Kind ihre Liebe zu Kohle, Stahl und Dampf. Nach dem ersten intimen Kontakt zu einer Tageszeitung entwickelte sie eine unstillbare Leidenschaft für das geschriebene Wort. Heute blickt sie durch ihr Monokel zufrieden auf eine Reihe erfolgreicher Druckwerke, die mithilfe modernster Dampfpressentechnologie veröffentlicht wurden. Seit der Jahrhundertwende lebt die Autorin in München und gestaltet Lesungen – am liebsten in Zeppelinen oder Bergwerksstollen.

Charlotte Engmann wurde 71 als einzige Enkelin eines Gießereibesitzers in Neuss geboren. Sie wuchs in der Kleinstadt Liblar auf. 97 flüchtete sie in die freie Hansestadt Köln, wo sie seither als Bohemienne lebt. Ihre politischen Ideale wie die Gleichberechtigung von Frau und Mann finden Ausdruck in ihrem schriftstellerischen Werk, auch wenn ihre Geschichten in magischen Welten angesiedelt sind. Sie hat bislang elf Bücher sowie über dreißig Kurzgeschichten in einschlägigen Verlagen und Magazinen veröffentlicht.

Andreas Gruber lebt in einem kleinen Ort in der Nähe der k. u. k. Kaiserstadt Wien, mit seiner Frau, die von zwei Magnetspulen angetrieben wird, und vier dampfbetriebenen Katzen, die in den Feldern nach mechanischen Mäusen jagen.
In seiner Freizeit schrieb er auf seiner mit mächtigen Dampfgeneratoren ausgestatteten Textmaschine u.a. die Romane »Der Judas-Schrein«,

»Das Eulentor«, »Schwarze Dame«, »Die Engelsmühle«, »Rachesommer« und »Todesfrist«. Dafür wurde er dreimal mit dem begehrten phantastischen Deutschen Dampf-Preis ausgezeichnet.

Oliver Hohlstein wurde am achtundzwanzigsten Tag im Lenzmond 70 geboren, wuchs behütet im heimatlichen Herzogtum Braunschweig auf und genoss sogar eine humanistische Schulbildung. Doch er brach aus diesem Leben aus, um sich dem Studium neumodischer Differentialmaschinen zu widmen. Nach dem Studium verschlug es ihn an verschiedene Stätten des Wirkens, bis er sich schließlich im Rheinland niederließ. Sein literarisches Schaffen ist hauptsächlich dominiert von Phantastereien und Märchen.

Claudia Hornung wurde einst in der schwäbischen Dampfbahn-Metropole Stuttgart geboren. Kurz vor der Jahrhundertwende folgte sie ihrer großen Liebe nach Leipzig, wo sie heute noch mit ihrer Familie lebt und gelegentlich in Vollmondnächten durch die Katakomben streift. Dort findet sie auch stets Inspiration für ihre düsteren Phantastereien und Schauergeschichten. Ihre Moneten verdient sie aber eher mit dem Schreiben von Groschenromanen unter falschem Namen. Noch.

Nina Horvath widmet sich in ihren Studien der Petrefaktenkunde – einem Fach, das sich unter anderem mit der Entstehung von Kohle beschäftigt. Sie lebt in Wien, dem glorreichen Zentrum der kaiserlichen und königlichen Monarchie. Als Schriftstellerin befasst sie sich der utopischen Literatur und war Mitherausgeberin der Sammelbände »Darwins Schildkröte« und »Metamorphosen – Auf den Spuren H. P. Lovecrafts«.

Gerd Scherm ist der Sohn eines Kohlenträgers aus Fürth. Schon früh hielten seine neugierigen Augen hinter der Nickelbrille Ausschau nach Sensationen, nach Außergewöhnlichem - sei es im paranormalen

Bereich, sei es in der Entwicklung neuer Technologien. Auf seinem »Humboldt-Klapptop«, einem Mahagoni-Reiseschreibpult mit zahlreichen Extras, entstanden schon zahlreiche Geschichten von Abenteuern rund um den Globus, Reisen auf Pegasusschwingen durch Raum und Zeit.

Chris Schlicht wurde im Moloch des großen Geldes Frankfurt geboren und hat durch die Ehe mit einem Hamburger Luftschiffingenieur eine besondere Beziehung zu fliegenden Maschinen. Sie selbst ist eher geerdet und sorgt als Gartenarchitekt dafür, dass auch in den von Technik geprägten großen Städten ein Hauch Natur verbleibt, auch für ihre beiden Töchter. Ansonsten ist sie durch die Verwendung der unterschiedlichsten Materialien zur Schaffung von verschönernden Bildwerken auffällig, weniger durch Prosa.

Torsten Sträter bereist die Hinterhofbühnen seines Vaterlandes und frönt seinem Faible für verbale Taschenspielertricks; er nächtigt in starren Kombinationen aus angestoßenem Samt, meidet den Absinth und beschäftigt sich bereits jetzt mit seinem Verbleib, wenn alsbald der Planet implodiert. Ein schwarzer Kasper, Mann zerfranster Worte, Hans Dampf in dunklen Gassen.

Felix Woitkowski ist ein 85er Jahrgang und verbrachte seine Kindheit zwischen den goldenen Feldern am Rande von Soest, dem Herzen Westfalens. Abseits der dampfenden Annehmlichkeiten des modernen Lebens hat er sich in Münster an der Akademie des Kaisers Wilhelm II. dem Studium der schönen Dinge, der mittelhochdeutschen Klassiker und antiken Philosophie zugewandt. Nur selten, mit einem schöngeistigen Zukunftsroman in den Händen, wagt er heimlich einen Blick auf dampfende Schlote und fahrende Kutschen der neuen Zeit zu erhaschen.

Damian Wolfe haben die Worte »Extrablatt! Extrablatt!« schon immer magisch angezogen, und nach einer Ausbildung bei den Magistern englischer Sprachkünste wurde sein Traum wahr: Druckerschwärze und das Donnern der Schriftsetzmaschinen wurden zu seinen täglichen Begleitern. Bewaffnet mit seiner Ganzmetallkamera und einem Stenographen durchstreift er seither die nicht ganz so endlosen Weiten seiner eidgenössischen Heimat, immer auf der Suche nach Phantasmagorien und Welten, die noch nie ein Mensch zuvor gesehen hat.

Michael Wozonig wurde im Jahre 82 in Wien geboren. Mit dem Elend der Arbeiter konfrontiert trat er in die Dienste eines schottischen Lebensmittelhändlers. Gemeinsam entwickelten sie revolutionäre Dampföfen, die gewaltige Mengen an Nahrungsmitteln mit unvorstellbar hoher Geschwindigkeit garen konnten. Dies ermöglicht es, tausende Fabrikarbeiter täglich mit preiswerter Nahrung zu versorgen. Nur gelegentlich drängt das sozial engagierte Duo Konkurrenten skrupellos vom Markt.